諸葛亮

上

宮城谷昌光

日本経済新聞出版

諸葛亮　上◉目次

玄菟郡
高句麗
昌黎郡
遼東郡
幽州
漁陽郡
遼西郡
右北平郡
楽浪郡
帯方郡
幷州
鉅鹿郡
冀州
青州
魏郡
上党郡
鄴
兗州
琅邪国
河内郡
河東郡
徐州
陳留国
洛陽
潁川郡
司州
河南尹
許昌
譙郡
広陵郡
豫州
淮南郡
南陽郡
汝南郡
建業
呉郡
襄陽郡
廬江郡（魏）
丹楊郡
江夏郡
会稽郡
南郡
揚州
武昌郡
荊州
鄱陽郡
豫章郡
長沙郡
零陵郡

三国時代の中国

敦煌郡
酒泉郡
涼州
武威郡
河水
金城郡
雍州
安定郡
隴西郡
天水郡
京兆郡
扶風郡
長安
武都郡
陰平郡
漢中郡
魏興郡
梓潼郡
汶山郡
巴西郡
巴東郡
益州
蜀郡
成都
巴郡
漢嘉郡
犍為郡
北
江水
牂牁郡

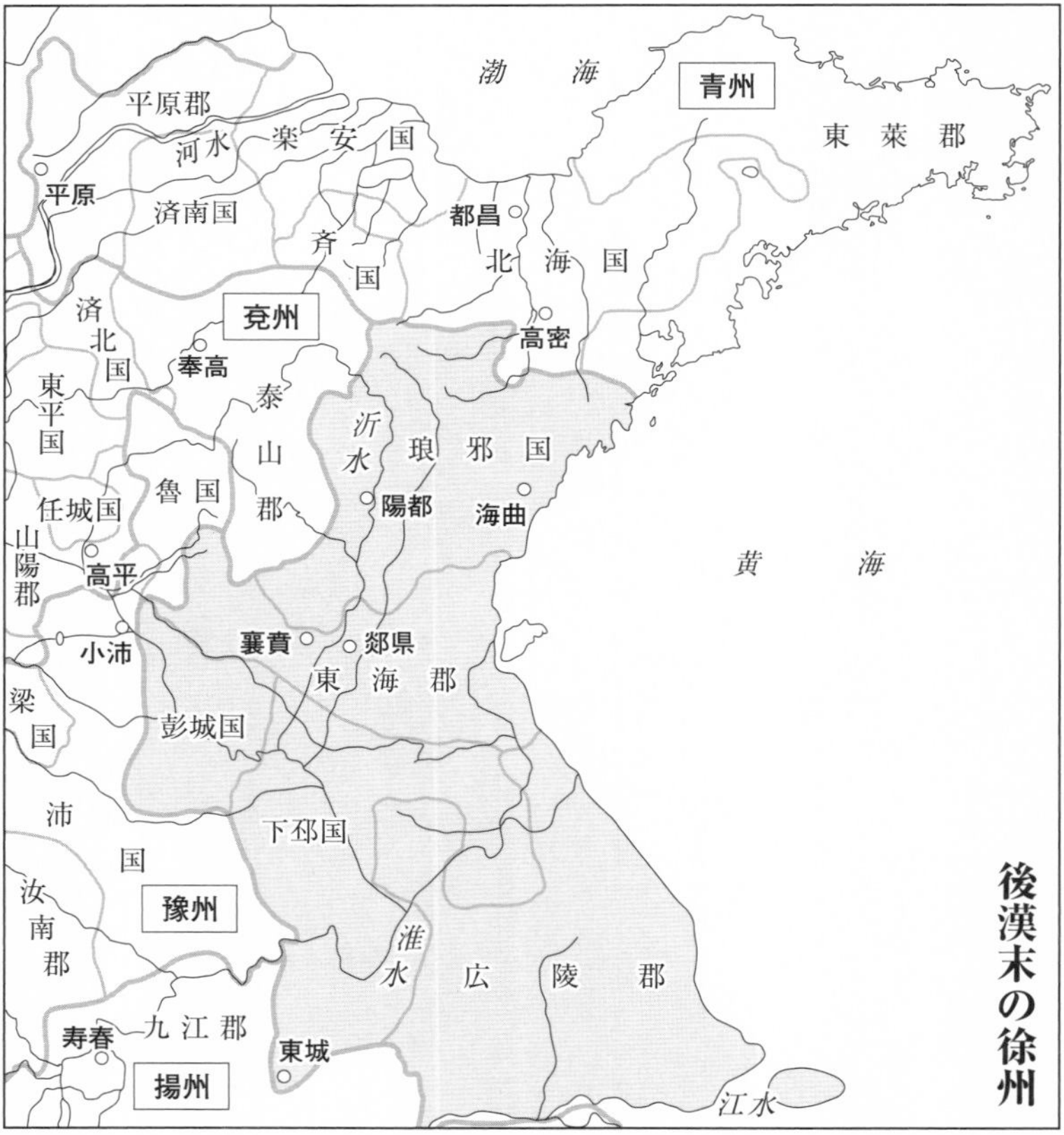

渤　海
青州
東　萊　郡
平原郡
河水
楽　安　国
平原
済南国
都昌
斉
国
北　海　国
済
北
国
兗州
高密
奉高
東
平
国
泰
山
郡
沂
水
琅　邪　国
魯　国
陽都
海曲
任城国
山
陽
郡
高平
黄　海
小沛
襄賁
郯県
東　海　郡
梁
国
彭城国
沛
国
下邳国
汝
南
郡
豫州
淮
水
広　陵　郡
九　江　郡
寿春
東城
揚州
江水
後漢末の徐州

諸葛亮　上

旅立ち

落日を、少年が看《み》ている。

その落日はいつもよりも大きく、美しかった。

朱色の陽光が輝く粒となって拡散しているようにみえ、光の律動のようなものがつたわってきて、

——典麗《てんれい》な音楽のようだ。

と、少年は感じた。この少年の氏は諸葛《しょかつ》といい、名は亮《りょう》という。春を迎えて八歳になった。かれは景観から音楽を感じるという感性をそなえている。

ほどなく夕景に影がにじみでた。人影である。その人影はすぐにはっきりとした。

——兄だ。

諸葛亮は次男であり、長男を諸葛瑾《きん》という。諸葛亮より七つ上、すなわち十五歳になったこの兄は、温厚《おんこう》を絵に画《か》いたような性格で、妹と弟を叱《しか》ったことがない。長男と次男が七歳はな

れているということは、そのあいだにふたりの女子がいた。ちなみに諸葛亮の下に諸葛均《きん》という男子がいるので、諸葛家には五人の子がいるということになる。

諸葛瑾はたたずんでいる弟に声をかけた。

「なにをみているのか」

「落日です。あまりに美しいので……」

諸葛瑾はふりかえった。

「たしかに美しいが、落日はなにも与えてくれない。みるのなら、旭日《きょくじつ》がよい」

「旭日は、なにかを与えてくれるのですか」

「生きる力を与えてくれる。なにかを為《な》そうとするときには、旭日にむかって祈れ。かならず力を与えてくれる」

いつもよりも兄の口調に張りがある。

——嘉《よ》いことがあったのか。

諸葛亮は兄の顔をさぐるように視《み》た。そのまなざしに気づいた諸葛瑾は、

「まもなく留学する。たぶん洛陽《らくよう》へ往く」

と、いった。いま兄は叔父《おじ》の諸葛玄《げん》に就《つ》いて学問している。今日、諸葛玄から留学を勧《すす》められたのであろう。

十五歳は志学《しがく》の歳であることくらい諸葛亮は知っている。

――吾《われ》十有《ゆう》五にして学に志《こころざ》す。

と、『論語《ろんご》』にある。孔子《こうし》が本気になって学問をはじめたのが十五歳であったことから、後世、有志《ゆうし》の少年はそれにならうようになった。

昨年、父の諸葛珪《けい》が、

「明年あたり、瑾を他州にだして、学問をさせねばなるまい」

と、いっていたが、洛陽に留学させる、とはいっていなかった。父は清廉《せいれん》な人で、美衣《びい》と美膳《びぜん》には縁のない生活をつづけており、家に貯《たくわ》えが多いとはいえない。それを知っている諸葛亮は、

――兄の留学の費用をどうするのだろうか。

と、気にかけていた。

ところが今日、突然、兄は洛陽へ往くといった。諸葛亮の心が噪《さわ》ぎはじめた。

翌日、叔父の諸葛玄が訪ねてきた。諸葛亮の顔をみたかれは、

「亮よ、わたしが今日ここにきたわけがわかるな」

と、いった。諸葛亮はうなずいた。

「やはり、亮は賢い」

そう称《ほ》めた叔父は奥に上がった。諸葛亮は叔父に随《したが》ったが、室《へや》の外で、

「ここにいなさい」

と、父に止められた。遠ざけられなかったということは、ここで室内の話をきいていなさい、という父の配慮であろう。室内の話とは、諸葛亮が予想した通りで、兄の留学についてであった。

「わたしは瑾を、北海国《ほっかい》の高密県《こうみつ》に遣《や》るつもりです」

と、諸葛珪はいった。

この諸葛家があるのは、徐州《じょしゅう》琅邪国《ろうや》の陽都県《ようと》である。ここから北上してゆくと青州《せい》にはいる。北海国の高密県はその青州のなかの東部に位置しており、さほど遠いとはいえない。

「ははあ、鄭玄《じょうげん》か」

諸葛玄はあえて苦笑してみせた。

高密県にいる学者とは、当代随一といわれる碩学《せきがく》の鄭玄である。北海国の相《しょう》（宰相《さいしょう》）である孔融《こうゆう》は、鄭玄を深く尊敬して、鄭玄のために特別な郷《きょう》を建てたときこえている。

「兄上——」

と、いって諸葛珪をみつめた諸葛玄は、

「鄭玄の弟子の数をご存じか、数千人ですよ。いま瑾が高密へ往って、鄭玄の教えを直接にうけるには、十年という年数でも足らないでしょう。それよりも洛陽へ遣るべきです。瑾を学者にしたいわけではありますまい」

と、強い口調でいった。

諸葛珪は微笑した。

「洛陽は遠すぎる。それに、わが家には瑾の留学を支える財がない」

留学には三、四年という歳月をみこまなければならない。しかも洛陽は帝都であるから物価が高い。

諸葛珪の家が豊かではないことを百も承知という顔の諸葛玄は、

「そのための財は、わたしがだしますよ」

と、さらりといってのけた。

室外に坐《すわ》っている諸葛亮は、この叔父の声をきいて、おどろいた。いつのまにか母の章《しょう》氏がうしろに坐っていて、諸葛亮の動揺をしずめるためか、背中を撫《な》でた。身をよじった諸葛亮は、

「なぜ叔父上が兄上の留学費用をだしてくれるのですか」

と、低い声で問うた。

「ここ陽都には、諸葛の氏をもった者がすくなからず住んでいます。一族のなかで卓立《たくりつ》した人物がでると、一族全体が繁栄するのです。袁《えん》氏がそうです。玄どのは瑾にみどころがあると期待しているのでしょう」

この母の説明に納得《なっとく》しなかったわけではないが、叔父の好意は不自然に大きすぎるような気がした。室内には兄の諸葛瑾がいるはずだが、そのけはいがまったくつたわってこない。息を詰《つ》めて、父と叔父の対話をきいているのであろう。

また叔父の声がきこえた。

「学ぶということは、知識をたくわえることではない。人を知ることにほかならない。洛陽という京師《けいし》をみて、そこに住んでいる人々をみることだけでも、見聞をひろげてくれる。わたしが袁公路《えんこうろ》どのに書翰《しょかん》を書きます。かならず瑾のために便宜《べんぎ》をはかってくれます」

若いころ、諸葛珪が病がちであったため、弟の諸葛玄が洛陽にのぼって就学し、貴門に出入りした。その貴門のひとつが袁氏であり、袁逢《えんほう》の子の袁術《えんじゅつ》と親交をもった。公路は袁術のあざなである。いまや袁術は王朝の重職にあり、次代の袁氏一門の棟梁《とうりょう》になるであろうと官界でささやかれている。

「瑾よ、高密へ往くか、洛陽へ往くか、ここで決めなさい」

父に発言をうながされた諸葛瑾は、洛陽へ往きます、とはっきり答えた。

叔父がかえってから、父は諸葛亮だけを室へ呼んだ。

「話をきいていたであろう。そなたの兄はまもなく洛陽に往く。兄の判断と叔父の意見をどうおもったか」

「正しいとおもいました」

「そうか。では、父がまちがっていたのかな」

諸葛珪はおだやかな表情で問うた。

「いいえ、父上もまちがっていませんでした」

「すると、両者が正しかった。人は二本の正しい道を同時にすすむことはできない。そういうときはどのようにすればよいのであろうか」

この問いには、諸葛亮の智慧《ちえ》をためすようなところがある。

しばらく黙って考えていた諸葛亮は、

「わたしが志学の歳になったら、高密へ往かせてください。それで父上と叔父上がそろって正しく、兄上とわたしは正しい判断をしたことになります」

と、答えた。二本の正しい道があったら、兄弟分かれてその道をすすめばよいという発想は父をおどろかせた。その発想には父へのおもいやりがひそんでいる。

――亮とは、こういう子か。

父であっても子のすべてを知りつくしているわけではない。子は成長とともにあらたな一面をみせるときがある。

「ひとつ、おたずねしてよろしいですか」

「ふむ、なにか」

「一族のなかに卓立した人物がでると、その族は繁栄する、たとえば袁氏がそうである、と母上がおおせになりました。袁氏のその人物とは、たれなのでしょうか」

子として父の知識量をはかるようなきわどい問いである。だが、諸葛亮にとって学問の師は、いまのところ父であるから、弟子がわからぬことを師に問うたというだけのことである。

諸葛珪は弟の諸葛玄とはちがって、独学の人である。じつはそのことがさいわいして、官途《かんと》は閉ざされることはなく、泰山《たいざん》郡の丞《じょう》（次官）に就任できた。だが、洛陽にのぼった諸葛玄は、いわゆる清士《せいし》とよばれる人々ともつきあったため、党人禁錮《とうじんきんこ》、という禁令が発せられ、清士、学生などが逮捕されはじめると、郷里に逃げ帰ってきて、官途は閉ざされた。

「袁氏の繁栄の基《もとい》を築いたのは、袁安《えんあん》だな」

しばらくまえに袁氏全盛の時代があったので、官界にあって袁氏に関心をいだかぬ者はいなかったということであろう。

父は袁安について諸葛亮に語った。

袁安は汝南《じょなん》郡の易《えき》学（占いの法）の家に生まれた。県の功曹《こうそう》（属吏《ぞくり》）から累進して楚《そ》郡太守《たいしゅ》となった。楚王である劉英《りゅうえい》（光武《こうぶ》帝の子）が叛逆《はんぎゃく》を計画したため、それにかかわったとみなされた者が、数千人も投獄された。

罪の有無を明確にしなければ、無実の者が多く死ぬことになり、それが皇帝の政治の傷となる、と考えた袁安はみずから取り調べをおこなった。有罪の者と無罪の者を峻別《しゅんべつ》したのである。この報告書の内容の正確さが、ときの皇帝の明《めい》帝（劉荘《りゅうそう》）を喜ばせた。その後、釈放された家が四百余もあったという。袁安がかれらを救ったのである。

とにかく袁安は治安がみごとで、つぎの章《しょう》帝（劉炟《りゅうたつ》）の時代には、司空《しくう》（副首相）から司徒《しと》（首相）にのぼりつめ、さらに和《わ》帝（劉肇《りゅうちょう》）にも仕えて、政治と外交に過誤を生じさせなかった。

「袁安は私欲をおさえ、高潔《こうけつ》をつらぬいたのだ。それが子孫を富貴《ふうき》にしたのだから、皮肉なものだが、世とは、そういうものだ」

と、父はいった。

高潔といえば、父もそうである。と諸葛亮はおもった。清らかに貧しいことが、子孫のもとに福を招く、と父が信じているのであれば、諸葛亮はその念《おも》いを尊重したかった。

「袁安に関しては、おもしろい話がある」

父は逸話《いつわ》を憶《おも》いだした。

袁安の父が逝去《せいきょ》したあと、母が袁安にいいつけて、ふさわしい墓所を捜させた。袁安は途中で三人の書生に会った。かれらは袁安に、

「どこへ行くのか」

と、問うた。

「父を葬る墓地を捜しているのです」

「それなら——」

三人の書生はある場所をゆびさした。

「その土地に葬れば、あなたの族は、代々上公となる」

そういったあと、かれらは消えたという。

「偉業を成《な》す者には、ふしぎなことがある。光武帝も窮地におちいったとき白衣の老人に教えられて、窮地を脱したときく」

父の話をきき終えた諸葛亮はわずかに眉《まゆ》をひそめた。

「光武帝に活路を教えた白衣の老人と袁安の子孫の繁栄を予言した三人の書生は、神でしょう」

「そうであろうな」

「白衣の老人は、ひとりですか」

「ひとりだ」

「しかし袁安がみた書生は三人です。神が書生の姿となってあらわれたのであれば、ひとりでよいではありませんか」

「おう、なるほどな」

父は苦笑した。逸話は逸話であり、その話にある不可解な深微《しんび》を考えたことはなかった。が、諸葛亮が熟考しはじめたので、

「ほどほどにしておけ」

とも、いえなくなった。突然、目を輝かせた諸葛亮は、

「わかりました」

と、はっきりといった。

「父に、教えてくれるのか」

「三人の三は、三公を指しているのではありませんか」

諸葛亮の説をきくやいなや、父は、まさに、と心中で驚嘆の声を発し、膝《ひざ》を抵《う》った。三公とは、太尉《たいい》、司徒、司空をいう。皇帝を輔佐《ほさ》する最高の大臣で、太尉は軍事の最高責任者である。たしかに袁氏の家は三公を多くだした。

父は諸葛亮を称めるまえに、深く嘆息した。

五日後が吉日なので、諸葛瑾はその日に発《た》った。諸葛亮のふたりの姉は、長兄のむこうに都の華やかさを想像しているのであろう。いつもよりもにぎやかであった。叔父が見送りにきた。諸葛瑾に付き添う僕佐《ぼくさ》という三十前後の男は、叔父の使用人である。

「袁公路どのへの書翰は僕佐に持たせてある。洛陽にはいったら、まっすぐ袁氏の邸《いえ》へゆき、その門をたたけ」

と、叔父は諸葛瑾にいった。

「ご高配を感謝します」

叔父にむかって一礼した諸葛瑾は、父母にも頭をさげて、家をでた。諸葛亮だけがふたりに蹤《つ》いて歩き、県の門外にでた。ふりかえった諸葛瑾は、この弟にいった。

「わたしがいないあいだは、そなたが家を守るのだ、よいな」

「はい」

と、答えた諸葛亮の胸がすこしふるえた。家は男が守ってゆくものだ、という自覚をこのときはじめてもった。

兄と従者の影が遠くなった。まだ浅い春である。旅立ったふたりが洛陽に着くころには、春は酣《たけなわ》になっているにちがいない。

——自分は洛陽に往けそうもない。

踵《きびす》をかえした諸葛亮は、物憂《ものう》さをおぼえ、梁父吟《りょうほぎん》を歌った。

父が泰山郡の丞として奉高県《ほうこう》に任官していたころ、官舎にいた諸葛亮がおぼえた歌である。泰山郡にはいうまでもなく泰山という名山がある。奉高県は泰山の東に位置しており、奉高県の南に梁父という小山がある。その山の北に多くの墓地があった。泰山郡で死者がでると、葬列は梁父にむかった。その際、歌われるのが梁父吟であった。つまりそれは葬送の歌であるが、葬列がなくても歌われたということは、もはや民謡であった。

諸葛亮がその歌を好み、くちずさむと、兄はいやがり、

「悪い歌ではないが、もとは挽歌《ばんか》だ。陰気すぎる。歌詞を替《か》えて歌うがよい」

と、いった。

——それも、そうか。

兄の旅立ちを哀《かな》しむような歌を歌っては、兄の前途が暗くなろう。諸葛亮はくちずさむことをやめた。兄が家をでたのは、日が昇るころであったが、その日がずいぶん高くなった。兄は

朝の光を好むが、自分はどうなのか。たしかに朝の光には力強さがあり、美しさもあるが、美しさにおいては沈んでゆく日のほうがまさっている。が、日が沈みきってしまえば夜となり、闇となる。

「兄は明るいところでなにかを為《な》し、わたしは暗いところでなにかを為すのだろうか」

この予感は漠然《ばくぜん》としたものであったが、のちのふたりの生きかたをみると、あたっていなかったわけではない。

家にもどってきた諸葛亮に、父は、

「瑾が上洛したので、弟はそなたを教えたがっているが、どうだ」

と、問うた。

「いいえ、父上に教えていただきます」

諸葛亮ははっきり答えた。父は儒教《じゅきょう》にこりかたまっていないので、教えにひろがりがある。

初夏に、洛陽から僕佐が帰ってきた。

かれはまず主人である諸葛玄に報告した。

「そうか、そうか」

破顔《はがん》して手を拍《う》った諸葛玄は、みずから兄の諸葛珪に経過のよさを知らせるべく、僕佐を従えて訪問した。

「袁公路はわたしとの旧誼《きゅうぎ》を忘れず、瑾のために手配してくれたぞ」

露骨な自慢である。

が、諸葛珪はいやな顔をせず、弟に礼をいい、僕佐には、

「骨折りであったな」

と、ねぎらいの声をかけた。この声を承《う》けて顔をあげた僕佐は、

「いまや袁公路さまは、河南尹《かなんいん》で虎賁中郎将《こほんちゅうろうしょう》でありますので、ご多忙ゆえ、ご面会はかないませんでしたが、ご重臣をおつかわしになり、寄宿舎の選定から私塾の師の選びかたまで、親切にしていただきました」

と、感動をこめて述べた。

だが、実情は少々ちがっていた。

諸葛瑾と僕佐が、袁公路すなわち袁術の邸の門をたたいたとき、袁術は邸内にいた。かれは自尊心が旺盛で、横着《おうちゃく》であり、人へのおもいやりに欠けた男であるから、諸葛玄からの書翰を読むや、

「そんな孺子《じゅし》など、適当にあしらっておけ」

と、いおうとして、若いころの諸葛玄とのつきあいを憶いだした。相性《あいしょう》は悪くなかった。そこで、

「どこかの寄宿舎が空《あ》いているだろう。捜してやれ」

と、側近のひとりにいいつけた。その声をきいて動いた臣下が、親切心を発揮した。実際

は、そういうことであった。

ところで、尹とは古代から長官をあらわすことばなので、河南尹とは河南の長官であることはまちがいないが、この時代、洛陽が置かれている郡を河南郡とはよばず、河南尹とよんでいる。つまり河南尹の長官も河南尹というので、たいそうわかりにくい。とにかく郡の太守（長官）のなかで河南尹が最高位といってよく、そこを経た者は朝廷の要職に就くことが保証されたようなものである。

なにはともあれ、諸葛瑾の洛陽での就学は順調であった。

ところが、翌年、洛陽で大事件が起こった。

四月に、皇帝である霊帝《れいてい》（劉宏《りゅうこう》）が崩御《ほうぎょ》した。

霊帝にはふたりの皇子がいた。

長男を劉辯《りゅうべん》（弁）といい、次男を劉協《りゅうきょう》という。

劉辯の母は何《か》皇后であり、劉協の母は王美人《おうびじん》である。ちなみに王美人は何皇后によって毒殺された。

つぎの皇帝は何皇后が産んだ子となるのが当然であろうが、宦官《かんがん》の蹇碩《けんせき》が、

「天子のご意向は、皇子協にありました」

と、劉辯の即位に異をとなえた。

宦官は皇帝の使用人にすぎなかったはずだが、数代まえの皇帝の時代から権力を掌握《しょうあく》しはじ

め、いつのまにか皇帝をあやつって、朝廷の運営者になりあがっていた。

——宦官を駆逐《くちく》せねば、政治は正道にもどらない。

と、考えたのが、何皇后の兄の何進《かしん》である。かれは大将軍であり、三公より上位にいたため、強権をふるって蹇碩を獄にくだして誅《ころ》した。劉辯を即位させた何進は、宮中からすべての宦官を掃《は》きだすことを断行した。

宦官と敵対した者は、すべて敗亡《はいぼう》させられたというのが過去の実態である。何進がはじめて成功した。

「これで、ゆがんでいた政治が匡《ただ》される」

多くの官民が何進の政治に期待した。

ところが宦官はしたたかであった。何皇后に泣いて訴え、ひそかに宮中にもどったのである。かれらは共謀して、参内《さんだい》してくる何進を待ち伏せて、暗殺した。

——これで権力を奪回した。

かれらはせせら笑ったであろう。

だが、宦官の悪政を憎む者は多く、何進ひとりが斃《たお》れても、慴伏《しょうふく》しない者たちが挙兵した。その先鋒となったのが、袁紹《えんしょう》と袁術である。ふたりが指麾《しき》する兵は、宦官とみれば容赦なく殺した。それによって宦官は全滅したといってよい。

宮中は血の海となった。

そこに乗り込んできたのが、西方の奸雄《かんゆう》といってよい董卓《とうたく》であり、かれは率いてきた強悍《きょうかん》な兵をもって袁紹と袁術など有力者を恫《おど》し、ひと月後には劉辯を廃して、九歳の劉協を即位させてしまった。劉協はのちに献《けん》帝とよばれる。董卓の擅朝《せんちょう》がはじまったのである。

ふしぎなことに、献帝と諸葛亮はおなじ年に生まれて、おなじ年に亡《な》くなる。ふたりの生涯が陰《いん》であったのか陽《よう》であったのかと考えてみれば、董卓に擁立された献帝は、以後、時代がどれほど激変しても、自身の意思と見識で政治をおこなうことはいちどもなく、まさに時間の陰《いん》影《えい》として畢《お》わることになる。それにひきかえ、諸葛亮は、

——われはもと布衣《ふい》。(『出師表《すいしのひょう》』)

と、のちに述べたように、もともと布衣すなわち庶民として生まれながらも、陰が陽に変じたあとは、輝きを増すばかりになった。

それを想《おも》うと、時間にも嗜好《しこう》があるというしかない。

さて、洛陽城の内外の異変は、うわさとなって北方に飛び散った。

洛陽からはるか東の徐州琅邪国にも、おそろしい速さで伝聞《でんぶん》がとどいた。

初冬、諸葛玄がせかせかと諸葛珪を訪ね、

「京師(洛陽)は騒然としているらしい。瑾は学問どころではあるまい。僕佐を遣ってようすをみさせようか」

と、いった。諸葛玄の耳には、さまざまなうわさがはいっている。袁術に関しては、董卓に

後将軍《こう》に任ぜられようとしたが、それを承けず、洛陽を去ったという。また袁術の庶兄《しょけい》にあたる袁紹も、董卓の専権《せんけん》を嫌って冀《き》州のどこかの郡に転出したという。そのあたりの詳しい情報を知りたいというひそかな意《おも》いがある。が、諸葛珪は、

「いましばらく、それは待ってもらいたい」

と、答えた。諸葛瑾の留学を中途半端にしたくなかった。せめて三年は留学させてやりたい。

しかしその意望はほどなくついえた。

妻の章氏が倒れ、そのまま逝《い》った。

諸葛亮とふたりの姉は哭《な》きつづけた。諸葛珪はすぐに弟の家にゆき、喪《も》を告げると、

「長男が母の死を知らず、喪に服さなければ、天下の笑い物にされて、人として立ってゆけなくなる。僕佐をいそぎ瑾のもとへつかわそう」

と、諸葛玄は緊張の表情でいい、手配をおこなった。

「すまぬ」

弟に頭をさげた諸葛珪は、家をでて、しばらく歩くと、涙が落ちた。

章氏の死は、ある意味で、諸葛瑾を救ったといえる。

およそ突発的な物事にも動じない諸葛瑾であるが、訃報《ふほう》に接して、地をたたいて哭き、

「帰る――」

と、いって、留学生活をうちきった。留学の期間は二年に満たない短さであった。それにも

かかわらず、かれは『毛詩《もうし》』、『尚書《しょうしょ》』『春秋左氏伝《しゅんじゅうさしでん》』などの学問を修《おさ》めたといわれる。『毛詩』は、『詩（詩経）』を解釈する流派のひとつであるが、それは官学ではなく私学であるから、かれが私塾に通っていたことがわかる。

かれは晩冬《ばんとう》に、洛陽をあとにした。

この時点では、洛陽も地方も、静かであった。ところが、年があらたまると関東の州郡では、

「董卓を打倒する」

と、叫んで挙兵する長官が増えに増えた。まさに風雲急を告げる様相となり、兵の往来によって交通が遮断《しゃだん》された。

にわかに巨大な反勢力が出現したことに嫌気《いやけ》をおぼえた董卓は、その勢力が連合して西進してくると想定すれば、

――洛陽での防衛は脆弱《ぜいじゃく》だ。

と、おもい、首都を西の長安《ちょうあん》に遷《うつ》すことにした。それが二月であり、この遷都は比類ない荒々しさでおこなわれた。まず皇帝である献帝を出発させ、遷都をいやがる都民を牛馬のごとく追いたてた。さらに城内の宮殿に火をかけただけではなく、都内の人家をも焼いた。もしも諸葛瑾がそのときまで留学生活をつづけていれば、大混乱にまきこまれただけではなく、長安のほうに歩かされて、路傍《ろぼう》に斃れることになったかもしれない。

正月にぶじに帰郷した諸葛瑾は、すぐに母の墓に詣で、そのまえで哭泣《こっきゅう》した。ついで、叔父

に面会して謝辞を述べた。それから帰宅した。

「父上にはいろいろご報告したいことがありますが、いまこの家の長子としてなすべきことは、母上の徳をしのんで喪に服すことです」

父にそういった諸葛瑾は、この日から、粛々《しゅくしゅく》と服忌《ふくき》をはじめた。それにともない、この家から弾琴《だんきん》の音も談笑の声も消えた。静然そのもののなかで、諸葛亮は父から与えられた書物を読みつづけた。

戦乱の風

諸葛瑾《しょかつきん》は服忌《ふくき》を終えた。

父母の喪《も》に服す期間は三年といわれている。が、実際は二十五か月で、その三年は足かけ三年であると想《おも》うべきである。

後漢《ごかん》時代に尊重された思想は、やはり儒教《じゅきょう》が反映されており、とくに、

「孝」

が重視された。孝は父母への孝行で、そこに人としての徳の基礎があるとみなされた。生きている父母へ尽くすことはもとより、亡《な》くなった父母への供養のありかたも、孝を体現するものであるという考えかたが厳然とあるかぎり、葬儀は盛大におこなわれ、三年の喪に服す者もすくなくなかった。

天下はすでに騒然としていたが、さいわいなことに、この徐《じょ》州の琅邪《ろうや》国は兵馬の往来がなく静かであった。琅邪が郡ではなく国であることもひとつの理由であるが、いまひとつは、徐州

を治める陶謙《とうけん》が、関東の諸侯連合に加盟しなかったという理由がそうさせたといえる。

ひさしぶりに弟の諸葛亮《りょう》をともなって遠出をし、県の東をながれる沂水《きすい》のほとりまで歩いた諸葛瑾は、春の風をここちよく感じながら、草の上に腰をおろし、

「服忌のあいだ、叔父《おじ》はしばしばわが家にきただろう。叔父は情報通だ。父やそなたにあれこれ教えたにちがいない。わたしは目を閉じ、耳をふさいで、二年と少々をすごしたので、世情《せじょう》の変遷《へんせん》がまったくわからない。そなたが知っていることを、語《つ》げてくれ」

と、やわらかくいった。

諸葛亮は兄にならんで坐《すわ》り、川面をながめた。風が通るたびに、川面が燦然《さんぜん》と輝いた。

「なにから話しましょうか」

十九歳の兄と十二歳の弟の対話である。

「董卓《とうたく》はどうした」

「天子を長安《ちょうあん》へ遷《うつ》したあと、しばらく洛陽《らくよう》のあたりにとどまり、攻めのぼってくる軍を防いでいたようですが、長安へしりぞき、あいかわらず天子をないがしろにして恣行《しこう》をつづけているようです」

「たれも、董卓を倒せなかったのか」

「関東で連合した諸将のひとりである曹《そう》氏が、果敢《かかん》に兵を西進させましたが、董卓の属将に、一蹴《いっしゅう》されました。しかし董卓軍に勝った将もいたのです」

無類の勁《つよ》さをもっている董卓軍に勝った将がいたときいた諸葛瑾は、その将に関心をもった。諸葛亮はいった。

「孫文台《そんぶんだい》という将です」

文台はあざなで、名を堅《けん》という。孫文台ときかされても、諸葛瑾は知らなかったので、眉《まゆ》をひそめた。

「孫文台は荊《けい》州の長沙《ちょうさ》太守《たいしゅ》で、兵を率いて北上し、荊州北部にとどまっていた袁公路《えんこうろ》に会い、佐将となって董卓軍を討ったのです」

「なるほど、その敗戦があったので、董卓は洛陽のあたりに滞陣《たいじん》することをやめて、長安のほうにしりぞいたのだな。董卓をおびやかした孫文台は、兵術の達人にちがいない。そうか、孫《そん》子《し》の子孫だろう」

孫子とは、おもに春秋《しゅんじゅう》時代の呉《ご》の国の将軍であった孫武《そんぶ》をいう。孫武が書いた兵法書を、

『孫子』

と、いい、無数にある兵法書のなかで最高であるといわれている。

「おそらくそうだろう、と叔父はいっていましたが、叔父にも確信はないようです」

話題にのぼった孫文台すなわち孫堅は、この時点で、すでに亡くなっていた。

荊州の北部にいる袁術《えんじゅつ》（公路）と中部にいる劉表《りゅうひょう》とが対立し、袁術は孫堅をつかって劉表の本拠を攻略しようとした。劉表は属将の黄祖《こうそ》を遣《や》って迎撃《げいげき》させた。孫堅はやすやすと黄祖の陣

を破り、本拠の襄陽《じょうよう》を包囲した。ところがその陣を見回っているさなかに、黄祖の兵卒が放った矢に中《あた》って落命した。これはこの年の正月のことであったのだが、琅邪国までそれについての伝聞はとどかなかった。徐州の人々にとって、天下の形勢にかかわりのない荊州内での戦いに関心がなかったということである。

「ところで、亮よ、ちかごろわが家に見知らぬ人が出入りしているが、それについて、なにか知っているか」

「あの人は、遠い親戚だということです」

陽都《ようと》県にはいくつか諸葛家がある。諸葛家のもとの姓は葛《かつ》であり、秦《しん》王朝末期の大乱のさなかに功を樹《た》てた葛嬰《かつえい》が遠祖であるという。葛嬰の裔孫《えいそん》が、漢《かん》の文《ぶん》帝によって、琅邪の諸《しょ》県に封《ほう》ぜられ、のちに陽都に移ったとき、諸県の葛氏といわれ、諸葛とよばれるようになったという。が、これは一説にすぎない。

「その親戚の人は、父上となにを話しあっているのか」

諸葛瑾には多少の不安がある。

「内密な話のようなので、わたしどもは遠ざけられています」

諸葛亮がわたしどもといったのは、ふたりの姉も、ということである。

「それは腑《ふ》に落ちぬ。よし、わたしが父上にうかがってみる。ところで亮はあと三年で志学《しがく》の歳になる。どこへ往くか、決めているのか」

「高密《こうみつ》の鄭玄《じょうげん》先生に師事する、とすでに父上に申しました」

「ああ、叔父の世話になることをはばかったのだな。そなたらしい遠慮よ。だが、良い先生は鄭玄だけではない。高密往きに、そなたを縛りたくない。わたしが琅邪か徐州で官途《かんと》につけば、そなたの学費をだしてやれよう」

「兄上――」

兄のおもってもみないことばに、諸葛亮は感動した。

「ところで、そなたは叔父が嫌いか」

「嫌いではありません」

「それなら、叔父のもとに往って学問せよ。わたしが洛陽で修学できたのは、叔父の教えがあったからだ。そのことは父上に申し上げた。一両日中にわたしとともに叔父の家へ往こう」

「わかりました」

翌々日に、諸葛亮は兄につれられて叔父の家に往き、束脩《そくしゅう》を納めた。その礼容《れいよう》に目を細めた叔父は、

「教えがいのある弟よ。そんなことくらい、まえからわかっている」

と、ほがらかにいった。

叔父には妻はおらず、息子もいない。女《むすめ》がひとりいて、諸葛亮の姉たちと仲がよい。使用人が多いのは、叔父が殖財《しょくざい》に成功したあかしであろう。

叔父は諸葛亮がくると、そのつど機嫌がよく、講義も熱心で、そして夕方にさしかかると、

「食事をしていけ」

と、いい、膳《ぜん》をだした。ふたりの姉もしばしば遊びにきて、叔父の女と笑いさざめいた。姉たちのそういう声を諸葛亮は叔父の家ではじめてきいた。

夏になると、兄は官に従事するために、口利《くちき》きを求めて、たびたび外出するようになった。が、暑さが増すころ、疲労の色を濃くして帰宅した兄は、諸葛亮がいるところで、

「この国はだめだな。人材を登用《とうよう》しようという意欲がない。来月はとなりの東海《とうかい》郡へ行ってみる」

と、つぶやきにしては大きな声でいった。東海郡は琅邪国の南隣にあって、そこに徐州牧《ぼく》の陶謙がいる。ちなみに徐州は王国が多く、琅邪、彭城《ほうじょう》、下邳《かひ》は王国で、郡は東海と広陵《こうりょう》しかない。州全体を監督する長官を、以前は刺史《しし》といったが、いまは牧という。しかしたとえ州牧でも、国王に遠慮して、頭越《あたまご》しに指図することはない。それだけに徐州は陶謙の威令が伝わりにくく、関西《かんせい》や中原《ちゅうげん》で吹き荒れている戦乱の風にも鈍感で、危険にたいするそなえも不充分であった。

「兄上、例の件について、父上におたずねになりましたか」

諸葛亮の懸念《けねん》はそれである。

「例の件……、ああ、それか。話すときがきたら、みなのまえで話す、とおっしゃっただけ

だ。わたしが外出しているあいだに、親戚の者がきたのか」

「きました」

「どんなようすであったか」

「話がまとまったのか、朗報を伝えにきたのか、勢いよくきて、すぐに帰りました」

親戚の者が帰ったあと、室外にでてきた父が諸葛亮をみかけて、なにかを告げようとしたものの、おもいとどまったらしく、無言で室内にもどった。そのようすに、いぶかしさがある。

「父上はなにをなさろうとしているのか」

兄は小首をかしげた。

この日、叔父の家に往った諸葛亮は、いきなりの大声におどろかされた。

「よくきけ、亮よ。董卓が死んだ」

なるほどそれは天下の大事件であろう。諸葛亮が詳細を問うまえに、叔父は大声をつづけて放った。

「董卓を誅《ころ》した者は、呂奉先《りょほうせん》というらしい。とにかくこれで天下は大きな害毒《がいどく》を除《のぞ》いた。大慶《たいけい》というべきだな」

呂奉先とは、呂布《りょふ》のことである。

呂布の名が関東にも知られるようになったのは、董卓を誅殺《ちゅうさつ》した事件以後である。ちなみに長安を防衛するために東西南北に関《かん》とよばれる要塞が設置されており、その東の関を函谷関《かんこくかん》という。すなわち函谷関より東を関東、西を関西という。

なお、関東と似た意味で、

「山東《さんとう》」

ということばも用いられる。その山とは、函谷関の東北にある太行山《たいこうざん》を指している。

帰宅した諸葛亮はさっそく兄に、董卓が亡くなったことを伝えた。

「これで朝廷が安定してくれるとよいのだが、ふたりの袁氏がいまの皇帝を認めていないので、まだまだけわしい時世がつづきそうだ。武力優先の世相では、文官が軽視されている」

兄がいったふたりの袁氏とは、袁紹《えんしょう》と袁術のことで、袁紹は河北《かほく》の冀州《き》にあって山東の諸侯の盟主になっており、董卓が強引に立てた献帝《けん》（劉協《りゅうきょう》）を認めていない。袁術は洛陽から遠くない荊州北部にあって、袁紹と同様の意向をもち、献帝を助けるそぶりもみせない。

——いまは武人しか重視されないのか。

すると、学問はなんの役に立つのか。諸葛亮は兄の胸中にある嘆きがきこえたような気がした。

翌日、諸葛亮にとって、叔父からきかされた話よりも、父の口からでた話に、より激しくおどろかされた。

「娶嫁《しゅか》する」

父はそういった。再婚する、というのである。父のまえにならんだ五人の子は、それぞれお

ぼえた感情をかくすように、いっせいにうつむいた。それをみた父は、
「温《あたた》かく迎えてやってくれ」
と、いい、軽く頭をさげた。父が子にむかって頭をさげることは、めったにない。これが最初といってよい。四人が室《へや》をでたあと、兄だけが残った。ふたりの姉は涙をみせながら怒っていた。諸葛亮は自分の心をしずめることばを捜したが、めずらしいほど腹立たしくなり、家をでるとおのずと叔父の家のほうに歩きだした。外の暑さを感じなかった。

土中でねむっている母が、忘れられてゆく存在になることがくやしかった。いつのまにか諸葛亮は叔父のまえに立って泣いていた。

――亮は、多情多感なのだ。

叔父は諸葛亮の意外な一面をみつけたおもいで、しばらく声をかけずにながめていた。やがて泣きやんだ諸葛亮から、諸葛珪が再婚すると告げられると、なるほどそういうことか、とうなずき、

「男手《おとこで》で五人の子を育てるのをみかねた者がいたのだろう。あるいは再婚相手が家にいられない事情を汲《く》んで、話を兄にもちかけたのかもしれない。兄にも先方にも苦しさがあり、その結婚が両家の問題を解決するのであれば、喜ぶべきことだろう。なんじの心情はわかるが、兄は自分だけの利害を考えて決断したわけではない。あえていえば、なんじらをいたわるつもりで継妻《けいさい》を迎えるのだ。怨《うら》んではなるまいぞ」

と、懇々《こんこん》と諭《さと》した。

——叔父にはこんなやさしさがあるのか。

諸葛亮は慍然《うんぜん》としたままうつむいていたが、叔父の説諭《せつゆ》が心にしみてきた。叔父はすべてを愛情にくるんで醜悪な面をみせないように話したが、父に再婚話をもちこんできた遠い親戚の男が善意だけで両家を往来していたとはかぎらない。父に銭をちらつかせていたとしたらどうだろう。

——いやな想像をする。

諸葛亮は自分を嫌悪した。人を悪意の目でみれば、おのれの人格が卑《いや》しくなる。とにかくこの日、諸葛亮はまぎれもなく叔父を敬慕した。

やがて、ささやかな婚儀がおこなわれた。

諸葛亮の継母《けいぼ》となった女は、細腰《さいよう》をもった淑性《しゅくせい》の人で、生母の章《しょう》氏とはずいぶんふんいきがちがっていた。

——人としての温度がちがう。

生母のほうが温度が高かった、といやおうなく感じてしまう。それをいえば、継母を苦しめることになるであろう。そうわかるだけに、諸葛亮は口をつぐんであとじさりをするようになった。

ところが、兄はおもいがけなく継母に親近《しんきん》した。それは継母をいたたまれない立場に追い込まないための配慮であろう。継母はすぐに兄にはうちとけた。

が、問題はふたりの姉であった。ふたりとも継母には露骨に反発し、叔父の家にゆく回数をふやした。

——継母は悪い人ではない。

それどころか、かなり善《よ》い人である。ふたりの姉はそれをわかっているにちがいないが、父を取られた、という妬心《としん》が反発を産《う》むのであろう。

まだ十歳にならない弟の均《きん》は、本能的に継母を恐れるのか、まったく継母に近づいてゆかず、諸葛亮にまとわりつくように居た。諸葛亮が叔父の家で学問するときには、あとについてきて、おとなしく室の隅で坐っているか、庭にでて黙々と土いじりをした。僕佐《ぼくさ》がその姿をみて、

「こんなおとなしい児をみたことがない」

と、いったが、他家の子どもと遊ばないというわけではない。が、気をゆるしているのは諸葛亮にだけであるらしく、

「兄上がいなくなるのが、怖《こわ》い」

と、いった。諸葛亮が十五歳になると、他州へ往って学問をするとわかっているらしい。

「兄はわたしだけではない。姉もいるではないか」

諸葛亮がそういっても、均はうなずかなかった。均の感覚では、ほんとうに自分を保護して

くれるのは諸葛亮しかいない、ということなのであろう。

秋がすぎるころ、家の裏の菜園で耒《すき》をつかっている諸葛亮に近づいてきた父が、

「新しい母を温かく迎えてくれ、とそなたにもたのんだはずだが」

と、さりげなくいった。

腔子裏《こうしり》に苦《にが》いものをおぼえた諸葛亮は、

「兄上が孝養を尽くされています。それでよいではありませんか」

と、つい口答えした。

「浅はかなことを申すな」

めずらしく父は嚇《かっ》となり、諸葛亮を叱呵《しっか》した。父の心情がわかるだけに諸葛亮は苦しくなり、耒を放擲《ほうてき》して家を飛びだした。そのまま歩きつづけて、日没のころに墓地にたどりついた。みおぼえのある盛り土と松柏《しょうはく》をみつけて、そのまえに坐った。かれは拳《こぶし》で土をたたき、

「母上。亮は父上にさからう親不孝者になりさがりました」

と、訴えるようにいった。夜になってもそこから去らず、寒気がおりた地に横になった。満天の星である。それをながめているうちに、ふしぎに地の温かさを感じた。ねむったせいであろうか、明け方に猛烈な寒さをおぼえてふるえがとまらず、日が昇ったあとしばらくすると、気を失った。

諸葛亮をかかえ起こして、水を飲ませたのは兄である。わずかに目をひらいた諸葛亮の耳も

とで、兄は、

「寒かろう」

と、ささやき、両腕をさすりつづけた。やがて胸《ほじし》をとりだして、

「ゆっくりと噛《か》んでみよ。精《せい》がつく」

と、いい、それを諸葛亮の口のなかにいれた。塩味が体内にひろがるようで、かなり意識がしっかりとしてきた。

「母上が作ってくださったものだ」

兄が母上といったのは、当然、継母のことである。

よろめきながら諸葛亮は起《た》って歩いた。その肩を抱くように歩みをあわせた兄は、

「亮よ、かたくなになるな。孔子《こうし》は、学べばすなわち固《かたくな》ならず、とおっしゃった。本気の学問は、他人《ひと》を宥《ゆる》せるようにさせるというより、おのれを宥すことができるようにさせる。もっと学び、おのれに寛容になれ」

と、諭した。

――これが実母のために服忌をやりぬいた兄のことばか。

諸葛亮は唖然《あぜん》とするおもいで兄の声をきいた。

「なにはともあれ、父上と母上にご心配をかけたのだ。わたしが付《つ》き添《そ》ってやるから、お詫《わ》びせよ」

諸葛亮にうむをいわせぬいいかたである。

帰宅した諸葛亮は、父母のまえで、

「恣放《しほう》をいたしました。いくえにも叱咤《しった》をたまわりますように」

と、いい、叩頭《こうとう》した。だが、父は怒らず、

「墓地の夜は寒かったであろう。なんじを凍死させず、ここに帰してくれた者が、たれであるか、よくよく考えてみることだ」

と、いっただけであった。継母は黙ったまま諸葛亮をみつめていたが、そのまなざしに微妙な勁《つよ》さと温かさがあった。

——この人は、ずいぶん気丈《きじょう》な人なのだ。

はじめて諸葛亮は継母の本質にふれたような気がした。想ってみれば、豊かさに欠けるこの家にきて以来、継母はいちども不満を洩《も》らしたことがない。

寒さがつのる仲冬《ちゅうとう》に、兄は留学中に知った名をたよって、南隣の東海郡へ行った。帰ってきたのは二十日後であるから、その知人に歓待されて、逗留《とうりゅう》できたということであろう。

兄は父に短い報告をおこなってから叔父の家へ往こうとして、諸葛亮の顔をみた。

「ついてこい」

と、いい、連れ立った。が、諸葛亮のうしろに均がつづいた。ふりかえった兄は苦笑した。

叔父の家にあがりこんだ兄は、

「ここ琅邪国には微風しか吹いていませんが、東海郡にはなまぐさい強風が吹いております。今年の六月に長安が董卓の属将たちによって落とされたことはご存じでしょうか」

と、叔父にいった。

「その風説は、耳にしたことがある」

「董卓を嫌っている袁本初《えんほんしょ》と袁公路が、それを知って、長安の朝廷と妥協《だきょう》する道を閉ざしたことはあきらかです」

袁本初とは、河北の雄《ゆう》になりつつある袁紹をいう。

「しかも袁本初と袁公路は、仲が悪い。それについては、叔父上はご承知でしょう」

袁紹と袁術は異母兄弟で、正室の子である袁術は、袁紹への憎悪が烈《はげ》しい。

「袁氏のふたりがいがみあっているのは、天下の憂慮《ゆうりょ》の種だ」

「たしかに袁氏は名門中の名門です。ところが東海郡にいる徐州牧の陶恭祖《とうきょうそ》は名門嫌いで、袁氏をかつぐ者たちとは離れて、名将の朱公偉《しゅこうい》を推戴《すいたい》しようとしています。そうなると、徐州のとなりの兗《えん》州には袁本初の盟友の曹孟徳《そうもうとく》がいますから、徐州と兗州の戦いになりかねません」

人は成人になると、本名のほかにあざなをもつ。あざなは世間にでる者が必要とする対外的な名で、仕える主人と学問の師などには本名を明かす。

徐州を治めている陶謙の恭祖、黄巾《こうきん》の乱の鎮圧に功のあった朱儁《しゅしゅん》の公偉、兗州東《とう》郡太守として威勢を伸張している曹操《そうそう》の孟徳は、すべてあざなである。

ちなみに十九歳の兄は、翌年、

「子瑜《しゆ》」

というあざなをもつ。本名の瑾は美玉《びぎょく》をいうが瑜も美玉で、二字をそろえて瑾瑜《きんゆ》という熟語がある。

兄の話をきいた叔父は、

「徐州牧はときどき欲望をみせてみぐるしいことをする。かたくなな男よ。時勢を謙虚にみる目がないのだ。袁氏との同盟を嫌っていては、徐州は孤立して、討滅《とうめつ》されてしまう」

と、痛烈に陶謙を批判した。叔父はこれから諸侯を主導してゆくのは袁氏であるとみているようである。

兄のうしろに坐っている諸葛亮は、かたくな、ということばをきいて、うつむいた。

「そなたは東海郡の郯《たん》県へ行ったのか。そこは郡の中心だ。風説が集まっていよう。袁公路どのについてのうわさはなかったか」

「ひとつだけ、耳にしました」

「ほう、それは――」

「荊州の争奪戦において、袁公路どのは荊州牧の劉景升《りゅうけいしょう》に敗れたということです」

「ああ。劉景升……」

知人である。景升はあざなで本名は表《ひょう》という。劉表《りゅうひょう》も宦官《かんがん》政治を不快におもっていた清士《せいし》のひとりで、党人禁錮《とうじんきんこ》の令が発せられるとゆくえをくらました。つまり逮捕をまぬかれて逃げ切ったのである。何進《かしん》が政柄《せいへい》をにぎると、宦官に憎まれていた者たちが、つぎつぎに中央政府に集まった。

叔父は徒労《とろう》の色をみせている兄をなぐさめるように、

「知るとは、人を知ることだ、と『論語《ろんご》』にある。そなたは洛陽でさまざまな人に会い、いまもあらたな人に会っている。そのことは目的に直結するものでないにせよ、志《こころざし》の実現に培漑《ばいがい》をおこなっていると想えばよい。焦《あせ》ってはなるまいよ」

と、いった。このことは、兄だけでなく諸葛亮にもいっているようである。

帰路、兄は、

「叔父には、いろいろ助けられる」

と、いってから、ふりかえった。弟の均を叔父の家に置き忘れたのではないかとおもったが、諸葛亮のうしろを歩いていた。

「均が成人になるころ、けわしい世が終わっていればよいな」

「そうですね……」

と、諸葛亮は答えたが、叔父にはいたわってもらうばかりで、叔父をいたわる心がなかったことに気づいた。ああ、劉景升といった嘆息まじりの声に、叔父のくやしさがこめられていたにちがいない。

年があらたまった。

元旦は暗かった。旭光《きょっこう》は黒雲にさえぎられて地にとどかなかった。それを瞻《み》た兄は、

「今年は良い年にならぬかもしれない。徐州だけが平穏《へいおん》無事でありつづけると想うのは、幻想というものだ。戦いとなれば、わたしは兵として征《ゆ》くかもしれず、女と子どもは輜重《しちょう》の車を押さなければならぬ」

と、諸葛亮にいった。

兄の不吉な予感はあたった。

仲春《ちゅうしゅん》に父が罹病《りびょう》し、三か月後の猛暑のさなかに亡くなった。亡くなるまえに父が諸葛亮にいったことは、

「『易《えき》』に、窮理尽情《きゅうりじんじょう》ということばがある。なんじは生涯それをこころがけよ」

ということであった。

天の理をきわめ、人の情を知り尽くす、それが窮理尽情である。けっきょくその四文字が諸葛亮への父の遺言であり遺訓《いくん》となった。

五人の兄弟姉妹は、親戚の人々とともに葬地へゆき、哭《な》きながら埋葬をおこなった。母の墓に合葬したのである。

帰路、叔父だけが五人から離れず、ともに家のなかにはいった。叔父のまえに五人と継母が

ならんで坐った。

「さて、わかりきっていることなので、くどくどいうつもりはない。父を喪《うしな》った長子《ちょうし》は喪に服さなければならない。ゆえに瑾は外出さえできず、二年余をすごすことになる。するとこの家は、唯一《ゆいいつ》の働き手を失い、立ちゆかなくなる。それがわかっていながら、この家族を見棄《みす》てるほどわたしは非情ではない。そこで瑾の下の四人をわたしが引き受けよう。明日、わが家に移ってきなさい。ところで、あなたはどうなさる」

叔父は継母に問うた。

——実家にお帰りになるのか。

と、問うたつもりであろう。このとき継母は強いまなざしを叔父にむけて、

「わたくしが去れば、瑾は飢《う》え死《じ》にします。ともに粥《かゆ》をすすって二年余をすごしますゆえ、どうかご心配なく」

と、こばむような口調で答えた。わずかに慍《むっ》とした叔父は、

「それでは、そうしてもらいましょう」

と、顔をそむけ、板敷《いたじき》を蹴《け》るように起《た》った。

翌日、諸葛亮らは実家をでた。

ふたりの姉は継母に背をむけてさっさと歩き去ったが、諸葛亮は頭を低くして、

「兄をよろしくお守りください」

と、継母にいった。均は諸葛亮のうしろにかくれて継母をみなかった。

「服忌が終わったら、この家にもどってきてくださいね」

継母の口調にはいつにないやさしさがこめられていた。諸葛亮はさらに頭をさげて、

「かならず──」

と、答えた。そのとき均はこわごわ継母をみて、すぐに首をすくめたようである。諸葛亮は均の手を執《と》って実家をあとにし、叔父の家に移った。

諸葛家の不幸は父の死というものであったが、やがて徐州はそれどころではない酷虐《こくぎゃく》に襲われることになる。

その原因は、陶謙の配下がとなりの州の曹操の父と弟を殺したことにあった。陶謙は曹操の家族を殺害せよと命じたわけではない。配下がかってにやったことなのである。

曹操の父は曹嵩《そうすう》といい、かつて三公の位に昇ったことがある富貴《ふうき》の人である。官界からしりぞいていたかれは、戦乱のひろがりをみて、戦禍《せんか》を避けるべく、泰山《たいざん》郡の辺陬《へんすう》に隠遁《いんとん》した。なお、琅邪国に避難したともいわれているので、州の境に近いところに滞在していたのであろう。兗《えん》州の平定にめどをつけた曹操は、そろそろ父を迎えたいとおもい、泰山太守の応劭《おうしょう》に護衛をたのんだ。その兵が曹嵩のもとに到《いた》るまえに、陶謙の配下が動いていた。

陶謙は都尉《とい》の張闓《ちょうがい》に二百の騎兵を与えて曹嵩を護送させようとしたが、張闓は曹嵩がもっている財の多さに目がくらんで、曹嵩らを殺して財を奪い、淮南《わいなん》（淮水《わいすい》の南）へ逃げた。

ほかには、陰平県《いんぺいけん》を守っていた陶謙の別将の下にいた兵卒《へいそつ》らが、曹嵩の財宝を欲して殺害におよんだともいわれる。陰平県は東海郡の西端の県のひとつであるから、曹嵩が徐州近くにいたであろうとは容易に想像できる。

とにかく父と弟を殺された曹操は激怒した。

曹嵩を迎えそこなった応劭は、後難を恐れて、官を棄てて北へ奔《はし》り、袁紹のもとに身を寄せた。曹操にとって陶謙だけではなく徐州が、父の仇《あだ》となった。

徐《じょ》州と兗《えん》州

仇討《あだう》ちについて、『礼記《らいき》』は、

——父の讎《あだ》は、與《とも》に天を戴《いただ》かず。

と、いっている。仇討ちを容認しているというより、むしろ推奨《すいしょう》している。ちなみにその一文は、

「不倶戴天《ふぐたいてん》」

という熟語でよく知られるようになった。父の仇《あだ》とおなじ天の下にいてはならない、とは、激越《げきえつ》な表現であるが、儒教では父を至尊《しそん》とするので、仇討ちはしばしばおこなわれた。

兗《えん》州の東《とう》郡太守《たいしゅ》である曹操《そうそう》は、まだ兗州牧《ぼく》ではないが、州内で実力を伸張させつつあった。春に、荊《けい》州での覇権《はけん》争いに敗れた袁術《えんじゅつ》が、兵を率いて兗州の陳留《ちんりゅう》郡に侵入した。兗州を不安定とみて、そのなかの一郡を取れるとみたのであろう。この時点で、曹操の実力を低く評していたにちがいない。ところが曹操の迎撃《げいげき》はすばやく、しかも強力であった。

袁術の属将の駐屯地を攻撃したあと、袁術が本拠とした封丘《ほうきゅう》を包囲した。袁術は南へ奔《はし》って襄邑《じょうゆう》にはいったが、曹操軍の追撃が急であったため、となりの梁国《りょう》の寧陵《ねいりょう》へ移った。が、そこでも陣を立て直せず、南へ南へとのがれ、晩春に、揚州《よう》の九江郡《きゅうこう》にはいった。そこで一安《いちあん》を得た袁術は、曹操軍の勁強《けいきょう》さをおもい知った。

曹操が父と弟の死を知ったのは、そのあとである。

「陶恭祖《とうきょうそ》の首を父の霊前にそなえてやる」

夏が終わるまでに充分に遠征の準備をさせた曹操は、秋になると軍を東進させた。

徐《じょ》州の西端に彭城《ほうじょう》国がある。そこが戦場となった。

「父の仇は陶恭祖だけではない。徐州の兵も人も、すべてが仇である。容赦はいらぬ」

と、兵卒にもきこえる声で号令した曹操は、怒気そのものとなって猛進した。陶謙《とうけん》の徐州兵は惨敗《ざんぱい》した。彭城から東海《とうかい》郡へ敗走した陶謙は、居城である郯《たん》に逃げかえって、籠城《ろうじょう》した。

曹操軍の猛攻がつづいたが、郯城はよく耐えた。

——すぐには郯城を落とせぬ。

と、判断した曹操は、包囲を解き、東海郡内の諸城に兵をむけた。

三城をつぎつぎに落とした曹操軍は、徐州の将卒《しょうそつ》の降伏をいっさい認めず、殺戮《さつりく》した。いや徐州人をすべて父の仇としている曹操は、

「州民も赦《ゆる》すな」

と、厳命した。

このため曹操軍の兵にみつけられた者は、女や子どもでも撃殺された。武器をもたぬ庶民の死体のそばに、鶏《とり》や犬の死骸もころがった。

死者の数は数十万といわれる。泗水《しすい》に落ちた死体がつみ重なって、坡《つつみ》となり、ながれをせきとめた。

大虐殺《だいぎゃくさつ》である。

まだ曹操軍に踏み込まれていない琅邪《ろうや》国で喪《も》に服していて、そういう虐殺を目撃するはずがない諸葛瑾《しょかつきん》は、はるかのちに曹操軍の侵寇《しんこう》について、

「生類殄尽《しょうるいてんじん》」

と、悼《いた》みをふくんでいった。殄は、絶えると訓《よ》む。生きているものは全滅したということである。曹操軍が東海郡でおこなったことのすさまじさは、たちまち風説となって徐州のすみずみにまで飛んだということである。

年末に曹操軍は引き揚げたが、郯城の陥落をみとどけなかったかぎり、翌年も、再襲することはあきらかである。

徐州全体の吏民《りみん》が浮き足立って、他州への移住を考えはじめたのは、このときからである。

叔父《おじ》の諸葛玄《げん》は、春のあいだ外出する回数を増やした。

財産のある人は、戦いのすくない州がどこであるのか、情報を交換しあっているのだろう、

と諸葛亮《りょう》は推測した。

もしも叔父が移住を決断したら、自分はどうすべきか。姉とともに実家にもどるのが当然であろうが、その際、叔父はなんというか。あれこれ考えれば、さらに落ち着かなくなり、学問どころではなくなった。高密《こうみつ》への留学は夢のまた夢となった。

晩春のある日、叔父は姉と諸葛亮を呼んだ。

「まもなく兗州軍が徐州を侵《おか》す。兗州軍が郯城を落としたら、北上して、琅邪国を蹂躙《じゅうりん》にくる。国民はみな殺しにされる。早めに避難するので、心しておくように」

強力な敵軍に襲われそうになった県の民は、あらかじめ県をでて近くの山のなかに隠れて、事態の推移を遠望《えんぼう》するのが常である。

陽都《ようと》県も、西へゆけば山脈がある。

だが、叔父の避難は手軽なものではなく、もっと深刻なものであろう、と諸葛亮は推測《すいそく》した。

――この際、徐州をでて他の州へ移住するのではないか。

しかし陽都県のある琅邪国からどのように脱出するのだろうか。南隣の東海郡に曹操軍が充満するようになったら、北の青州《せい》へゆくか。それとも津《みなと》をもつ県へ奔って外海にでるしかない。いまや青州は乱れに乱れているようであるし、外海の定期航路などきいたこともない。それよりもなによりも、叔父は自身の早めの避難について、兄にほのめかしたのだろうか。

諸葛亮は気をもみはじめた。

ほどなく、陽射《ひざ》しが暑さをもつようになった。

郡境の天が翳《かげ》った。兗州軍の兵馬が立てる塵煙《じんえん》が濛々《もうもう》と昇った。この軍はまっすぐに郯城にはむかわず、東海郡内にある城をひとつひとつ落とした。それから旋回するように郯城に襲いかかった。

居城である郯城を落とされれば死ぬしかない陶謙は、郡内の将士が半減している惨状を知り、苦肉《くにく》の策として他の州に援助を求めた。ここまで陶謙は活発な外交をおこなってこなかったので、諸将との和親はなく、孤立していた。それでも左右から、

「青州に田楷《でんかい》と劉備《りゅうび》がいます」

という声が揚がったので、むりな招きよ、とおもいつつも、使いを遣《や》った。ところが、おもいがけなく、その二将が駆けつけてくれたのである。

田楷と劉備は、最北の州である幽《ゆう》州の英雄というべき公孫瓚《こうそんさん》の属将である。公孫瓚が南下して、冀《き》州だけではなく青州の支配をもくろんだため、ふたりは青州にはいっていた。ところが戦況は好転せず、しだいに窮《きゅう》していた。そこに陶謙の使いがきたというわけである。

——助かった。

と、内心喜んだのは、ふたりであったろう。

だがふたりが置かれていた実態を知らない陶謙は、にわかな懇請《こんせい》にこころよく応《こた》えてくれたことに感激した。

――ふたりには、義俠《ぎきょう》の心がある。

とさえ、おもった。それはそうであろう。ここまで陶謙は北の公孫瓚に交誼《こうぎ》を求めたことはない。その公孫瓚の指示に従って青州攻略をおこなっている二将が、その任務をわきに置いて、縁もゆかりもない徐州牧を助けにきてくれたのである。しかも陶謙は田楷の名を知っていた。田楷は北方ですでに勇名《ゆうめい》を馳《は》せていた。田楷を佐《たす》けている劉備については知らなかったが、ふたりをもてなしているあいだに憶《おも》いだしたことがあった。

「玄徳《げんとく》どのは――」

と、劉備のあざなを呼んだ陶謙は、

「以前、黄巾《こうきん》の兵に囲まれた北海相《ほっかいしょう》を救助なさったのでは――」

と、いった。わずかに笑った劉備は、

「そんなことがありましたな」

と、誇色《こしょく》をみせずに答えた。劉備が青州の平原相《へいげんしょう》でいたころ、北海国の相である孔融《こうゆう》が黄巾の兵の寇掠《こうりゃく》を鎮《しず》めるため、都昌《としょう》県に駐屯したことがあった。その県が、管亥《かんがい》という首領に率いられた黄巾の兵に攻められ、窮地におちいった。そこで孔融は、太史慈《たいしじ》という者を平原県まで走らせ、劉備に救いを求めた。なにしろ孔融は孔子《こうし》の裔孫《えいそん》であり、天下有数の識者である。

その孔融の急使に接した劉備は、

「孔北海ほどの人が、わたしをご存じであったとは」

と、おどろき、喜び、すぐさま三千の兵を発して、孔融を窮地から救いだした。

陶謙は風説を耳にしてそのことを知り、おぼえていた。

——ふたたび曹操に襲われたら、城を棄《す》てて、故地に帰ろうか。

じつは陶謙はそこまで弱気になっていた。かれの故地とは、江水《こうすい》（長江）の南の丹楊《たんよう》郡丹楊県である。なお丹楊は丹陽とも書かれる。だが、劉備と語りあううちに、遁竄《とんざん》するという考えを棄てた。

「州民を守るのは、あなたさましかいない。また人民を虐殺する曹孟徳《そうもうとく》を、天がいつまでもゆるすでしょうか」

劉備にそう説《と》かれたからである。

さらに劉備から、

「兗州軍がきたら、城外で迎え撃ちましょう」

と、説かれた陶謙は、内心おどろいた。郡内にいる諸将は曹操軍の勁《つよ》さに震慴《しんしょう》し、戦うどころか逃げることしか考えていない。しかも劉備が青州から率いてきた兵の数は数千であっても、まともに戦えるのは千数百にすぎない、と陶謙はみた。だが万を単位とする兗州軍を迎撃するといった劉備の勇気が、口先だけのものではないと感じた陶謙は、ひそかに感動し、

「いいでしょう」

と、同意して、劉備に自身の兵を貸与《たいよ》すると同時に、佐将というべき曹豹《そうほう》も劉備に協力させ

るかたちで城の東に駐屯させた。

地から陽炎《かげろう》が立つような暑さである。

曹操軍の旗は地表をかくすほど多く、ゆらゆらと揺れながら近づいてきた。

この戦いが、劉備と曹操の最初の交戦である。

劉備軍の兵力はいちおう万に達したが、実質は四、五千の隊である。しかしながら、この隊の先鋒には関羽《かんう》と張飛《ちょうひ》がいた。のちに曹操の謀臣の程昱《ていいく》から、

「関羽と張飛はそれぞれ一万の兵と戦うことができる」

といわれるようになるふたりである。この時点では、ほとんど無名の勇士であっても、その働きはすさまじかった。城内の望楼《ぼうろう》から戦場をながめていた陶謙は、劉備軍が互角の戦いをしていることを知り、

「おう、おう――」

と、声を放って昂奮《こうふん》した。

だがその迎撃の布陣の弱点は、曹豹の隊の戦意のとぼしさであった。

戦い巧者《こうしゃ》である曹操の兵は、それをみのがさず、曹豹の隊を突いた。

ひとたまりもない、とは、このことであろう。曹豹は逃げた。兵も逃げた。それによって迎撃の布陣は大きくゆがみ、劉備軍は前と左右から攻撃されるようになり、退却せざるをえなくなった。城にもどった劉備の左右から、

「曹豹め――」

と、罵倒《ばとう》する声が揚がった。だが、敗戦の因《いん》が曹豹隊の早いくずれにあるとわかっても、陶謙は曹豹を責めなかった。

曹豹は、東海郡の南に位置する下邳《かひ》国の相《しょう》であり、陶謙の軍事を最初から佐け、ともに曹操と戦った。それだけに陶謙から信頼されたが、みかたによっては、曹操軍にたたきのめされたあと、これといった計策も立てず、いたずらに陶謙の籠城《ろうじょう》につきあっていたにすぎない。

とにかく陶謙はふたたび籠城した。

曹操軍はその郯城を威嚇《いかく》するように近づいたが、包囲することはせず、数日後には西へ移動した。郯城の西には襄賁《じょうほん》の城がある。それを包囲すると、猛攻を開始した。

じつは襄賁は、東海郡に属してはいるが、琅邪国との境に近い。曹操軍が襄賁を落とせば、琅邪国になだれこんでくることが充分に予想された。

琅邪国内では、あちこちで、

「兗州軍がくる」

という悲鳴に比《ちか》い声が飛び交い、そのまえに諸葛玄は家財のかたづけをはじめさせていた。

それをみた諸葛亮は、おもいきって、

「徐州をでられるのですか」

と、叔父に問うた。

「そうだ。そうするしかあるまい。兗州兵は女や子どもでも容赦なく殺すのだぞ。徐州の山川《さんせん》はいたるところ血の色となる」

「兗州軍は南からきます。北へむかっても、青州は乱れに擾《みだ》れています。西へ奔れば兗州です。避難路はありません」

これは諸葛亮がおもってきたことである。

「いや、ある。東へゆく」

「東には、海しかありません」

「ここから東へゆくと、海曲《かいきょく》という県がある。そこから南下して、広陵《こうりょう》郡に渡る。心配するな、てはずはととのえてある」

諸葛亮の心配はほかにもある。

「母と兄に、黙って出発なさるのですか」

叔父は苦笑した。

「そんなつれないことをしようか。いざ出発となれば、そのまえに告げて、同行させる」

叔父が非情の人ではないとわかっていても、そのことばをきかないかぎり安心できなかった。広陵郡は徐州の最南端の郡であるが、そこに移ったところで避難にはならない。徐州の外にでる、とは、どこへ行くことになるのだろうか。

叔父は家人を外で動かしている。

曹操軍の動向をさぐり、避難路の確認をおこなっているにちがいない。

「兗州軍が勁強であるにせよ、一城を落とすのに、十日から二十日はかかろう。襄賁の城を落としたあと、兗州軍が琅邪国に侵入するにしても、その進路を知らなければ、避難に失敗する。すでに陽都から逃げだした者がいるが、もうすこし待ってから出発する」

叔父は諸葛亮にそう教えた。

すでに晩夏である。

叔父の手足となって動きまわっていた僕佐《ぼくさ》は、庭にでている諸葛亮をみかけると、いそぎ足で近づき、

「襄賁の城が陥落したようです。いよいよでしょう」

と、さりげなくささやいた。僕佐は諸葛亮に好意をもっているようである。

――いよいよ陽都を去るのか。

徐州が曹操に征服されてしまえば、陽都どころか徐州に帰ってくることさえできなくなる。

「均《きん》よ、墓参りにゆこう」

弟の均は幼児というよりも少年とよんだほうがよい十代となっている。諸葛亮は父母に別れを告げるべく、葬地へゆき、復《かえ》ってきた。均は、なぜ兄が急に墓参りをしたのか、わかっているようで、墓前で涙をながした。帰路、均は、

「叔父さんは、どこへ行くの」

と、諸葛亮に訊《き》いた。

「さあ、それは、わたしにもわからない。しかし広陵郡へ行くといっていたから。そこから江水を渡るのだろう。船に乗るのは、怖《こわ》いか」

均は首を横にふった。

「兄上といっしょなら、怖くない」

均は昔から絶大に兄を信頼している。

「そうか、わたしも均といっしょなら怖くない」

このとき諸葛亮はこの弟とふたりだけで生きぬいてゆく未来を想い、その未来に長兄の姿がないことにぞっとした。

三日経《た》った。

叔父の表情が変わった。声も明るくなった。いぶかしげにそのようすをみている諸葛亮に、

「兗州軍が去った」

と、叔父ははしゃぐようにいった。

せっかく襄賁の城を落とした曹操軍が、あわただしく引き揚げたのは、徐州の官民にとって倖利《こうり》であった。

――突然、なぜ兗州軍は去ったのか。

わけは、あとでわかった。

曹操は陶謙に復讎《ふくしゅう》するために、むきになり、兗州兵の大半を率いて徐州を攻めた。そのため兗州の防備がうすくなり、そこを呂布《りょふ》に突かれ、兗州を横奪《おうだつ》されそうになった。

呂布は長安《ちょうあん》にいるときに、献《けん》帝の最大の敵というべき董卓《とうたく》を討ったので、勤王《きんのう》の士としてもてはやされた。しかしながら、董卓とは父子の契《ちぎり》を結んだことがあるので、子が父を殺したことになり、倫理《りんり》面から呂布をさげすむ人はすくなくない。

長安が董卓の属将たちに攻略されると、呂布は南へ逃げて袁術を頼ったものの、恣行《しこう》をつづけたため、袁術に嫌われた。ついで呂布は北へ行って、袁紹《えんしょう》に属《つ》いたが、そこでも疑われて殺されそうになった。そういう呂布をかついで兗州取りを敢行したのが、陳留太守《ちんりゅうたいしゅ》の張邈《ちょうばく》である。かれは袁紹と不和になり、袁紹の盟友である曹操を潰《つぶ》してしまおうとたくらんだのである。

呂布と曹操が兗州のなかで争ってくれることは、徐州にとって幸いである。

しかし諸葛玄の表情は冴《さ》えなかった。かれは諸葛亮を呼んで、

「なんじは賢いので、われの予見《よけん》をわかってくれよう。東海郡は兗州軍に二度も蹂躙《じゅうりん》された。死者は数十万人であるといわれている。徐州牧《ぼく》が政治と軍事をおこなうに不可欠な吏民《りみん》はほとんど失われた。徐州の力は衰弱するばかりなので、われはやはりこの州をでようとおもう」

と、いった。

「どこへ、ゆかれるのですか」

「袁公路《えんこうろ》どのが、九江《きゅうこう》郡の寿春《じゅしゅん》に本拠をお定めになった。ゆえに九江郡へ行ってもよいが、も

っとも政情が安定しているのは、荊《けい》州であるときいた。荊州牧の劉景升《りゅうけいしょう》どのもわれの知人だ。どちらに往くにせよ、広陵郡までさがって、船に乗ることになる」

「そうなのですか……」

やはり徐州を去ることになる。それを想《おも》うと諸葛亮はせつなくなり、息苦しくなった。が、叔父の判断が誤っているとはいえない。

叔父に仕えている者たちが、ふたたび外にでて、あわただしく動きはじめた。東海郡から曹操の兵の往来が消えたため、間道《かんどう》や危険な路をすすまなくても、東海郡をゆっくり縦断《じゅうだん》して広陵郡へ行けることになった。つまり旅行の道順を変えることになるので、かれらは手はずの変更をおこなった。

——家人が帰ってくると、いよいよ出発になる。

そうおもった諸葛亮は、叔父にむかって、

「徐州をでることを、母と兄に告げてよろしいでしょうか」

と、問うた。

「そうだな。もう告げてもよいだろう。出発の日が定まったら、われがふたりに告げるが、なんじがさきに往って、心構えをしておくように説いてくれ」

「ふたりをお連れになるのですね」

肝心《かんじん》なところは、そこである。

「むろん——」

この叔父の声をきいた諸葛亮は、走って実家にもどった。幽《くら》さが染《し》みたような家である。継母がでてきた。だが、その表情には暗さはない。

「亮よ、ひさしぶりですね」

「母上、どうか兄上とともにきいていただきたい話があります」

奥にはいった諸葛亮は叔父が徐州を退去して、揚《よう》州か荊州へ移ることをふたりに語《つ》げた。

「半月以内に出発となります。旅の支度《したく》をおはじめください」

「わかった。叔父上は故郷をお棄《す》てになるのか……」

兄はそういったが、諸葛亮の耳には、われは故郷を棄てない。という意思がひそんでいるようにきこえた。喪に服している兄をはばかって奥の室《へや》からしりぞいた諸葛亮は、継母に頭をさげた。

「兄上は毎日粗食のみですごしているのでしょうが、窶《やつ》れたようにはみえませんでした。母上のおかげです」

継母は微笑した。

「瑾《きん》は心の衍《ゆた》かな人です。一箪《いったん》の食、一瓢《いっぴょう》の飲《いん》しかなくても、貧しさを嘆かずに生きてゆけるでしょう。ただしあなたは、それを倣《なら》う必要はありません」

「はあ……」

諸葛亮は継母の佳致《かち》をはじめて痛感した。

この日から八日後には、東奔西走《とうほんせいそう》していた家人がほぼ全員、叔父のもとにもどってきた。かれらの報告をきいた叔父が、

「明日には、瑾に話さねばなるまい」

と、いったこの日、叔父の身の上におもいがけない珍事が生じた。

数騎の騎馬が門前に駐《と》まった。

下馬した数人のなかのふたりが門をたたいた。応対にでた僕佐はひとりの顔をみて、おどろき、

「いつぞやは、たいそうお世話になりました」

と、鄭重《ていちょう》に頭をさげた。訪問客は袁術の家臣であり、そのなかのひとりは、諸葛瑾が留学をはじめるときに付《つ》き添《そ》ってくれた人である。

わずかに笑《え》んだかれは、

「玄《げん》どのは、ご在宅か」

と、問うた。頭を低くしたままの僕佐は、どうぞこちらに、といわんばかりの手つきで客をみちびいた。

家のなかにいた諸葛亮は、その訪問客をみかけて、空気が変わったように感じた。人の命運にかかわることが生じた場合、空気も蕩揺《とうよう》するらしい。

諸葛玄は突然の訪問客が袁術の家臣であると知って、すぐに、

――袁公路どのが、われを辟聘《へきへい》するのではないか。

と、予感した。袁術が九江郡の寿春に政府を定めたことは知っている。その政府にきて官人にならぬか、と誘うために使者をよこしたのではないか。

諸葛玄に対座したふたりは、

「われらは主である袁公路が、あなたさまを叙任《じょにん》したことを、お伝えにきました」

と、おごそかにいった。

「叙任――」

諸葛玄は眉《まゆ》をひそめた。上位の官人にたいして用いられることばである。だが、諸葛玄は官《かん》吏《り》ではなく、庶民にすぎない。

「さようです。主はあなたさまのような異才が野《や》に埋もれてしまうことを惜しみ、擢登《てきとう》なさって、豫《よ》章太守《しょうたいしゅ》に任命なさいました。太守のあかしである印綬《いんじゅ》を持参しました。ご披見《ひけん》ください」

さしだされた印綬を視《み》た諸葛玄は、一瞬、呆然《ぼうぜん》とした。綬は印を帯《お》びるための紐《ひも》である。

豫章郡は揚《よう》州のなかで最西端にあって、その東隣にある会稽《かいけい》郡とならんで、かなり広大な郡である。

諸葛玄の昂奮《こうふん》を冷静な目でみた使者は、

「わが主は九江郡の寿春に本拠を置いて、江水の南北の郡を平定しつつあります。豫章郡をあなたさまに攻め取るようにいっているわけではありません。豫章太守の周術《しゅうじゅつ》が病死したため、太守の席が空《あ》いたのです。いま豫章には主導者がいないとなれば、賊魁《ぞくかい》につけねらわれて、州の官民は大いに迷惑します。どうかあなたさまは早々にここをお発《た》ちになって、治所《ちしょ》である南《なん》昌《しょう》におはいりください。一日の遅れが、とりかえしのつかないことになります」

と、切々《せつせつ》と述べた。

なんどもうなずいた諸葛玄は、うけとった印綬を返すことなく、

「わかった。袁公路どのの期待にこたえてみたい」

と、答えた。それをきいた使者は目容《もくよう》を明るくして、

「かならずおひきうけくださると信じて急行してきました。嘉言《かげん》をたまわったことを、さっそく主に報告します」

と、一礼して起《た》った。室からでた使者は僕佐をみつけて、

「瑾どのは、ご健勝か」

と、問うた。

「昨年、父を失ったので、喪に服しています」

「そうですか。玄どのが帯同《たいどう》なさるのであれば、瑾どのは寿春にくるとよろしい。わたしが瑾どのを主に推挙します」

「かたじけないことです。かならず申し伝えます」

僕佐は立ち去る使者に深々と頭をさげた。

なかなか昂奮が冷《さ》めない諸葛玄は、矢つぎ早《ばや》に家人に指示をあたえてから、自室に閉じ籠《こ》もり、一時《いっとき》ほどでてこなかった。その間に、僕佐は諸葛亮に、

「主は袁公路さまから豫章太守に任命されたのです。おそらく明後日には、豫章にむかって出発することになるでしょう」

と、低い声でおしえた。

――豫章へ往く……。

未知の郡へゆくと知った諸葛亮の胸が顫《ふる》えた。

豫章《よしょう》へ

室《へや》からでてきた諸葛玄《しょかつげん》は、眼光がするどかった。

わずかではあるが妖気《ようき》をただよわせていた。

——そうか……。

諸葛亮《りょう》には叔父《おじ》の決意のすさまじさが伝わってきた。豫章太守《よしょうたいしゅ》を受けたことも、知人、友人のいない豫章郡へ往くことも、叔父にとっては生涯の大勝負にちがいない。かつて清士《せいし》とよばれた人々とつきあった叔父には、徐州《じょ》の片隅《かたすみ》で無名のまま朽《く》ち果《は》てることに慙愧《ざんき》があったにちがいない。いまやまぎれもなく乱世《らんせ》であり、多くの人々が戦っている。その戦いに負ければ死ぬかもしれないが、いちども戦わずに死ぬよりはましだ、と叔父は肚《はら》をすえたのであろう。

叔父は諸葛亮を一瞥《いちべつ》すると、

「ついてきなさい」

と、いい、諸葛瑾《きん》に会いに行った。継母《けいぼ》は叔父のものものしさを鋭敏に感じて、

「いよいよご出発ですか」

と、いったが、あわてるようすはなかった。

家のなかをながめた叔父は、不快さをかくさず、

「旅の支度《したく》をしておいてもらいたい、と亮を介《かい》して、お伝えしておいたはずだが」

と、咎《とが》めるようにいった。家のなかの物はいささかも動かされていない。継母はそれには答えず、諸葛瑾のいる室にはいって坐《すわ》った。諸葛亮も叔父に従ってその室にはいった。着座するとすぐに叔父は、諸葛瑾にむかって、

「本日、袁公路《えんこうろ》どのの使者がきて、わたしは豫章太守を拝命した。明後日、任地へむかって発《た》つ。ここ陽都《ようと》には帰ってこない。そなたを置き去りにしたくない。明後日の早朝、母御《ははご》とともに、わが家にくるとよい」

と、やや強くいった。

諸葛瑾はおどろきもせず、

「さようですか……」

と、つぶやくようにいってから、一考したあと、

「わたしは参りません。母とともに、この家に残ります」

と、暗い声でいった。

「瑾よ。楽観をやめよ。徐州は滅亡寸前なのだぞ。そなたが座しているかぎり、州とともに滅

んでしまうことが、わからぬはずはあるまい」

伏《ふ》し目がちであった諸葛瑾はすこしまなざしをあげた。

「わたしは喪《も》に服しているさなかです。それをやめて、家を棄《す》てれば、向後《こうご》、人として立ってゆけなくなります。孝道こそ徳の中核《ちゅうかく》であるとわたしに教えてくださったのは、叔父上ではありませんか」

「言《げん》を弄《ろう》するな」

と、叱《しか》るようにいった諸葛玄は、

「ここにいては、人として立つまえに死ぬかもしれぬといっているのだ。生きてこその孝道であろう。亡父《ぼうふ》を偲《しの》ぶ心さえあれば、場所をかえても、喪に服していることになる」

と、説《と》いた。このとき諸葛瑾はうっすらと笑った。

「なにを笑う」

諸葛玄は慍然《うんぜん》とした。

「豫章へ往かれることが生きることになるのでしょうか」

「徐州にいるよりはましだ」

「叔父上はご自身の危うさにお気づきになっていない」

「なんだと——」

諸葛玄の目容《もくよう》に怒気があらわれた。

「そもそも叔父上を豫章太守に任命した袁公路に危うさがあります。荊州《けい》にいながらそこにとどまれず、兗《えん》州に移っては曹孟徳《そうもうとく》に一度も勝てず、逃げて九江郡《きゅうこう》に押し入《おい》ったときいております。名門の子に生まれながら、やったことは陋劣《ろうれつ》のきわみではありませんか。思想と行動に貴さも美しさもない袁公路の手先に、叔父上がなることは、諸葛の一族にとって恥です。どうか、豫章往きはおやめくださ い」

「申したな」

諸葛玄は怒気を強め、諸葛瑾を睨《にら》みすえた。

「いま、思想と行動の正義はどこにある、いってみよ」

「どこにもありません」

「それなら袁公路どのを非難する根拠もない。あのかたは曹孟徳のように武器をもたぬ庶民を数十万も殺したことはない。そなたは心のどこかで、強いことが正義だと認めている。みそこなったぞ」

諸葛玄は座を蹴《け》って起《た》ち、人の親切がわからぬ者と話すのはむだだ、といいすてて、室をでた。諸葛亮が室に残った。

——兄上、母上とは、今日、ここで別れることになる。

諸葛亮の胸に哀《かな》しみが盈《み》ちた。しばらくふたりをみつめてから、

「兄上はあえて叔父上を怒らせた、そうですね」

と、念をおすように問うた。兄は継母とわずかに目を合わせ、それから諸葛亮にまなざしをむけた。

「叔父上はおもいやりのある人だ。わたしが態度を決めかねていれば、出発を遅らせて、ふたたび説得にくる。なにごとも、決断したかぎり、すばやく実行に移したほうがよい。ただし、この赴任《ふにん》はそうとうに危険だ。叔父上にそれがわからぬはずがない。それでも、熟考の上で、豫章へ往くとお決めになったのだ」

「どのような危険があるのですか」

諸葛亮にはまだそのあたりがわかっていない。

「いまは群雄割拠《ぐんゆうかっきょ》にはちがいないが、長安《ちょうあん》の朝廷に多少のはばかりをもっている人はすくなくない。その朝廷を完全に無視しているのは、北の袁本初《えんほんしょ》と南の袁公路だ。それゆえ袁公路はかってに郡の太守を任命している。ところが長安でも豫章太守を任命して南方にさしむけると想《おも》ったほうがよい。すると叔父上はその者と戦わねばならない。江水《こうすい》の南北の郡がすべて袁公路の支配下にあれば、叔父上はかなり有利だが、実際はまだそうなっていない」

「そうなのですか……」

叔父が戦いに敗れると、叔父に従って豫章に移っていた者たちは死ぬことになる。

「亮よ、怖いか」

「はい」

「じつは、わたしも怖い」

兄は冷静で、自信に満ちているのではないのか。

「徐州牧《ぼく》が罹病《りびょう》したというわさがある。つまり、徐州を守る者がいないにひとしい。叔父上が指摘なさったように、徐州は滅びかけている。ここにとどまれば、生きのびることができるわけではない」

諸葛亮は黙って、兄のつぎのことばを待った。兄の目に涙が浮いてきた。それをみた諸葛亮は声を殺して泣いた。

たまらず継母は袖《そで》で顔を掩《おお》った。

諸葛亮は継母の哀咽《あいえつ》をはじめて視《み》た。

ほどなく湿った静けさとなった。やがて兄は嗄《か》れた声で、

「なあ、亮よ、朽ちた木の橋でも渡り切ることができるかもしれない。築いたばかりの石の橋でも足を乗せれば崩落《ほうらく》するかもしれない。どこが危険で、どこが安全かは、わからない。それでも生きのびて、再会しようぞ。わたしは母上と扶《たす》けあってゆく。なんじは叔父上に守られるばかりでなく、叔父上を守ろうとせよ。それがおのれを生かすことになる」

と、さとした。

「わかりました……」

諸葛亮の声は細かった。

かすかに風の音がきこえた。その秋風に吹かれて家族が離散するのは、諸葛家だけではないかもしれない。

「では――」

兄と継母にむかって頭をさげた諸葛亮は、おもむろに室の外にでた。履《くつ》をはいて門のほとりまで行くと、そこに弟が不安げにたたずんでいた。

「均《きん》よ、きたのか。兄上と母上にお別れを申せ」

諸葛亮が弟の手を執《と》った。

「いやです」

弟は身をよじってその手をふりほどいた。あいかわらず継母を恐れているらしい。

「母上はお優《やさ》しい人ではないか」

「優しくはありません」

「そうかな。母上はそなたを叱ったことも打ったこともない」

急に弟は強い目をむけた。

「あの人が、父上を殺したのです」

「なにをいうか」

おどろいた諸葛亮は弟の肩をつかんで門から遠ざかった。弟は顔をゆがめた。

「そうに、きまっている。あの人がこなければ、父上は死ななかった」

「姉たちがそういっていたのか。均はそれを信じたのか」

弟は泣き顔になって、諸葛亮の袖をつかんだ。ふるえながら歩いた。

――均はなにかをみたのかもしれぬ。

閨中《けいちゅう》のことは、子が知るべきではない。諸葛亮は弟の肩を抱いた。

叔父の家にもどった諸葛亮は、すぐにふたりの姉のまえに坐り、

「一生、兄上とは会えなくなるかもしれないのです。お別れをいわなければなりません」

と、強い口調でいった。ふたりが継母を嫌っているのはわかっているが、ここでは好憎《こうぞう》を棄てて、兄と継母に謝意を示して去るべきであろう。諸葛亮のきつい表情をみたふたりは顔を見合わせたあと、しぶしぶ起って実家へ行った。

――これで善《よ》し。

と、おもった諸葛亮は弟を近づけ、

「均よ、これから長い旅になる。どんなときもわたしから離れるな、とあらためていうまでもなく、そなたはわたしに付いている。それはよいが、諸葛家には男子が三人しかいない。この家が絶えないように上の兄上は別れて生きる道を選んだ。だが、上の兄上とこの兄が、途上で斃《たお》れることがあるかもしれない。そのときは、そなたが死体にとりすがって哭《な》くことはやめて、まえにすすむのだ」

と、いいきかせた。

均は返辞《へんじ》をせず、うつむいた。涙をながしはじめた。

「均よ、泣くな。この兄は、たやすく死にはしない」

そういいつつ、諸葛亮はこの弟の心情がわかりすぎるほどわかった。

――わたしが死ねば、この弟も生きてゆけないであろう。

そういう弟がいるかぎり、自分は生きつづけなければならない。諸葛亮は意《い》を強くした。

家中が躁《さわ》がしくなった。

家人が旅行の支度をしはじめた。そんななかに二、三の男がはいってきて、叔父と話をした。そのうち、叔父がこの家を売却あるいは譲渡《じょうと》するのだ、とわかった。

――陽都をあとにする時が近づいている。

陽都どころか徐州にも帰ってくることはないのではないか。この予感はせつなかった。

家中の躁がしさは翌日にはさらに増して、ついに出発の朝を迎えた。

叔父の女《むすめ》と諸葛亮の姉たちは幌《ほろ》付きの馬車に乗った。諸葛亮と均は馬の背に上げられた。叔父に従った家人は十人ほどである。そのなかに僕佐《ぼくさ》の顔もあった。叔父は馬に乗った。出発までに兄と継母は姿をみせなかった。

陽都県をでると、ほぼまっすぐに南下する道がある。

叔父はすでに豫章太守であるという意識が濃厚にあるのだろう。みちみち従者に流説《りゅうせつ》を拾わせて、報告させた。その報告を受ける場に諸葛亮を陪従《ばいじゅう》させた。ついでにいえば諸葛亮のうしろにかならず均がいた。

東海郡の中心地である郯県にはいった。曹操軍の猛攻をうけた城である。城壁の修築がおこなわれていた。民間の旅宿にはいった叔父は、

「徐州牧が病であるというのは、まことのようです」

と、いう報告をきいた。

曹操軍に攻められつづけたことによって、憂悶《ゆうもん》が高《こう》じて病になったのであろう。

それとは別に、曹操軍が引き揚げてから、援助にきていた田楷《でんかい》と劉備《りゅうび》という二将は、別れたという。田楷は青州《せい》にもどったが、劉備は陶謙《とうけん》にひきとめられ、豫州刺史《しし》となって、小沛《しょうはい》（沛県）に駐屯するようになったらしい。

「ほう、そうか……」

陶謙がよほど劉備を気にいったということもあろう。気にいったついでに、劉備を小沛へ遣《や》ったということは、小沛を足がかりにして豫州を平定させ、徐州と豫州が連合すれば、第三の勢力を構築できるという陶謙の意想であろう。わずかに横をむいた叔父は、

「小沛のある沛国は、南を九江郡と接している。おそらく袁公路どのが黙ってはいまいよ」

と、諸葛亮におしえた。

郯県をあとにして南下をつづけると、東海郡をでて下邳《かひ》国にはいる。ここで従者のひとりが、

「江水の沿岸では戦いがおこなわれているかもしれませんので、江水までさがらずに、淮水《わいすい》をおつかいになるべきです」

淮水は古代からよくつかわれてきた川で、たしかにこの川を西へさかのぼっていったほうが、早く揚《よう》州にはいることができる。

江水南岸の呉《ご》郡と丹楊《たんよう》郡には揚州刺史の劉繇《りゅうよう》がいて、袁術《えんじゅつ》の攻撃を防いでいる。なるほど、江水の下流には近づかないほうがよいであろう。

「任地に赴《おもむ》くのも、骨が折れるものだ」

叔父は諸葛亮に苦笑してみせたが、その表情は生気に満ちていた。

叔父は徐州最南端の郡である広陵郡までさがるのをやめた。

途中で淮水をつかって船で西へすすみ、それから南下して、江水のほとりにでた。この大川をさかのぼってゆくと、巨大な沢《たく》に到《いた》る。後世のいいかたでは、沢は湖という文字をあてたほうが自然である。この沢の東岸に彭沢《ほうたく》県があり、西岸に柴桑《さいそう》県がある。任地の南昌《なんしょう》県にむかうには、そのまま船で沢を南下して川にはいる道と柴桑で上陸し、陸路を南下する道がある。

船の旅が厭《あ》きたということもあろうが、叔父は柴桑で下船した。

津《みなと》近くに亭《てい》がある。亭は駅《えき》とともに官立の施設であり、おもに官吏《かんり》のための休憩所となっているのが亭、旅宿となっているのが駅である。いうまでもなく、駅のほうが規模の大きい建物で、二階建てを想《おも》ってもよい。さらにいえば、十里ごとに一亭、三十里ごとに一駅が置かれ、亭は警察署の機能をもち、駅は逓送《ていそう》の中継所としてもつかわれる。

叔父は亭をみつけると、声をかけず、いきなりなかにはいった。なかにいたのは亭長の補佐官である亭佐《ていさ》と属吏《ぞくり》の亭卒《ていそつ》である。亭卒がすぐに咎めて、

「みだりになかにはいってはならぬ」

と、追い払う手つきをした。

「そういわれても、われはここでしばらく休みたい。船旅の疲れが腰にきてな――」

叔父は近くの席に腰をおろした。それをみていた亭佐が、声を荒らげて、鞭《むち》で叔父の胸を突き、

「とっとと、でてゆけ」

と、いった。その鞭を片手でつかんだ叔父は、綬《じゅ》をたぐって太守の印をみせ、

「南昌はまだ遠い。すこしは休ませてくれまいか」

と、微笑しながらいった。亭佐は仰天し、

「存ぜぬこととはいえ、ご無礼をいたしました。なにとぞご容赦のほどを――」

と、鞭を離し、ひたいを地にすりつけた。

「よい、よい、陽都の諸葛が到着したと亭長に報《しら》せ、駅逓《えきてい》をもって南昌に通知してくれればよい」

叔父の態度と口調にきわだった落ち着きがある、と感じた諸葛亮は、叔父のあらたな一面を

知った。

柴桑をでてから、叔父はいそがなかった。

治安の良否と民情を視察するためであろう、と諸葛亮にはわかった。

――だから船をつかわなかったのか。

柴桑で叔父が下船した理由がようやくわかった諸葛亮は、

――政治とは、犀利《さいり》な観察を必要とするものだ。

と、痛感した。叔父の行動が教本となった。叔父が儒教を尊奉《そんぽう》していることはわかっているが、実際の行政は儒教の教義で推進できるものではない。おそらく叔父は洛陽《らくよう》に留学しているあいだに、書物から離れて、行政の達人を敬仰《けいぎょう》したことがあるのだろう。いま叔父は、その人をまねているのかもしれない。

人は、書物を介してよりも、人から直接に学んだほうが、理解に実《み》がはいる場合がある。この感想は、のちの諸葛亮の学習法に活《い》かされる。

歴陵《れきりょう》県をすぎるあたりから、各駅亭の長の応接が鄭重《ていちょう》となり、南昌県の北の駅舎では、郡《ぐん》丞《じょう》が出迎えていた。

「お待ちしておりました」

と、礼容《れいよう》を示した郡丞を視《み》た叔父は、

――どこかでみた顔だ。

と、おもったが、氏名を告げられても、憶《おも》いだせなかった。とにかくこの郡丞は袁術《えんじゅつ》の縁故《えんこ》のひとりにはちがいない。かれが南昌に先乗りしていたということは、まえの豫章太守が病死したあと、残っていた郡丞を追い払って自身が郡丞におさまり、新任の太守を迎えるべく、郡府内の整理をおこなったと想ってよいであろう。つまり、反袁術色をもった吏人《りじん》を貶斥《へんせき》したということである。

だが、郡丞をみたところ、あくどい策謀家にはみえない。

「出迎え、いたみいる」

そういった叔父は郡丞だけを誘うように、駅舎の二階に上がって、密談をはじめた。一時後《いっときご》に、階下におりてきた郡丞は、

「ご家族のかたは、どうぞ階上へ。太守は、ここにお泊まりになります」

と、いい、舎外にでると、数騎の兵とともに駆け去った。

叔父は二階にのぼってきた諸葛亮に、あの郡丞は善人か悪人か、信用できるか、できないか、と問うた。

諸葛亮はためらわず答えた。

「経《へ》てきた駅亭での優遇は、郡丞さまのお指図があってのことでしょう。また郡丞さまがみずから叔父上を趨迎《すうげい》なさったことも、形式的ではないとみえました。さらに叔父上と郡丞さまが二階にお上がりになるや、配下の兵は二手に分かれ、階下に立ち、舎外に立ちました。郡丞さ

まの指示はなかったのに、かれらはそうしたのです。郡丞さまに信望のあるあかしです。それらを考え合わせると、郡丞さまを、叔父上は信用なさってよいでしょう。ただし、郡丞さまが善人であるのか悪人であるのかは、わかりかねます」

これをきいた叔父は、手を拍《う》って笑った。

「郡丞を信じて南昌にはいるわれわれは、郡丞が悪人であれば、郡府に到るやいなや、殺されよう」

「われわれも、みな殺しにされます」

郡丞が能吏《のうり》であれば、袁術から離叛《りはん》して独立することを綿密《めんみつ》にたくらむかもしれず、また袁術と戦っている劉繇に通じて、長安の朝廷から豫章太守に任命してもらう手段を実行するかもしれない。いまはそういう世なのである。諸葛亮はそのくらいはわかっている。

「亮よ。人を信ずることは、むずかしいな」

そういいながら、叔父は牖《まど》から道を瞰《み》た。夕陽の明るさが残っている道である。人も馬も通っていない。諸葛亮はその牖に近づいて、みおろしてから、

「郡丞さまに異心《いしん》があれば、見張りの兵を残しておくでしょう。たれもいません。あの郡丞さまは叔父上を扶助《ふじょ》してくれるにちがいありません」

と、断言した。

「ふふ、みるところは、おなじであったか。われを知る者は、袁公路どののほか二、三人しかおらず、天下に知られた徳望などなきにひとしい。それでも、あつかましくここにきたのは、

おのれの欲望のためではなく、天の声に従ったらどうなるのかを、たしかめたかったからだ。ただし、われには天の声ときこえたものも、じつは風の音であったかもしれぬ。それでも、かまわぬ。人生の賭《かけ》にでるときは、きっかけが要《い》る」

この旅で、叔父はいろいろ教えてくれている、と諸葛亮はおもった。だいぶ胆力がついたような気もした。

翌日、叔父は豫章郡南昌県にある郡府にはいった。

叔父の女《むすめ》と諸葛亮と弟の均それにふたりの姉は官舎に落ち着いた。

秋が深まりつつある。

ただし江水の南は温暖であるのか、秋の風がぬるく感じられた。運んできてもらった荷のなかから書物がでてきた。この時代、すでに紙が発明されていたため、竹や木の札に文字を書く簡牘《かんとく》は消えつつあり、紙製の書物が流布《るふ》している。諸葛亮が手にとった書物は、『管子《かんし》』であった。父から与えられた書物であるが、めくってみて、

——吁々《ああ》、父上……。

と、手がふるえた。

父の諸葛珪《けい》は泰山《たいざん》郡の郡丞となった関係で、斉《せい》の国に関心をもっていた。秦《しん》の始皇帝《し》によって天下が統一される以前が戦国時代であり、そのまえが春秋《しゅんじゅう》時代である。春秋時代には、泰山より北が斉の国、南が魯《ろ》の国であった。斉の国から名宰相《さいしょう》がふたりでた。ひとりを管夷吾《かんいご》と

いい、いまひとりを晏嬰《あんえい》という。ただし管夷吾は、
「管仲《かんちゅう》」
と、よばれて天下に知られ、晏嬰は、
「晏子《あんし》」
と、よばれて絶大な人気《にんき》があった。ちなみに管仲を名宰相といったが、正確には宰相ではなく次席の大臣であったものの、斉国の運営はかれがおこなっていたので、実質的には宰相であった。とにかくかれの政治と法的整備それに軍事のすばらしさを、後世でも敬慕《けいぼ》する者が多く、その研究書としてあらわされたのが、『管子』である。この書物は、法家《ほうか》の先駆的な位置にある。

——父上の手による写本なのだ。

陽都にいるときは、なにげなく読んでいた書物が、ここにきてきわめて尊くなった。

法は国の秩序をつくり、国民の思想と行動を制限するが、しかしながら法を優先すれば、どれほど身分が高い者も、どれほど富んでいる者も、法の下に置くことができる。法治こそが、公平を実現できる道である。諸葛亮は、人格の魅力で国民を順守《じゅんしゅ》させる晏子の政治は例外的であるとみて、

——管仲をみならったほうがよい。

と、おもっている。

冬になると、

――ようやく南昌での暮らしに慣《な》れてきた。

と、諸葛亮は感じた。叔父が太守として郡府にはいったあと、府内の吏人にほとんど動揺はなく、県民も躁がなかった。つねに叔父の近くにいる僕佐は、諸葛亮をみかけると、

「主《しゅ》の評判は上々です」

と、うれしげにおしえた。

寿春《じゅしゅん》にはいって九江《きゅうこう》郡を支配した袁術は、西隣の廬江《ろこう》郡の攻略をおこなった。その際、将として用いたのは、戦死した孫堅《そんけん》の子の孫策《そんさく》である。弱冠《じゃっかん》という年齢にもかかわらず、孫策はすでに勇将であり、かれは果敢《かかん》に廬江太守の陸康《りくこう》を攻めて、本拠の城を抜いた。

捷報《しょうほう》をうけた袁術は満足し、故吏《こり》である劉勲《りゅうくん》をその郡の太守に任命して送り込んだ。

つまり袁術は揚州のなかで江水より北にある九江郡と廬江郡という二郡を支配国とし、さらに南にある豫章郡に諸葛玄をいれたので、三郡を得たことになる。残る江水沿岸域の郡は呉郡と丹楊《たんよう》郡であるが、徐州最南端の広陵郡をも狙っているときこえてくる。

とにかく、袁術の軍事は活発であるが、豫章郡は戦闘がおこなわれることなく袁術の勢力下にはいったので、あっけないほど平穏《へいおん》である。しかも叔父には信望があるらしく、行政もうまいので、いやなざわめきは諸葛亮の耳にはいってこない。

――たいしたものだな。

諸葛亮は叔父を尊敬した。官途《かんと》が閉ざされても、いつかこういう日がくる、と叔父はあきらめず、研鑽《けんさん》を積んできたのかもしれない。尊敬するのなら、その点をである。

――いつ好機がおとずれるかわからない。

それが人生というものであり、それまで不遇であるのがつねである。もっといえば、不遇のすごしかたによって、好機が生まれる。

――わたしはどのように生きたいのか。

あるいは、たれのように生きたいのか。諸葛亮は均を連れて、県の西をながれる川のほとりに行き、そのながれをながめながら考えることがある。昔、父から、

「憧《あこが》れをもつことだ。それは志《こころざし》とひとしくなる」

と、教えられた。自分は管仲のようになりたい。だが、管仲のように辛酸《しんさん》をなめたくない。管仲のすさまじい生きかたを諸葛亮は知っている。

戦火の下

諸葛亮《しょかつりょう》は南昌《なんしょう》県で新年を迎えた。

十五歳になった。

兄である諸葛瑾《きん》のことばを憶《おも》いだして、旦日《たんじつ》にむかって祈った。長い祈りになった。それがあまりに長いので、弟の均《きん》はふしぎそうにながめていた。

数日後、官舎の外を歩いている僕佐《ぼくさ》をみかけたので、諸葛亮は趨《はし》って声をかけた。僕佐は叔父《おじ》の諸葛玄《げん》に近侍《きんじ》していて、みずから情報を蒐《あつ》めている。

「あの、その後の徐《じょ》州がどうなったのか、知りませんか」

ふりかえった僕佐は声の主が諸葛亮であると知ると、建物の陰《かげ》にはいった。それから低い声で、

「徐州牧《ぼく》は、昨年の十二月に亡《な》くなりました。病死です。これはまちがいない」

と、おしえた。

陶謙《とうけん》は曹操《そうそう》に激烈に攻められて苦しい戦いをした。その苦痛が、発病させ、死に至《いた》らしめたのであろう。

「すると、徐州の宗主《そうしゅ》は――」

僕佐はこの問いにすぐに答えず、すこしまなざしをそらして考えてから、

「亡くなった徐州牧にはふたりの子がいたのですが、かれらのどちらかが州牧を継いだとはきこえてこない。ちょっと理解しがたいうわさがあるのです」

と、さらに声を低くしていった。

「危篤《きとく》になった徐州牧は、劉玄徳《りゅうげんとく》に州を譲《ゆず》ったらしい。ふつうではありえないことなので、訛伝《かでん》かもしれません」

自分に子がいるのに、州を他人に譲渡することなど、あったためしがない。だが、これは事実であった。重病になった陶謙は、義俠《ぎきょう》心を発揮して駆けつけてくれた劉備《りゅうび》の心意気を喜び、またそのすがすがしい勇気を知って、

「劉備でなければ、この徐州を守りぬけない」

と、いい遺《のこ》して死んだ。

「徐州が戦場になっていないのなら……」

兄と継母《けいぼ》の身をおもっている諸葛亮は、ひとまず安心した。

ところで、志学《しがく》の歳になったとはいえ、諸葛亮は就学《しゅうがく》することができない。

予章郡《よしょう》に高名な学者がいるわけではなく、また叔父の講義もうけられなくなった。叔父は太守《たいしゅ》としての政務に明け暮れている。

弟をみた諸葛亮は、

——そろそろ均に学問のてほどきをしなければなるまい。

と、わずかに憂鬱《ゆううつ》をおぼえた。すでに父が亡いのだから、兄の自分がそれをやらなければならない。が、ひごろの均をみていると、とても儒教《じゅきょう》の倫理《りんり》書に関心をもつとはおもわれない。諸葛亮自身も儒教の教義を好まない。そこで歴史書のなかでも物語性の強い『春秋左氏伝《しゅんじゅうさしでん》』をとりだして、

「おもしろい話がある。きかせてあげよう」

と、均を一時《いっとき》ほど坐《すわ》らせることにした。

春秋時代には大小の国が百以上もあり、それらの国が滅亡したり、大国に併呑《へいどん》されたりして数がすくなくなった。そういう国々の内政のありかたや外交の駆け引き、さらに頻発《ひんぱつ》する戦争における兵術が記《しる》されたこの歴史書が、いまや争うように読まれはじめたのは、群雄割拠《ぐんゆうかっきょ》という現状に直面している人々が、そこから智慧《ちえ》を得ようとしているからであろう。

「どうだ、おもしろいだろう」

諸葛亮にそう問われた均は、すこしうなずいただけであった。菜園で土をいじったり、川辺で水とたわむれているほうが愉《たの》しそうである。

——父上であれば、均をうまく教えたであろう。

この豫章という郡は、舎に籠《こ》もって読書をするにはむいていない風光がある。碧天《へきてん》があり碧《へき》水《すい》がある。そのあいだを、春の風と光がきらめきながらながれている。

突然、諸葛亮は廏舎《きゅうしゃ》へゆき、

「どなたか、わたしに乗馬を教えてくれませんか」

と、いって、頭をさげた。すると藁《わら》の束《たば》をほぐしていた圉人《ぎょじん》の岱《たい》という者が、諸葛亮をしげしげとながめて、

「ああ、太守さまの甥《おい》か。馬房の掃除を手伝ってくれたら、教えてやるよ」

と、ぶっきらぼうにいい、耒《すき》に似た物を投げ与えた。

この日から、諸葛亮は馬房を掃除したあと、岱に乗馬を指導してもらった。岱は親切な教えかたをしなかったが、

「自分で考えて乗るほうが、上達は早い」

と、暗にいっているようで、諸葛亮は馬を観察するために、廏舎ですごす時間が長くなった。かならず諸葛亮のあとに蹤《つ》いてくる均も、数日後には馬に乗った。すぐに岱が馬上の諸葛亮に、

「あなたをけなすつもりはないが、弟さんのほうが馬術の上達は早くなる」

と、あけすけにいった。

十日がすぎた。

廏舎のなかがあわただしい。岱の姿がみえなかった。動きまわっているひとりをつかまえて、

「どうしたのです」

と、訊《き》いた。

「わけは太守さまに問うてください」

その者が走り去ると、諸葛亮は均を残して走り、郡府の政務室に飛び込んだ。

「叔父上、なにがあったのですか」

立ったまま属吏《ぞくり》に指示を与えていた諸葛玄は、諸葛亮のほうに顔をむけることなく、

「朱文明《しゅぶんめい》の兵が攻めてくる」

と、みじかくいっただけで、室外にでるようにといわんばかりに片手をふった。ずいぶんけわしい表情の叔父であった。

朱文明とは、朱皓《しゅこう》のことで、いま長安《ちょうあん》の朝廷の大司農《だいしのう》である朱儁《しゅしゅん》の子である。すこしまえの名将といえば、皇甫嵩《こうほすう》と朱儁であり、ふたりは天下をゆすぶった黄巾《こうきん》の大乱を鎮圧《ちんあつ》するという大功を樹《た》てた。それほどの名将でありながら、ふたりは董卓《とうたく》の暴政を容認する側に立ったので、その名は光輝《こうき》を失った。

いまの長安の政情は、董卓が生きていたころよりも、さらにひどい。董卓の属将であった李《り》傕《かく》と郭汜《かくし》が、献《けん》帝を脅迫しつづけ、いがみあっている。しかしまがりなりにも朝廷は機能して

おり、豫章太守であった周術《しゅうじゅつ》の病死を知ると、

「後任は、揚《よう》州出身の朱皓がよかろう」

と、叙任《じょにん》をおこない任地へむかわせた。

それが昨年の冬のあいだであり、寡《すく》ない従者とともに南方へむかった朱皓は、とても豫章にはたどり着けない、と知ることになった。

江水《こうすい》の北の二郡はすでに袁術《えんじゅつ》におさえられている。肝心《かんじん》な豫章郡に関しては、袁術に先手を打たれて、諸葛玄にはいられてしまった。そうなると朱皓としては、武力で豫章郡を奪うしかないが、兵とよべるほどの武装の従者を多く率いてきたわけではない。

——引き返そうか。

朱皓はいちど足を停《と》めた。交通が杜絶《とぜつ》しているため、任地へゆくのはむりでした、と朝廷に報告すればすむことである。

——だが……。

朱皓は考え直した。江水の南の呉《ご》郡にいる劉繇《りゅうよう》は、袁術の攻勢に屈することなく、抗戦《こうせん》しつづけているではないか。

「よし、劉繇に頼ろう」

決意をあらたにした朱皓は、ふたたび南にむかってすすみはじめたが、呉郡に到るまでの道はけわしかった。袁術の勢力圏を避けるとなると、まっすぐに南下できるはずもなく、豫州を

横断して徐州の広陵《こうりょう》郡から船に乗って、ようやく呉郡に着いた。

むろんこの動きを、豫章郡の主従が察知できるはずがなく、袁術側の太守や県令《けんれい》なども知りえなかった。

「おう、よく参られた」

劉繇は篤実《とくじつ》な人であるので、朱皓をねぎらい、

「あなたが豫章を攻めるのであれば、兵を貸します。春になるのをお待ちなさい」

と、助力を約束した。劉繇は数万の兵を掌握している。

年があらたまり、朱皓は軍を率いて出発した。この軍が丹楊《たんよう》郡を通過中に、急報が南昌の諸葛玄にとどいたというわけである。

——まずい。

諸葛玄は唇を嚙《か》んだ。朱皓の動きをもっと早く知っておきたかった。が、それができなかったことをくやんでもはじまらない。とにかく防備をいそがせるとともに、敵の兵力を知りたがった。

郡丞《ぐんじょう》はあわてたようすをみせない。すでにいくつか戦場を踏んできたようである。翌日には、

「敵の兵力は一万余です」

と、諸葛玄に報告したあと、城外にでたようで、終日姿をみせなかった。郡丞が逃げた、というわさが城内にひろまった。

郡丞がいなくなったことを、まっさきに諸葛玄に報《しら》せたのは、僕佐である。

この忠実な家人の転跌《てんてつ》ぶりをみた諸葛玄は、

「いたずらに躁《さわ》いではならぬ。郡丞は所用があって外出したのだ。裏切ったのではない」

と、叱《しか》るようにいった。ただし、自信があってそういったのではない。ひごろの郡丞をみていると、胆力のある男だ、とわかった。そういう男が敵軍におびえて逃げだしたとはおもわれない。裏切るのであれば、手なずけた配下を率いて、諸葛玄の首を獲《と》りにくるであろう。それもせず、配下も従えず、城外にでたわけはわからない。

それとは別に、朱皓の動きを察知できなかったことを、まずい、と感じたのは、郡内の兵を徴集《ちょうしゅう》することが遅れ、兵糧《ひょうろう》を集めそこなったためである。敵兵が一万余であるとすれば、城兵はその三分の一である。

この城のひとつの救いは、城の西をながれる川が濠《ほり》がわりになっているので、そこに敵は陣を布《し》けず、完全に包囲されることがないということである。また城の包囲については、城兵の十倍の兵力があれば可能である、と兵法書にはあるので、朱皓の軍の攻撃は限定される。

すでに諸葛玄は寿春《じゅしゅん》にいる袁術のもとへ急使を発した。この要請に応《こた》えて袁術が援兵《えんぺい》をよこしてくれるのであれば、

――五、六十日耐えれば、勝つ。

と、胸算用《むなざんよう》をした。

二日後に、城内に歓声が揚がった。

郡丞が鶏《とり》と牛の群れとともに帰ってきた。その群れのうしろに穀物を積んだ車がつづいた。

諸葛玄は郡府のまえの広場に飛びだして、郡丞を迎えた。

「郷父老《きょうふろう》を説《と》いて、食料を提供してもらいました」

「ありがたい」

父老とよばれる人は住民の代表であり、郡と県はかれらを介《かい》さないと政治をおこなえず、命令も下にはとどかない。郡丞は郷父老を動かす才覚と徳をそなえていた。

「そろそろ城門を閉じましょう。敵の間諜《かんちょう》が城内をさぐりにくるころです」

郡丞の提言にうなずいてみせた諸葛玄は、城兵の配置を定め、門を閉じさせた。

それから三日も経《た》たぬうちに朱皓の軍が、南昌の城に迫ってきた。

おもに水路をつかった兵は、すぐに城攻めにとりかかることはなく、城外の三方に営所を造りはじめた。営所は塁堡《るいほう》といいかえたほうがよいかもしれない。土の小城である。

城を守る将士にとっての勝機は、敵の営所造りがはじまったときに出撃することにあるが、諸葛玄は、

——朱文明は名将の子だから、備えをしているだろう。

と、おもい、郡丞の進言を採《と》らなかった。郡丞は敵兵の作業がはじまるや、出撃すべきです、子はかならずしも父に肖《に》ているわけではありません、と説いた。

十日後に敵の攻撃がはじまった。そのまえに諸葛玄は、郡丞の意見を容《い》れなかったことを悔《く》いていた。敵兵の作業に時がかかりすぎている。それは朱皓が用兵に長じていないあかしである。よくよく考えてみれば、朱皓が一万もの兵を率いて長安から江水の南までくるはずもない。あれらの兵は呉郡の劉繇から借りたにちがいなく、手のうちにはいっていない。だが敵陣に土の小城が完成してしまえば、寡ない城兵で襲っても、突き崩せないだろう。

諸葛玄はかつていちども戦陣に臨《のぞ》んだことがない。その経験のなさが勝機を遠ざけてしまった。だが、まだ負けたわけではない。

城兵はかるがると敵の攻撃をはねかえした。

といっても、城内にはときどき敵兵が放った矢がふってくる。諸葛亮は頭上を気にしながら、廏舎まで趨った。

圉人の岱がいた。親しい口がきけるようになった諸葛亮は、

「いた、いた。姿がみえなかったが、どこへいっていた」

と、訊いた。ふりかえった岱は、

「血のめぐりの悪い人だな。いいか、食べ物がなければ飢《う》えるのは、人ばかりではないことがわからないのか」

と、頤《あご》で馬をさした。籠城《ろうじょう》に備えて、岱は秣《まぐさ》集めに奔走《ほんそう》していたということである。

「なるほど、血のめぐりが悪い……」

苦笑した諸葛亮が、いつも乗馬につかっていた馬に近づくと、岱が目を瞋《いか》らせて、こんなところにいないで、城壁にのぼれよ、といった。

岱のことばに追いたてられるように、廏舎をあとにした諸葛亮は、城壁ではなく武器庫へ行った。そのまま城壁にのぼれば、また、血のめぐりが悪いとののしられるであろう。城壁にのぼる、ということは、そこから矢を放つことを暗にいっている。

武器庫にはいった諸葛亮は、弩《ど》、を捜した。弩はいしゆみともよばれて、ばねじかけで矢を射る武器である。伝統的な弓矢もつかわれないことはないが、それを用いるのはおもに騎兵で、歩兵や城兵は弩を用いる。なにしろ射程が格段に長い。一里（四一五メートル）をゆうに超《こ》える。

「そこにいるのは、たれか」

諸葛亮は誰何《すいか》された。

「ああ、僕佐か……」

「おや、亮さま、ここでなにをなさっているのか」

「弩を捜している。が、みあたらない」

僕佐は眉《まゆ》をひそめた。

「弩を、どうなさるのですか」

「きまっている。城壁に立って矢を放つ」

「おやめください。負傷なさると、太守がお嘆きになる」

そういさめられても諸葛亮はひきさがらなかった。

「僕佐よ、そなたが知っているように、わたしは叔父上に守られつづけてきた。が、叔父上が危難に直面なさっているこのときに、敵の矢のとどかないところで居竦《いすく》まっていてよいものか。そなたが主人を護《まも》りたいように、わたしも叔父上を衛《まも》りたいのだ」

諸葛亮の語気はするどかった。しばらく諸葛亮をみつめていた僕佐は、

「わかりました。明朝、弩をお持ちします。北門のほとりにおいでください」

と、いい、矢の束《たば》をかかえて去った。

——そうか……。

今日、敵の矢に殪《たお》された兵がいれば、その者の弩が諸葛亮にまわってくることになる。明朝、僕佐が弩を持ってこなければ、戦死の兵がでなかったことになろう。

だが、翌朝、僕佐は弩を持ってきた。むろん惜愍《せきびん》の表情などはどこにもない。かれはすぐに弩をさかさまにして弦の引きかたを示し、その弦を牙《が》とよばれる突起《とっき》に引っかけた。それから矢を装塡《そうてん》してみせた。

つぎに僕佐は弩の下部を諸葛亮の左手で支えさせ、牙のうしろにある大きな突起を軽くたたいて、ここから矢の先端を視《み》て狙いを定めたあと、懸刀《けんとう》を引くのです、と教えた。

懸刀は、引き金、といいかえたほうがわかりやすい。

「敵兵は動いているのです。歩兵でなく騎兵であれば、動きはさらに速い。それゆえ弩から放たれた矢が一里以上飛んだところで、中《あた》るものではありません。確実に相手を倒すためには、相手が百歩《ぽ》（約一三八メートル）の距離にはいるまで待つことです」

「わかった」

諸葛亮は大きくうなずいてみせた。

「城壁の上から射る場合は、射そこなっても、すぐにいのちにかかわることはありません。が、平地で、とくに騎兵と対するときは、矢をはずすと、つぎの矢を放つまでに時がかかりますから、騎兵に迫られてしまいます。かならず一矢で殪す気構えで敵にむかわねばなりません」

「なるほど――」

弦をすぐに引けないということが、弩の欠点である。多くの矢を一度に放つか、連続して放てないか、と考えた諸葛亮が、十本の矢を発射できる弩を発明するのであるが、それはかなりのちになってからである。諸葛亮が物理《ぶつり》に長ずる頭脳をもっていても、ここではそれを活《い》かせない。

弩のほかに百本の矢を渡された諸葛亮は城壁にのぼった。城に寄せてきた敵兵が放つ矢が楯《たて》にあたる音がけたたましい。姿勢を低くした諸葛亮は、楯のすきまから瞰《み》て敵兵を狙った。しばらくすると、感情が乾《かわ》いてきた。哀楽《あいらく》が消えた。

「亮さんよ、弦を引くときは、もっとさがったほうがいい」

背後の声は、岱のそれであった。ふりむいた諸葛亮があとじさりをしたとき、すさまじい音がして、楯が飛び、それとともに城兵のひとりが顚落《てんらく》した。敵兵は大きな石をはねあげる兵器をもっていた。

身を伏せた諸葛亮の横まで這《は》ってきた岱は、かかえてきた弩をみせて、

「わたしが弦を引いてやる。疲れたら射手を交替《こうたい》しよう」

と、いって、ゆっくりと上体を起こした。

二梃《ちょう》の弩を、二人一組でつかうという発想は、諸葛亮と岱だけがもったものではない。三梃の弩を三人一組でつかえば、急速に接近してくる騎兵におびえることなく射撃できる。それは公孫瓚《こうそんさん》の騎兵集団を迎え撃った袁紹《えんしょう》軍が実行して、成功していた。むろん諸葛亮と岱はそのことを知らなかったが、ふたりはなるべく早くつぎの矢を発射する工夫を、この場でしたのである。ほかの城兵もそれをみて、まねしはじめた。

城は、三昼夜の攻撃をうけた。諸葛亮と岱は夜間も城壁からおりずに矢を放った。弁当をはこんできたのは均だけではない。諸葛亮のふたりの姉もかいがいしく城兵に弁当をくばった。

「あなたの姉さんは、ふたりともきれいだな」

岱はまぶしげにふたりをみた。

姉の美醜《びしゅう》にまったく関心のない諸葛亮は、どこをどうみるときれいにみえるのか、わからなかった。

敵兵の猛攻が終わった朝、諸葛亮と岱は破れた幕にくるまって、ねむりこけた。城兵に起こされたとき、日はかなり高く昇っていた。這いながら城壁の端まで行って下を瞰た岱が、からだをくねらせながらもどってくると、

「敵は、この城を落とせないよ」

と、いった。攻城用の大型兵器がみあたらないから、というのが理由である。

「主戦場はここ北門ではなく、東門でしょう」

「いや、城全体が揺れたことはなかった。敵の衝車《しょうしゃ》もたいしたことはない」

衝車は城門を越えたり突き破ったりするための車である。

この日から、敵兵はまったく攻撃しなくなったので、

「馬が心配だ」

と、いった岱は、城壁からおりて廏舎にもどった。僕佐が上にのぼってきた。

「よくなさいましたな」

と、諸葛亮をねぎらった。

「敵は援兵を待っているのか」

「いや、援兵はこないでしょう。援兵がこないのは、この城もおなじで、袁公路《えんこうろ》さまの関心は、豫章郡の保持にはない、とみています」

僕佐は袁術を好尚《こうしょう》してきたが、いまやその信義のなさと狡《ずる》さを推察しているようである。

——すると叔父は、独力で朱文明の軍を撃退しなければならないのか。

諸葛亮にはこの攻防戦がどのような勝敗のかたちになるのか予想もつかない。ただし岱が、敵はこの城を落とせない、と予言したことが、明るいひびきとして胸に残っている。

——あの者は正直で、しかも独特な勘《かん》をもっている。

そう感じた諸葛亮は官舎にもどり、翌朝、廏舎へ往った。岱はいた。声をかけるのもはばかられるほどいそがしく働いていた。岱は、圉岱《ぎょたい》ともよばれている。しかし諸葛亮は、

——圉は氏姓ではあるまい。

と、おもっている。知るかぎり、圉はずいぶん昔の官職名で、馬を飼う役人をいう。いまは圉などとはいわず、廏人《きゅうじん》とか廏吏《きゅうり》とかいう。

諸葛亮は黙って馬房の掃除をおこなった。それを横目でみていたらしい岱が、仕事を終えると、近づいてきた。年齢がよくわからない。二十歳未満であることはたしかであるが、身長は諸葛亮とほぼ同じである。なお諸葛亮の身長は二十歳には八尺《せき》(約一メートル八四センチ)に達する。

「もう敵の攻撃はない」

と、いきなり岱はいい、廏舎をでると、矮《ひく》い松の木陰にはいって腰をおろした。諸葛亮も坐《すわ》れということであろう。

「敵はあきらめたのか」

「いや、あきらめはしない。三昼夜の猛攻で城を落とせなかったので、戦術を変えた」

「どのように——」

「食道《しょくどう》を絶って、この城を干《ほ》す」

食道は兵糧《ひょうろう》をはこぶ道をいう。城外から食料がはいってこない場合を想定して、城には穀物の備蓄《びちく》があるはずである。諸葛亮がそれをいうと、

「悪いことに、昨年の秋に、城内に混乱があった」

と、岱はけわしさをみせた。まえの太守である周術が病死したあと、数人の吏人《りじん》が悪心をいだき、廩倉《りんそう》におさめられたばかりの米穀《べいこく》をすっかり盗んで姿をくらました。その後に郡府にはいった郡丞が米穀をかき集めたが、たいした量にはならなかった。

「この城に食料がすくないことを、敵にひそかに報《しら》せた者が、城内にいるということさ。敵の戦術の転換は、船橋《せんきょう》をみればわかる」

岱はいろいろなことを知っている。

船橋は、川を渡るために船をならべ、板を載《の》せて造った歩道である。浮き橋を想《おも》えばよい。この橋は岸の彼此《ひし》のあいだを往復しやすくするだけでなく、水上交通を遮断するので、敵の船を止めるはたらきがある。

「上流と下流にある船橋は、どちらも頑丈《がんじょう》になった。対岸にいる兵の数が増えたのは、兵糧を船で城内に搬入《はんにゅう》させないためだ」

と、岱はいまいましげにいった。

あとでわかったことであるが、昨年の米穀盗難の際に、岱の父親は殺されたという。

「そのあと、郡丞さまはよくしてくださった」

岱にしてはめずらしくしみじみといった。どうやら郡府で働く者に仁慈《じんじ》をほどこして、かれらの心をつかんだのは郡丞であり、叔父はその郡丞に支えられているといってよい。

諸葛亮は郡丞といちども話しあったことがない。ただし郡丞に注視されていると感じたことは、二、三度ある。

十日がすぎ、二十日がすぎた。

敵軍は静黙している。

——岱のいった通りだ。

朱皓の軍は力争《りょくそう》をあきらめて、城内の食料が尽きるのを待っている。

「むこうの兵数はこちらの三倍以上だろう。むこうが先に兵糧が尽きるということはないのだろうか」

と、諸葛亮は岱にいってみた。

「どうして、わかりきっていることを訊くのか。敵は兵糧を補充《ほじゅう》できるが、こちらはできない」

わずらわしげにそういった岱は、数日後、姿を消した。城内のどこにもいない。

——まさか、城外にでたのか。

信じがたいことだが、それしか考えられなかった。廏舎で働いている者は、岱の不在について、なにもいわない。

——そうか、この者たちは、郡丞の指図に従っているのだ。

郡丞であれば、岱を城外にだすくらい、たやすくできる。だが、なんのために岱は城外に忍びでたのか。郡丞は岱になにを命じたのか。とにかく岱がぶじに還《かえ》ってくることを、諸葛亮はひそかに祈った。

八日後に、岱はなにごともなかったような顔で、廏舎にいた。掃除にはいった諸葛亮は、馬に与える秣《まぐさ》のないことに気づいた。

この日の午後、諸葛亮は弟の均それにふたりの姉とともに、官舎の一室に呼ばれた。なかには叔父とその女《むすめ》それに陽都から随従《ずいじゅう》してきた家人がいた。

叔父はみなの顔をながめて、

「食料が尽きるまえに、この城から退去することにした。決行は今夜だ。あわてて荷造りをすると、敵に知られることになる。支度《したく》は、日が落ちてからでよい。みなよく戦い、敵兵の侵入をゆるさなかったのに、みずから城を棄《す》てるのは残念ではあるが、やむをえない」

と、口調にくやしさをにじませた。

——食料の有無《うむ》で勝敗が定まるのも戦いか。

これでも叔父は朱皓に負けたことになる。諸葛亮はやりきれなさをおぼえた。

日没後、官舎内はあわただしくなった。諸葛亮は書物を束《たば》ねて車に積んだ。ほかに弩も載せた。夜が更《ふ》けてくると西門のほうに移動した。西門は川に臨《のぞ》んでいる。門楼《もんろう》には数人の兵がいるらしい。

叔父が郡丞とともに西門に近づいた。すると門衛が炬火《きょか》を掲げた。それが門楼の兵への合図であり、上の兵は燧烽《すいほう》を揚げた。

四半時《しはんとき》ほど静止したまま待った。

諸葛亮が遠い太鼓の音をきいたような気がしたとき、城門が開かれて、城内から船と筏《いかだ》がでた。先頭の船には叔父と郡丞が護衛兵とともに乗り、諸葛亮らは二番目の船に乗せられた。炬火が消され、月の光しかないので、はっきりとはわからないが、枚《ばい》を銜《ふく》ませられた馬が筏に乗り、その横に傔など数人の廄人がいるようであった。

じつはこのころ、三十数隻《せき》の船が火炎《かえん》となった大量の薪《まき》とともに、上流の船橋に衝突していた。それらの船を放った者たちは太鼓を打って大騒ぎしたあと、夜陰に姿をくらました。対岸の営塁《えいるい》にいた兵は異変を知って飛びだしていた。

対岸で船をおりた諸葛亮らは護衛兵にみちびかれるままに、ひたすら西へ歩いた。どれほど歩いたのかわからないが、いちど兵が停まった。すると二乗の馬車がうしろからきた。まえの馬車に叔父と郡丞が乗り、うしろの馬車に諸葛亮らが乗せられた。よくみると御者《ぎょしゃ》は傔であった。

夜が明けてきた。

この集団は日が昇っても、なおもすすんだ。

行く先を知っているのは、叔父と郡丞のほか数人だけであったろう。

日が中天《ちゅうてん》にさしかかるころ、この集団ははじめて休息をとった。敵兵に追撃される心配がなくなったためである。近くに細流《さいりゅう》があり、岱はそこから水を汲《く》んできて、馬に与えた。馬を車からはずさなかったのは、いつでも発《た》てる構えをくずさず、用心をおこたっていないことを、無言に語っていた。

春の光が温かさを帯びている。

霞《かすみ》がながれているのか、遠い花がまたたくようにみえる。

だが、その佳趣《かしゅ》をたれも愛《め》でるゆとりをもっていない。諸葛亮は立って護衛兵をながめた。叔父と郡丞に従ってここまできた兵はどれほどいるのか。

岱が近づいてきた。

「兵の数をかぞえているのか」

「そなたは郡丞さまの密命を承《う》けて動いている。城からの脱出路をつくったのも、そなただろう。城兵はどうなったのか」

諸葛亮の懸念《けねん》はそれである。城兵を置き去りにしてきたのでは、寝覚《ねざ》めが悪い。

「案ずるな。郡丞さまは城兵をみすてるようなことをしない。われらとともに西へむかっているのは千五百人で、あとはほかの県へむかわせた。城にはひとりの兵も残っていない」

「それは、よかった」

「どこへ行くか、訊かないのか」

「将は、麾下《きか》の兵に、行く先を告げぬものだ。それくらいは、わかっている」

「ほう——」

口をゆがめた岱は馬車にもどった。みなは休憩を終えて、西へすすみはじめた。日没のころに、ひとつの城をみた。それが西城《せい》とよばれる城で、県ではなく郷《きょう》の規模であった。閉じられていた城門は、この集団が近づくとひらかれた。夕《よる》の暗さが盈《み》ちはじめた門内には多くの燎《にわび》が焚《た》かれていた。

叔父と郡丞は門のほとりで随従してきた兵をねぎらい、門が閉じると、ふたりだけで高床《たかゆか》の舎にはいった。諸葛亮らは官舎に似た舎にはいり、おそい夕食を摂《と》った。そのあと叔父が顔をみせた。

「まだ負けたわけではない」

気張っていいわなかったところに、叔父の自信がのぞいた。

徳の力

南昌《なんしょう》の城は空《から》になった。

諸葛玄《しょかつげん》と城兵が深夜に城を退去したことを、寄せ手の将帥《しょうすい》である朱皓《しゅこう》はまったく気づかなかった。

夜が明け、日がかなり高く昇ってから、

「城内は無人ではありますまいか」

という報告をうけた。

「妄《うそ》だろう」

最初は信じなかった。が、そのあと兵が城壁を越えて城内にはいり、門を開いたので、ようやく信じた。それにしても、一夜にして将卒《しょうそつ》のすべてが消えたのは、幻術《げんじゅつ》としかおもわれない。

城外の営塁《えいるい》をこわしてから、兵を入城させた朱皓は、

——かろうじて勝った。

と、心のなかでつぶやいた。朱皓の軍の兵糧《ひょうろう》も尽きかけていたのである。滞陣《たいじん》の途中で、呉《ご》郡にいる劉繇《りゅうよう》に使いをだして、兵糧を送ってもらった。が、その量は多くなかった。あと十日。諸葛玄が退去をおくらせていれば、こちらが撤退するところであった、と朱皓は冷《ひ》や汗《あせ》をおぼえた。

とにかく南昌にはいったかぎり、豫章《よしょう》郡の郡府をおさえたことになり、晴れて朱皓が豫章太《たい》守《しゅ》となった。

「このことを、正礼《せいれい》どのと長安《ちょうあん》の朝廷に報《しら》せねばならぬ」

正礼は劉繇のあざなである。すぐに朱皓は使者を立てた。それから、

「諸葛玄はどこへ行った。調べよ」

と、左右に命じた。二日後に報告がきた。

「諸葛玄は西《せい》城に籠《こ》もっております。その位置はここから西へむかい二日もかかりません」

「さようか……」

朱皓が鬚《あごひげ》をなでながら思案をしているところに、属将の三人がきた。

「なにか――」

「太守に申し上げます。われらは劉太守から、南昌攻撃の助力を命じられました。南昌を得たいま、呉郡に引き揚げます」

「やっ。それは――」

朱皓は困惑した。いわれるまでもなく、朱皓軍の大半は、劉繇の兵である。呉郡の防衛のために帰りたいといわれると、ひきとめる理由がない。それでも、懇請《こんせい》して、二千ほどの兵に駐留《ちゅうりゅう》してもらった。

――これでは西城を攻められない。

二千という兵の数では、南昌の城を守るのがせいいっぱいで、外征《がいせい》などできるはずがない。しかも食料がとぼしい。さらに、いままで諸葛玄に従っていた豫章郡内の県令《けんれい》は旗幟《きし》を明らかにしていない。朱皓がこの郡の太守であることを認めず、諸葛玄を支持する県令がいれば、いつなんどき挙兵して南昌を襲ってくるか、わからない。

朱皓の不安はまだある。

南昌の郡府に朱皓がはいったことを知った袁術《えんじゅつ》が、軍をむけてくることである。

それらのことを考えた朱皓は、南昌からでることなく、郡内の県令へ檄文《げきぶん》を送って、自身の政権に順服《じゅんぷく》するように求めた。

兵と食料がすくないのは、諸葛玄もおなじで、袁術が援助の手をさしのべてくれないかぎり、反撃ができなかった。

袁術のもとに諸葛玄の使者は一度ならず二度も到着して窮状を訴えた。そのつど袁術は、

「まもなく軍をさしむけるであろう」

と、いっただけで、援兵の用意などは命じなかった。

袁術の関心は、本拠にしている九江《きゅうこう》郡に近い徐《じょ》州の広陵《こうりょう》郡と揚《よう》州の呉《ご》郡、丹楊《たんよう》郡という三郡にむけられている。ただし、揚州のその二郡は近いといっても江水《こうすい》でへだてられている。江水を渡っての攻撃はたびたび失敗した。そういう手詰《てづ》まりの状況をみて、

「わたしが江東《こうとう》を平定しましょう」

と、袁術にむかって手を挙《あ》げたのが、少壮の孫策《そんさく》である。このとき、二十一歳である。なお、江水下流の南岸を江南《こうなん》といわずに江東というのは、そこでは江水が横というより縦《たて》にながれているからである。

孫策は袁術のためにいくつか武功を樹《た》てたが、むくいてもらえなかった。はっきりいえば、ただ働きをしただけである。

——袁公路《えんこうろ》とは、そういう人か。

みきりをつけた孫策は、江東を独力で獲《と》り、袁術から離れて独立をするという決断をした。この献言《けんげん》は容《い》れられて、孫策は出発したが、そのときの兵力は千余というのであるから、袁術の吝嗇《りんしょく》ぶりがわかる。死ににゆくようなものだ、と袁術はひそかに嗤《わら》ったかもしれない。だが、この孫策の動きが、諸葛玄の命運に影響するのである。

九江郡の東南端に歴陽《れきよう》という県がある。

歴陽は江水に近い。

袁術の江東攻略のための策源地《さくげんち》となっていたのが、歴陽である。そこに駐屯して対岸の丹楊

郡の要地を攻めていたのが、孫策の母の弟である呉景《ごけい》である。呉景の近くには、孫策の従兄《じゅうけい》にあたる孫賁《そんほん》もいる。が、ふたりは丹楊郡を攻めあぐねて、いたずらに駐屯していただけである。

そこに孫策がきた。

いや、きたのは孫策だけではない。孫策の親友である周瑜《しゅうゆ》も兵を率いて駆けつけ、孫策を出迎えた。

孫策は若いが将としての実力はすでに知られており、その驍名《ぎょうめい》を慕《した》う者は多く、出発のときに千余という兵力が、歴陽に着くころには五、六千になっていた。が、それでも多いとはいえない。

孫策は呉景と孫賁から敵状について説明をうけた。

敵の総帥《そうすい》である劉繇は呉郡の曲阿《きょくあ》県にいる。九江郡に近い丹楊郡を防衛するために、横江津《おうこうしん》に樊能《はんのう》と于麋《うび》という二将を遣《や》って守らせた。さらに当利口《とうりこう》に張英《ちょうえい》を駐屯させた。呉景らはその三将にどうしても勝てなかった。

「わかった。横江津と当利口を落とそう」

こともなげにいった孫策は、その難攻不落にみえたふたつの要塞を猛烈に攻撃して陥落させた。

「つぎは、秣陵《ばつりょう》か」

秣陵城は江水の近くにはない。その城を守っているのは、徐州彭城《ほうじょう》国の相《しょう》であった薛礼《せつれい》と陶謙《とうけん》に仕えたことがある笮融《さくゆう》である。孫策はその二将を攻めた。薛礼は逃走したが、笮融はしたたかに抗戦した。が、つまるところ孫策の勝ちであった。

ふたたび軍を江水に近づけた孫策は、ついに丹楊郡から呉郡にはいった。

孫策軍が曲阿に迫ってくると知った劉繇は、北の丹徒《たんと》へ逃げ、そこから船に乗って、南の会《かい》稽《けい》郡へゆこうとした。会稽郡は劉繇の伯父《おじ》が太守として赴任《ふにん》した郡であり、しかも伯父は郡の民にたいそう敬慕《けいぼ》された。そういうゆかりに頼ろうとしたのである。ところが船に乗ろうとする劉繇に、

「会稽に行ってはなりませんぞ」

と、声を揚げた者がいた。

劉繇の会稽行きを諫止《かんし》したのは、許劭《きょしょう》である。

この時代、人物鑑定が盛んにおこなわれた。そういう風潮のなかで、観相《かんそう》の名人である、と天下に名を知られたのが許劭である。かれが月のはじめに人物批評会を開催していたことで、

「月旦評《げったんひょう》」

ということばが生まれた。旦は、正確には夜明けをいうが、この場合は、一日《ついたち》をいう。月旦評は人物批評と同義語になるほど有名であった。その会の主催者である許劭が、あるとき訪ねてきた小柄《こがら》な男の人相を観《み》た。この訪問者こそ、曹操《そうそう》であったが、当時、無名に比《ちか》かった。

「わたしはどのような人でしょうか」

観相を終えた許劭は、曹操に問われたが答えなかった。その静黙をいぶかった曹操に、ぜひ、おきかせください、と迫られた許劭は、やむなく、

「あなたは、治世《ちせい》の能臣、乱世の姦雄《かんゆう》ですな」

と、いった。治世はよく治まっている世のことで、そういう平安な世であれば有能な臣になるが、世が乱れると、悪智慧《わるぢえ》にたけた英雄になる。

それをきいて曹操は大笑した。

許劭はくせのある人物で、宦官《かんがん》の養子となった曹操の父に好感をいだいておらず、その子にいやみを吐いたと考えられなくもない。

とにかく許劭は、急場にさしかかっている劉繇に、豫章行きを勧《すす》めた。

「会稽は富み豊かな郡ですから、かならず孫策が取ろうとするでしょう。またその地は海に臨《のぞ》んで逃げ場がありません。ゆかれてはなりません。それにひきかえ、豫章郡は北端が豫《よ》州の地につながり、西端は荊《けい》州に接しています。豫章へゆかれるべきです。豫州の吏民《りみん》をひとつにまとめ、兗《えん》州の曹孟徳《そうもうとく》に連絡をつければ、たとえ間に豺狼《さいろう》のごとき袁公路がいても、その威勢は長つづきしないでしょう。あなたさまは王命を受けておられるのですから、援助は曹孟徳からだけではなく、荊州の劉景升《りゅうけいしょう》からもありましょう」

許劭がかつて乱世の姦雄とけなした曹孟徳すなわち曹操を、ここでもちあげたのは奇妙であるが、この説述《せつじゅつ》には理があり、劉繇は心をひるがえして豫章郡へむかうことにした。

劉繇は数万の兵を掌握《しょうあく》していたはずであるが、属将たちが孫策に敗れたこともあって、丹徒をでたときに従属した兵の数は、どれほどであったろうか。三万未満になっていたかもしれない。それでも、それほどの兵が船に乗ったとすれば、大船団が形成されたと想《おも》われる。

船は江水をさかのぼるのである。

日数がかかるうえに、九江郡と丹楊郡の津《みなと》は敵地なので、停泊はできない。苦労の多い航行となった。

だが、どの津からも追撃の軍船はでなかった。豫章郡にはいってその岸辺を観た劉繇は、窮《きゅう》地《ち》を脱した、という意《おも》いで、表情をやわらげた。

船は川というよりも大きな沢にはいった。彭沢《ほうたく》県が近いと知った劉繇は、岸に船を着けさせて上陸した。

「われはしばらく彭沢にとどまるが……」

左右にそういった劉繇は、そこに佐将のひとりである笮融を呼んだ。笮融は破竹《はちく》の勢いの孫策を悩ませた将であったが、けっきょくしりぞいて劉繇に随従《ずいじゅう》していた。

「南昌にはいった朱皓は、西城の諸葛玄に手を焼いているらしい。そなたは南昌へゆき、朱皓を助けて、諸葛玄を討滅《とうめつ》せよ」

劉繇は軍を割《さ》いて笮融に兵をさずけた。笮融がこの命令を忠実に実行していれば、諸葛玄どころか、諸葛亮《りょう》も殺されていたであろう。

なにしろ笮融は奸悪《かんあく》な男である。その悪業の規模は董卓《とうたく》におよばないものの、この時代の悪人列伝をつくれば、十番以内にはいる。

かれは陶謙とおなじ丹楊の出身ということもあって、徐州へ行って陶謙に仕えた。物資の運搬の監督になると、恣暴《しぼう》と殺人を平気でおこなった。さらに州府へ貢納《こうのう》する物をことごとく横奪《おうだつ》して、財力をたくわえた。その財をもって巨大な仏教寺院を造営して、信者を集めた。この企画がほぼ成功した時点で、徐州が曹操に攻められたので、笮融は広陵郡へ逃げた。太守の趙昱《ちょういく》から厚遇された笮融は、もらう物はもらってゆこう、という悪心から、趙昱を殺害すると大略奪を敢行した。そのあとすずしい顔で江水を渡り、劉繇に身を寄せたのである。

劉繇は笮融が率いてきた人の多さを喜んだかもしれないが、人物鑑定は甘かった。人物鑑定といえば、劉繇のかたわらに、名人といわれる許劭がいる。

笮融が兵をふたたび船に乗せて出発したあと、首をかしげた許劭は、劉繇に忠告した。

「笮融は軍を率いて発《た》ちましたが、かれは名義《めいぎ》などをかえりみない者です。南昌にいる朱文明どのは、善士であり誠実でもあるので、人を信じやすい。ひそかに人を遣って笮融には用心するようにお報《しら》せしたほうがよろしい」

劉繇は許劭の助言をききながすような人ではないので、密使をつかわしたにちがいない。だが、この密使は笮融よりさきに南昌には着かなかった。

この時点まで、西城にいる諸葛玄と南昌にいる朱皓は、睨《にら》みあいをつづけている。両者の窮状は似ていた。食料と兵がすくないことである。そこで西城と南昌からはそれぞれ使者が放出されて、郡内の県令《けんれい》を説《と》いてまわった。だが、どの県令も、即答をひかえ、自重した。それはそうであろう。いま郡内にはふたりの太守がいるのである。長安の朝廷から派遣《はけん》された朱皓が正式の太守のようにみえるが、なにしろその朝廷の実権をにぎっているのが、武器を執《と》ってあばれるしか能のない李傕《りかく》と郭汜《かくし》である。諸侯に信用されない朝廷からきた太守を信用してよいものかどうか。

諸葛玄は袁術によって任命された太守であるから、本来なら、正式な太守ではない。しかしながら、長安の朝廷がいつ潰滅《かいめつ》するかわからない現状では、江水に臨む諸郡をおさえつつある袁術の実力を無視できず、当然、その下にいる諸葛玄を軽視できない。

どちらの太守に従うべきかを決めることは、おのれの生死にかかわる、という深刻な認識を、すべての県令がもっている。ゆえに黙って情勢をながめているしかないのである。

「いま寿春《じゅしゅん》から援軍がくれば、南昌を、一日で奪回できるのに――」

と、郡丞《ぐんじょう》はくやしがった。豫章郡を保持することは、袁術の戦略図では、重きをなさないのであろう。

諸葛玄も袁術の意図《いと》を察したおもいで、独《ひと》りで城壁にのぼった。東北の天空を看《み》た。徐州が滅んだとはきこえてこない。

――瑾《きん》よりわれのほうがさきに滅ぶか……。

諸葛玄はさびしく笑った。

下から近づいてくる足音がある。

——郡丞だな。

諸葛玄にはふりかえらなくても、足音だけでそれがわかる。

日没が近いものの、暑気《しょき》はまだ落ちない。

郡丞のもとに急報がとどけられたにちがいない。そうでなければ、郡丞がわざわざ城壁をのぼってくるはずがない。ただし足音にはずみがなかったので、その急報の内容は吉《よ》くないであろう。

「凶《わる》いお報せです」

「ふむ……」

あいかわらず諸葛玄は天空をながめている。

「劉正礼が軍を率いて彭沢《ほうたく》に上陸しました。その兵力は二、三万です。五日も経《た》たぬうちに、川は軍船に満ち、江水への路は陸路もふさがれるでしょう。さらに十日も経たぬうちに、この西城は劉正礼の属将に攻撃されましょう」

「さようか」

「おどろかれませんな」

郡丞はいぶかるように歩をすすめ、諸葛玄の横に立った。

「そなたがなにを勧《すす》めにきたのかはわからぬが、われは退去はせぬ。この城を守って大軍と戦う。たぶん死ぬであろうな。しかしそなたのような俊賢《しゅんけん》をここで喪《うしな》うのは惜しい。そなたこそ、生きのびるべきだ」

「それは――」

郡丞は諸葛玄の覚悟のみごとさに胸を打たれた。

「ひとつ、たのみがある。われには女《むすめ》と姪《めい》それに甥《おい》がいる。すべてで五人だ。かれらを帯同《たいどう》してくれぬか。危地《きち》の外にでたら、帯同は無用だ。僕佐《ぼくさ》という者を付けるので、あとはその者が嚮導《きょうどう》する」

郡丞はわずかに口をゆがめた。

「それがしが早々《はやばや》と退去するとお決めになっておられる」

ようやく諸葛玄は郡丞を視《み》た。

「決めたわけではない。事態が急速に悪化するとわかったかぎり、あえて死の淵《ふち》に沈むことはない、といっている」

「わかりました。考えておきましょう」

城壁をおりた郡丞は、以前から手足のごとくつかっている者たちを集めた。そのなかに岱《たい》がいた。

この日から五日が経っても、郡丞は西城から去らなかった。

かれの足音が、めずらしいほどせわしくきこえたので、諸葛玄は、

——予想しえない異変があったな。

と、感じた。その異変は吉であるのか凶であるのか。

室《へや》に、郡丞が飛び込んできた。

「南昌の朱文明が、殺されました」

朱皓を支援している劉繇が豫章郡に到着したというのに、太守である朱皓が殺されたとはどういうことであろうか。

「賊に殺されたのか」

「そうではありません。劉正礼を佐《たす》けてきた将である笮融が、城内で朱文明を斬ったのです」

事実であった。彭沢から船をつかって南昌に到った笮融は、兵を率いて城内にはいり、

「ご助力に参りましたぞ」

と、大声でいい、歓迎のために室外にでてきた朱皓をいきなり斬った。

「それが劉正礼の指示であったのなら、劉正礼の名声は地に墜《お》ちる」

と、諸葛玄は苦《にが》くいった。劉繇は諸葛玄の敵ではあるが、たぐいまれな人格者であるとひそかに敬意をもっている。西城に残って戦うと決めたのも、劉繇が相手であれば、なんら恥じることなく死んでいけるとおもったからである。

「劉正礼ともあろう人が、そのような慝悪《とくあく》をおこないましょうか。笮融が太守の印綬《いんじゅ》を奪い、

郡府をおさえたのです」

「絵に画《か》いたような悪人だな」

「おそらくこれから、笮融と劉正礼との戦いとなります」

「対岸の火事ということか」

それがどれほどつづいても、笮融が勝つとはおもわれない。笮融が敗死すれば、南昌に劉繇が移ってくる。それから西城に兵をむけるであろう。

「両者が兵力を消耗しあったにせよ、勝者にはここを攻めるに足る兵力があろう。そなたは退避する時を誤《あやま》らないでもらいたい」

「太守――」

郡丞はせつなさをかくさずに諸葛玄をみつめた。泰平の世であれば、この人はすぐれた太守になったのに、というくやしさもある。

十日も経たぬうちに、笮融と劉繇は戦いをはじめた。

兵力は劉繇軍がまさっていたが、笮融はしたたかに戦い、南下してきた軍を撃破した。

「みたか。われこそが、豫章太守である」

敗走してゆく劉繇軍をみた笮融はせせら笑った。

劉繇軍が大敗したことは、西城の郡丞に報告がとどいた。さっそくかれは諸葛玄に知らせた。

「その惨敗で、劉正礼の兵力は三分の一に減少しました。立ち直るためには、郡内の兵を集めるしかありませんので、かなり時がかかりましょう」

「それでも、劉正礼が勝つであろうよ」

諸葛玄の予想はゆるがない。劉繇が敵であっても、助けにゆきたい気持ちさえある。

それからおよそひと月が経った。

郡丞が報告にきた。

「劉正礼の軍が、南昌を落としました」

「笮融は、死んだか」

「いえ、城外にのがれたようです。しぶとい男ですから、どこかにひそんで再起をたくらむでしょう。ここにくるかもしれません」

「もしも、きたら、即座に首を馘《き》り、劉正礼のもとにとどけよ」

諸葛玄は獰猛《どうもう》な男をうけいれる気にはなれない。

ちなみに南昌から逃走した笮融は、山中にかくれた。が、付近の住民に発見されて、殺されることになる。悪運も尽きるときがくる。

郡丞は複雑な感情をあらわにして立っている。それをみた諸葛玄は目で笑い、

「立っていても、事態は良くならない。まあ、坐《すわ》れ」

と、着座をうながした。

「太守、ついに敵は劉正礼となりました。郡内の県令は、劉正礼を敬慕《けいぼ》して、その徴兵に応

じ、ここに兵をむけましょう。退去なさるのであれば、いまだとおもいますが、お考えを変えませんか」

「劉正礼と戦うとなれば、死んでも悔いはない。そなたは誠心誠意われを佐けてくれた。太守として恥をかかずにすんだのは、すべてそなたのおかげだ。礼をいっておく」

諸葛玄は郡丞にむかって頭をさげた。

郡丞は目をそむけて、うつむいた。

このときから半月が経っても、郡丞は西城から去らず、配下をつかって情報を蒐《あつ》めていた。

——奇妙だな。

諸葛玄はいぶかった。郡丞が城内にとどまっていることではない。豫章郡の中心というべき南昌を劉繇がおさえたというのに、西城に兵をむけてこないことである。その事由《じゆう》があきらかになれば、かならず郡丞が報告にくるはずなのに、郡丞は顔をみせない。

そこで諸葛玄はみずから郡丞を捜した。

——こんなところにいた。

郡丞は廏舎《きゆうしや》にいた。かれは諸葛玄に気づいて、廏吏たちとの話を切り上げ、外にでてきた。

「ご乗馬の用意をさせましょうか」

「はは、そなたが冗談をいうほど平穏だが、劉正礼は南昌でなにをしているのか」

郡丞は歩きながら答えた。

「劉正礼は南昌にはおりません。多くない兵を残して、彭沢に引き揚げました」

「笮融を捜索しているのか」

「いえ、どうやら笮融はすでに死んだようです」

郡丞は足を止めた。諸葛玄も歩くのをやめて、郡丞の表情をさぐるように視た。

「それなら南昌に本拠をすえて、西城を伐《う》ち、豫章を治めればよい。彭沢にもどるわけがわからぬ」

「わたしもわからないので、誤報ではないかと確認したところです。しかし劉正礼が彭沢を本拠にすることはまちがいないことです」

「さて……」

諸葛玄は目をあげた。天空に鳥の影があった。

「彭沢があるのは、沢の東岸だな。江水にも近い。対岸は廬江《ろこう》郡なので、そこから兵がでることを警戒しているのか」

「そうですね。彭沢は北からの敵と東からの敵をみのがさず、迎え撃てる。そうか、わかりましたよ。劉正礼がもっとも恐れているのは、孫伯符《そんはくふ》なのです。南昌にいては、その軍を撃退しにくい。郡の入り口ではばむつもりなのです」

郡丞がいった孫伯符とは、孫策《そんさく》のことである。旋風のようなその軍が早晩豫章郡に侵入してくる、と劉繇はみているにちがいない。

「太守、この西城は落ちませんよ」

郡丞はめずらしくほがらかに笑った。かれの想念のめぐらせかたは、諸葛玄にもわかった。豫章郡にはいった劉繇は、いまや西城だけが袁術《えんじゅつ》側の城であり、そこにけなげに籠《こ》もっている将卒がかなり寡ない、と知ったにちがいない。寡兵《かへい》しかいない城はたしかに攻め潰《つぶ》しやすいが、放っておいても害はないともいえる。西城の兵が出撃して南昌を奪回できるはずがないからである。

劉繇が恐れているのは、孫策ただひとりであり、もしも孫策が軍をめぐらせて豫章郡への侵入をこころみれば、その時点で、西城は劉繇からうけている脅威をはねかえすことができる。なぜなら孫策は袁術につかわされた将であるから、と諸葛玄は想った。

この時点で、郡丞と諸葛玄は、孫策が袁術から離れて独立するために戦っているとは想到《そうとう》できなかった。

とにかく諸葛玄の気分も明るくなった。

ところが、である。

数日後の深夜に、諸葛玄の宿舎の戸を、郡丞があわただしくたたいた。

——凶事《きょうじ》が起こったな。

諸葛玄は跳ね起きた。

「どうした」

戸を開くまもなく、舎内に飛び込んできた郡丞は、

「お逃げください」

と、強い息でいった。

「逃げはせぬ。劉正礼と戦う、といったはずだが」

「相手が劉正礼であれば、このようなことを申しません」

「では、賊が相手か」

黄巾《こうきん》の徒《と》は全滅したわけではなく、各地にひそんで、挙兵の機をうかがっている。

「ちがいます。郷人《きょうじん》が夜明けとともに、ここを襲ってきます。太守、敵は民です。民と戦って、勝っても負けても、生涯の不名誉となります。残念ながら、城を棄《す》てるしかありますまい。わたしが申したことが、おわかりになりますね」

郡丞は諸葛玄の肩をつかんでゆすぶった。その荒い息が、暗い舎内の空気を揺らした。

——そういうことか……。

諸葛玄はおのれの軀《からだ》が地平に淪《しず》むほど落胆した。

西城に遷《うつ》ってきてから今日まで、諸葛玄は住民を虐《しいた》げたことはいちどもない。それどころか、できるかぎりの仁恤《じんじゅつ》をこころがけてきたつもりである。このおもいを住民はうけとめてくれたのか、騒動を起こさず、敵兵をなかに引き入れることもしなかった。住民は諸葛玄を支持してくれたのである。ところがかれらは一変して諸葛玄を殺す決断をした。

すでに劉繇には絶大な衆望が寄せられており、

「なぜか」

と、問うまでもない。

劉繇にそそのかされたわけではない。すでに劉繇には絶大な衆望が寄せられており、

「諸葛玄の政治よりも劉正礼の政治を、西城の民は望んでいる」

という意思表示のために、住民は武器を執ったのだ。徳には力があり、諸葛玄はおのれの徳の力が劉繇のそれにおよばないことを痛感した。

——負けるとは、こういうことだ。

諸葛玄はしばらく呆然《ぼうぜん》としていた。そのあいだに郡丞は去り、いれかわるように僕佐が舎内にはいってきた。

「さ、どうか、お着替えください」

判然としない意識のなかで、諸葛玄は着替えたというよりも着替えさせられた。物音を立てないように、多くの者たちが動きまわっている。兵も退去するのであろう。いつのまにか、諸葛玄は百人ほどの兵に護《まも》られて城外にでて、馬に乗った。

夜気《やき》にあたって、ようやく意識がはっきりしてきた。馬を曳《ひ》いているのが家人のひとりであるとわかったので、

「女《むすめ》や甥たちは、どうした」

と、問うた。

「ご安心ください。僕佐が付いております」

「さようか……」

諸葛玄はそれ以上は問わなかった。西城から退避する路は、おそらく郡丞が入念に調べてあり、手配も万全なのであろう。夜明けまですすみつづけた小集団は、日が昇るころに大きな民家にはいった。諸葛玄と郡丞に従った兵はおよそ五百であり、そのなかには吏人《りじん》もふくまれていた。郡丞の落ち着きぶりをみた諸葛玄は、その胆力に感嘆した。

このとき諸葛亮《りょう》は、叔父と郡丞とはすこし離れたところで、朝食を摂《と》ろうとしていた。かれが食事中にときどき叔父と郡丞のほうに目をやったので、近くに坐っている僕佐が、どうなさいましたか、と問うた。

「叔父上が郡丞さまのとなりにいる」

「さようですな」

「そなたは叔父上が西城に残って敵と戦うかもしれぬ、とかねて申していた。事情が変わったわけを知っているのなら、わたしにおしえてくれ」

「それは――」

僕佐は声を低めた。

「郷人が叛乱《はんらん》を起こそうとしたからです。太守はひとりの民も殺したくなかったので、退去なさったのです」

「そうか……」

諸葛亮の理解のとどく事態であった。ずいぶんまえに西城を去る準備をさせられたことがあった。西城を守る兵は千数百であるのに対して、攻めてくる劉繇の兵は万を超《こ》えるときかされた。そういう話を諸葛亮らにしたのは郡丞であった。そのとき諸葛亮ははじめて郡丞と膝《ひざ》をつきあわせる近さで問答した。

「城から落ちるのであれば、なにゆえ叔父上はわれらをじかに諭《さと》さず、あなたさまを介《かい》したのですか」

と、諸葛亮がなじるようにいった。この十五歳の少年をみつめた郡丞は、遁辞《とんじ》を弄《ろう》することをせず、

「あなたがたのいのちを、わたしがあずかることになったからです」

と、誠実にいった。

——叔父上はここで死ぬ。

諸葛亮は痛哭《つうこく》したくなった。その激しい感情を郡丞は察したようで、

「太守の死を望んでいないのは、わたしもおなじです」

と、諸葛亮にむかって強くいった。

そのことばを憶《おぼ》えている諸葛亮は、僕佐の話をきいたあと、

——西城の住民の叛乱はほんとうなのか。

と、疑った。叔父を戦死させたくない郡丞が、虚構のすべてをととのえて、叔父を説得し、ここまで導いてきたのであれば、たいへんな策士であるといってよい。なにはともあれ、諸葛亮は叔父と死別せずにすんだ。

荊州《けいしゅう》の天地

諸葛玄《しょかつげん》は馬上にいる。

間道《かんどう》である蕭疎《しょうそ》の林を、五百余人の小集団がぬけてゆく。

秋風の音をききながら、諸葛玄は、

——秋にきて、秋に去るのか。

と、一年の在任をふりかえった。達成感はないが、むなしさもない。ただし渾身《こんしん》で事にあたったという実感はある。しかしながら、この実感は世間で評価されないであろう。南昌《なんしょう》県をしりぞき、さらに西城《せい》から他所へのがれてゆく太守を称《ほ》める者はひとりもいないにちがいない。

——人生の勝負は終わった。

悪あがきはやめたい、というのが諸葛玄の心情である。

やがて灌木《かんぼく》ばかりの丘にのぼった。

遠くに沢がみえた。その沢が江水《こうすい》につながっていることを想《おも》うと、ずいぶん北へすすんだことなる。

「ここからが、きついですよ」

そういった郡丞《ぐんじょう》はみなをいそがせた。日没のころに、入り江に到着した。

「休憩は、船に乗ってからだ」

郡丞の指図で兵が趨《はし》った。ほどなく三艘《そう》の船があらわれた。そのなかの一艘は大きくない。ただしその船には筏《いかだ》が繋属《けいぞく》されている。それをゆびさした郡丞は、あらたまった口調で、

「太守とは、ここでお別れです。あなたさまにお会いし、あなたさまとともに勤務したことは、一生の宝です。あなたさまが寿春《じゅしゅん》へ往かれないことはわかっていますので、船を分けました。精兵を船人《せんじん》にしたてましたので、荊《けい》州のお望みのところまでゆけます」

と、あえて感傷を棄《す》てるようにいった。

諸葛玄は哀《かな》しむように胸をたたいた。

「そなたのような能才《のうさい》を寿春に帰したくない」

この郡丞は豫章郡を保持できなかったとして、袁術《えんじゅつ》に軽侮《けいぶ》されるにちがいない。それがわかっているなら、荊州へむかったほうがよい。だが、郡丞は幽《ほの》かに笑い、

「袁公路《えんこうろ》さまには恩義がありますので」

と、いい、諸葛玄にむかって敬礼した。

すばやく兵は船に乗り込んだが、おどろいたことに、岱《たい》が馬を曳《ひ》いて筏に乗ろうとした。

諸葛亮《りょう》は岱の袖《そで》をとらえ、

「郡丞さまに従ってゆくのではないのか」

と、訊《き》いた。岱はやや不機嫌に、

「おまえに付いてゆけ、と郡丞さまにいわれた」

と、答えた。諸葛亮はつかんだ袖をはなさなかった。

「郡丞さまは寿春へ帰る。寿春はここから遠いといっても揚《よう》州のうちだ。しかし叔父《おじ》はとなりの州へゆく。となりといっても、荊州だぞ。叔父に従えば、二度と揚州にもどってこられない。それでも、よいのか」

「わかっている」

岱は諸葛亮の手をふりはらった。

吏人《りじん》のなかでも位の卑《ひく》い小吏《しょうり》が、岱のほかに五人、叔父に従った。かれらは叔父に寓目《ぐうもく》された者ばかりで、郷里あるいは実家に帰りたくないという事情をかかえていた。みな若い。

一時後《いっときご》に、船はでた。

入り江から広々とした沢にでた船は、かなりの速さで北上した。小吏のひとりは、

「柴桑《さいそう》の県令は、劉正礼《りゅうせいれい》に通じているとおもわれます。夜のうちに柴桑の沖《おき》を通過しなければなりません」

と、叔父に献言《けんげん》した。

柴桑は沢の西岸にあり、しかも江水の南岸にあるので、軍事の要地である。

夜間の航行なので、郡丞が乗った船が近いのか遠いのか、わからない。諸葛亮にとってその郡丞は遠い存在であったにもかかわらず、印象は強い。すぐれた才覚をもち、叔父との相性《あいしょう》もよいので、こういう撓乱《どうらん》の世でなければ、豫章《よしょう》郡において、仁政《じんせい》を実現できたであろう。が、袁術のもとに帰れば、その才能が活用されないのではないか。袁術については、よい評判がきこえてこない。

弟の均《きん》はねむった。諸葛亮はその寝顔にむかって、

「よかったな。なんじが好きな岱が付いてきてくれた」

と、ささやいた。

黎明《れいめい》近くに、船は江水にはいった。

いつのまにかねむっていた諸葛亮は、はっと目を醒《さ》まして、水上の船影を捜した。

船影はどこにもない。

「そうか……」

諸葛亮は嘆息した。沢から江水にでると、叔父の船は西へすすむが、郡丞の船は東へ行く。郡丞の船はとうに東へ去った。

――あの郡丞は終始、叔父上を護《まも》ってくれた。

この感謝の気持ちを伝えることなく離れてしまったことを、いまさらながら悔《く》いた。それは

それとして、ここからは叔父を護ってくれる者はいないとおもうべきである。

夜明けに、船は柴桑の沖を通過した。

柴桑の吏人に気づかれると、訊問《じんもん》のための船がでるにちがいないので、船中の者はみな後方を看《み》つづけた。だが、追走してくる船はいない。

船中に小さな歓声が挙《あ》がった。

——危地を脱したのだ。

諸葛亮にもそれがわかり、均の肩をはしゃぐようにたたいた。均は声を立てて笑った。

船はついに荊州にはいった。

この州の最東端にある県は、下雉《かち》という。

津《みなと》に船ははいったものの、すぐに上陸はできなかった。州の境にある県なので、警備は厳重であり、多くの兵が駐屯している。叔父は津を監視している吏人に誰何《すいか》された。

「わたしは徐州陽都県《じょしゅうようとけん》の諸葛玄という。かつて劉景升《りゅうけいしょう》どのの知遇《ちぐう》を得たことがある。それゆえ、ふたたびお目にかかるべく、襄陽《じょうよう》へ往く途中である」

「なんだと。州牧《しゅうぼく》さまの知遇を得たことがある……。とにかく、船中をあらためる」

吏人は配下をつかって船中に武器がかくされていないか、調べたあと、念のため県令に照会の使いを遣《や》った。諸葛玄の風貌《ふうぼう》に卑《いや》しさがなかったので、州牧である劉表《りゅうひょう》の知人であるというのは、ほんとうかもしれないと意《おも》いはじめたからである。

報《しら》せをうけた県令は、

「諸葛玄といえば、袁公路に任命された豫章太守《たいしゅ》ではないか。よし、わたしが出向こう」

と、いい、馬車に乗り、津に急行した。荊州を支配している劉表は、となりの揚州を支配しようとしている袁術と親睦《しんぼく》しているわけではないが、敵対もしていない。その揚州からのがれてきたとみえる諸葛玄に、じかに会って、事情をきいておくのが、県令の任務であろう。

津に近い亭《てい》にはいった県令は、そこに諸葛玄を招いた。一瞥《いちべつ》するや、

――まず、まちがいない。

と、おもいつつも、

「貴殿が豫章太守の諸葛玄ですか。印綬《いんじゅ》をお持ちであろうか」

と、問うた。諸葛玄は目で笑った。

「印綬は郡丞に持たせて、袁公路どのにお返ししました。ゆえにわたしは太守ではありません」

「貴殿は袁氏に任命されて太守となったのに、任務を放擲《ほうてき》して豫章を去り、しかも袁氏のもとに帰らず、荊州にきた。それはなにゆえでしょうかな」

底意地《そこいじ》の悪い問いである。

だが諸葛玄はいやな顔をしなかった。

「揚州は荊州とちがって戦乱が熄《や》んでおりません。わたしも戦火を浴びて、戎衣《じゅうい》を着、弓矢を執《と》りました。戦いに負ければ、死なねばなりません。が、わたしは負けたわけではない。この

機微《きび》を、袁公路どのにはおわかりにならぬと想い、揚州を去ったのです」

「ははあ、負けたわけではない、と申されるか」

かすかに嗤《わら》った県令は、話題をずらした。

「貴殿の敵は、劉正礼であったはずですが、彭沢《ほうたく》から動かない、ときこえてきます。彭沢の兵力はどれほどですか」

「せいぜい一万五千でしょう」

「それはすくない」

「軍に内紛《ないふん》があったことと、南昌を空《から》にしておけないので五千ほどの兵をそこに移したことなどが、その理由です」

「彭沢から動かないわけは――」

「いま孫伯符《そんはくふ》が呉《ご》郡と丹楊《たんよう》郡を平定中です。孫氏の軍は江水より南の諸郡をことごとく取る勢いですから、かならず豫章に攻め込んでくる。その勢いを止める地は彭沢よりほかにないからです」

「孫伯符とは、孫文台《そんぶんだい》の子ですか」

県令はすこし表情を変えた。孫文台すなわち孫堅《そんけん》を討ち取ったのは、荊州軍であり、孫堅の子の孫策《そんさく》は、荊州を仇《あだ》の国とみているにちがいないからである。

このあと県令はみじかく問答し、腰をあげるときに、上陸してかまいませんよ、襄陽までの通行証をさしあげよう、といった。

下雉があるのは、荊州の江夏《こうか》郡の東端であり、そこから江水をさかのぼってゆくと、支流である漢水《かんすい》にはいることができる。

漢水は江夏郡の縁《へり》にそってながれていて、その川を北上してゆくと南《なん》郡にはいる。南郡の最北端にあるのが、劉表が本拠としている襄陽である。じつは荊州のなかでもっとも豊かな郡は、南郡の北隣にある南陽《なんよう》郡であり、その郡府が置かれている宛《えん》県の盛栄ぶりは襄陽をしのぐ。それでも劉表は本拠を宛県に遷《うつ》さなかった。

荊州は南北に長く、東西に短い。宛県を政治の中心地にすると、北にかたよりすぎて、南部への目くばりがおろそかになる、と考えたのであろう。

諸葛玄と従者が乗った船は、下雉をでてから、江水をかなり速く溯洄《そかい》し、漢水にはいった。

諸葛玄の近くにいる者が、やれやれという顔をしたので、諸葛亮は僕佐《ぼくさ》に、

「荊州にはいったのですから、警戒することはないのに、まだ用心することがあったのだろうか」

と、訊いた。

「江水の近くに生まれた者は、賊《ぞく》の怖さを知っているのです。漢水にはいれば、船をつかって寇掠《こうりゃく》をおこなう賊はいないということでしょう」

きた。

「ああ、そういうことか」

旅をすると、教えられることが多い。

襄陽に近い津に船が着いたとき、すっかり冬になっていた。津を監視している吏人が趨ってきた。

「諸葛玄どのであろうか」

下雉の県令の報告が、駅逓《えきてい》によって襄陽の政府にとどいているらしい。

「さようです」

「州牧があなたに会いたいとのことです。近日、宿舎に使者がゆきます。それまで宿舎でおすごしください」

吏人は下船した者たちを、近くの宿舎に導いた。岱らによって筏からおろされた二頭の馬は、長旅にもかかわらず、衰弱していなかった。車体も陸にあげられた。それを二頭の馬に牽《ひ》かせると、立派な馬車となった。それに乗る諸葛玄は、岱らの手を執《と》り、ひとりひとりねぎらった。

翌朝、船人《せんじん》を集めた諸葛玄は、

「そなたたちが郡丞に選ばれた練鋭《れんえい》の兵であったことはわかっている。よくここまで漕運《そううん》にあたってくれた。われはこれ以上漢水をさかのぼることはない。みなは揚州の者であろう。揚州へ帰るがよい。われの謝意として、すくないが財を分け与えたい」

と、いい、家人をつかって船人に銭を渡した。

一礼した船人は、朝食を摂《と》り終わると、すみやかに津にむかった。諸葛玄はかれらの出航を見送った。諸葛玄とともに宿舎にもどった僕佐は、声を立てずに慨嘆《がいたん》した。小首をかしげた諸葛亮は、

「がっかりしているみたいですね。船人が帰ってしまったからですか」

と、訊いてみた。

「いや、そうではない。陽都をでたときの主の財は、西城までは失われずにあったのです」

「それで――」

「西城からの退去がいつになるかわからず、急遽《きゅうきょ》、そうなる場合がある。と郡丞さまにいわれ、あらかじめ財の大半を郡丞さまにおあずけしたのです」

「なるほど、そういうことか」

入り江から船をだすときに、郡丞はあずかっていた叔父の財を、叔父の船には積まなかった。しかし、郡丞が叔父の財を持ち去ったとしても、諸葛亮は郡丞を憎めなかった。叔父のいのちを救ったのは郡丞であり、その礼物としてどれほど大きな財を与えても惜しくはないであろう。だが、叔父の財産の管理をしている僕佐は、そのようには割り切れないらしい。

二日後に、劉表の使者が宿舎にきた。

諸葛玄は迎えの馬車に乗り、外宮《がいきゅう》にはいった。外宮は他州からきた非公式な使者や賓客《ひんかく》など

に会うために、城外に造られた劉表専用の邸宅である。訪問者が刺客《しかく》である場合にそなえて、剣などははずされ、武器をかくし持っていないか、調べられる。それから宮室に案内される。劉表は短い階段の下に立っていた。八尺《せき》余の長身である。しかもいまは荊州の宗主である。容姿は威厳に満ちていた。が、諸葛玄はたじろがず歩をすすめ、拝礼した。実戦を経《へ》ると、度胸がつくものらしい。

揖《ゆう》の礼をして諸葛玄をうながすように階段をのぼらせた劉表は、もちまえの温厚さをみせて、

「なるほど、朋友《ほうゆう》が遠方からくると、楽しいものだ」

と、堅苦《かたくる》しさを払った。だが、揚州についてはいっさい問わず、

「われの近くには、昔のことを知る者がほとんどおらず、あなたと語っていると、往時《おうじ》の苦楽が憶《おも》いだされる」

と、いい、昔話に終始した。

諸葛玄は失望した。どうやら劉表は諸葛玄を敗将とみて、揚州に関する話題を避けているらしい。諸葛玄の心は、それをおもいやりであるとは感じなかった。

——こんな話をするために、また劉景升に会うのは、ごめんだな。

そうおもった諸葛玄は、口調をあらためて、

「いま天下で平穏であるのは、あなたさまが治めている荊州だけです。わたしは徐州の危うさを知って、荊州に居を移そうとしましたが、奇縁《きえん》によって、揚州を経ることになりました。

が、最初の望み通り、荊州に到り、あなたさまにお目にかかったかぎり、この地に骨を埋めるつもりです」

と、切々といった。

劉表は黙って諸葛玄をみつめている。

「擾乱《じょうらん》を避け、安穏《あんのん》な生活を望む者は、荊州をめざして続々とやってくるでしょう。城外に建てられた家の多さが、すでにそれをものがたっています。もはや他州からきた者が城外のどこに住んでもよいわけではありますまい。どうか、区画を監護《かんご》する吏人に、わたしの住居にふさわしい地を指示するように、お命じくださいませんか」

「わかった。あなたも荊州人になるのか。われも兗《えん》州人ではなくなった」

劉表の出身地は、兗州山陽《さんよう》郡の高平《こうへい》県である。高平県は徐州に近いといえば近いであろう。

「住居の予定地が定まるまで、宿舎で待たれよ。長くは待たせぬ」

これが劉表の好意であろう。

宿舎にもどってきた諸葛玄になんの官職も与えられず、賓客としてもてなされることもなかったことを知って、僕佐をはじめとする家人は、みな落胆した。

二日後に、諸葛玄のもとに吏人がきた。

「これからご案内します」

宅地用の土地をみせてくれるという。吏人は騎馬《きば》で、諸葛玄は馬車に乗った。岱が馬を御《ぎょ》した。従者は徒歩である。諸葛亮も均を連れて歩いた。

襄陽の城は、東と北に漢水がながれているが、東をながれる川と城とが隣接しているわけではないので、あいだの土地にかなりの人家がある。有力者や豪族の家はほとんど城の東にあるといってよい。城は南に正門があり、門外に大路が南にむかっており、その左右にある家にはおもに官吏が住んでいる。ということは、他州から移住してきた者が住むのは、城の西しかない。

じつは城の西にも、漢水ほど大きくない川があり、その川のほとりに人家が建ち並んでいた。

「ここです」

と、吏人に示された地は、半分が湿地《しっち》であった。従者たちはいっせいにやりきれないという表情をした。馬車をおりた諸葛玄は僕佐をともなって、宅地の広さを吏人にたしかめた。そのあいだに、手綱をはなして馬車からおりてきた岱が、諸葛亮の袖を引いて、群丞さまが太守さまの財を盗んだといっているやつがいるらしい、とけわしくいった。

「西城を退去するかなりまえに、叔父の財を郡丞にあずけた、と僕佐がいっていた。その財は叔父の船に積まれなかった。が、盗んだとはいっていない」

諸葛亮は僕佐をかばうように答えた。

「あの郡丞さまが、人の財産を掠《かす》めるような卑劣なことをするかよ」

「ああ、あの人は誠実だ。しかも賢明でもある。みなにはわからぬような手立てがあったのだろう」

「ほう、多少は、血のめぐりがよくなったな。ただし太守さまの財を城外にだす際に、手伝ったわけではないし、手伝った者は口が堅くて、なにもおしえてくれなかった」

と、岱はくやしげにいった。

「その手伝った者は――」

「みな郡丞さまに属《つ》いていった。秘密の手立てを知る者は、ここにはいない」

岱は腕を組んで、天空を睨《にら》んだ。郡丞の汚名《おめい》をすすぎたい顔である。

西城から諸葛玄に従ってきた小吏は、岱をふくめて六人である。かれらは諸葛玄が官を去ると同時に、吏人ではなくなり、諸葛玄の家人となった。もとの家人は十人であるから、諸葛玄は十六人の家人をかかえ、かれらを養ってゆかねばならない。

だが、その十六人は、諸葛玄が劉表から優遇されないとわかっても、ながく落胆していなかった。諸葛玄を囲むように坐《すわ》ったかれらは、枯れ色の雑草におおわれたあの地をなるべく早く整地する方策を話しあった。険悪な話しあいではない。ときどき笑声が涌《わ》いた。

その話しあいに加わらない諸葛亮は、それをながめて、

――叔父は父のように慕《した》われている。

と、感じた。辛口《からくち》の岱が、船旅のあいだに、

「太守さまは、おもいやりのある人だ」

と、いったのだから、おそらく叔父は太守のような官職にむいていたのであろう。しかしながら叔父の恢達《かいたつ》さが多くの官民に知られるまえに、戦いをせざるをえなくなった。残念ながら叔父は非凡な戦略家ではない。寡兵《かへい》をもって大兵《たいへい》を破るような用兵の冴《さ》えをみせることなく、平民にもどった。

が、叔父には悔恥《かいち》の色はまったくなかった。劉表に面会して帰ってきたあとも、表情に曇りはなかった。

豫章太守としての在任期間が短くても、全霊をもってやりぬいたという自負《じふ》があるのだろう。また郡丞をはじめとする属吏《ぞくり》に接して、他人にはわからぬ愉《たの》しさをみつけたのではないか。諸葛亮はそう推察している。

——いつまでも、宿舎にいられない。

それはみなが意《おも》っていることである。整地よりまえに、作業小屋を建てることになるだろう。諸葛亮がそんなことを考えていると、叔父を訪ねてきた者がいた。諸葛亮が応接にでた。

「わたしは諸葛玄の甥《おい》の亮といいます。どのようなご用ですか」

少年では話にならないといいそうなその男は、諸葛玄の甥ときいて、急に表情をやわらげ、

「わたしは尋陽《じんよう》で商賈《しょうこ》をおこなっている者です。まえの豫章太守さまに荷をとどけにまいりました。そうおとりつぎください」

と、頭をさげた。

尋陽は柴桑の対岸域にある県で、廬江《ろこう》郡の最西端に位置する。くりかえすことになるが、廬江郡は袁術《えんじゅつ》の勢力圏内にある。

尋陽からきたという商人を凝視《ぎょうし》した諸葛亮は、ひらめきを脳裡《のうり》におぼえ、

「さあ、どうぞこちらに」

と、いったが、舌も足ももつれそうになった。部屋に飛び込んだ諸葛亮は、

「叔父上、客人です」

と、めずらしく大声を放ち、話しあいを中断させた。家人はいっせいに入室した男に好奇の目をむけた。男は落ち着きはらい、たれが諸葛玄であるのかすぐにわかったようで、一礼して坐った。

「はじめてお目にかかります。わたしは尋陽の商賈で名告《なの》るほどの者ではありません。まえの豫章の郡丞さまから託された荷を、おとどけにまいりました。荷は船にあります。どうか、ご検分を」

「それだ」

岱が奇声を発した。この声にはじかれたように、家人は起《た》ち、諸葛玄の指図を待たずに、宿舎から走りでた。

おもむろに腰をあげた諸葛玄は、商人をねぎらって、馬車に同乗させた。すでに津に着いて、船中にはいっていた家人は、諸葛玄の声をきいて、荷をほどいた。中身は財である。

商人とならんでそれをながめた諸葛玄は、

「ごらんの通り、あなたはわたしの財産を運んできてくれた。あなたが荷の中身を知らぬはずはないのに、まったく手をつけなかった誠実さには、おどろくばかりだ。失ったとあきらめていた財だ。あなたへの謝礼として、半分さしあげたい。うけとってもらえようか」

と、微笑をそえていった。

「お気づかいなさいますな。漕運《そううん》のための銭は、たっぷりいただいております。よけいな儲《もう》けは、身を滅ぼすもとになります。荷あげが終わりましたら、すぐに帰ります」

「ああ、郡丞どのが――」

感動した諸葛玄はことばを見失った。

一時《いっとき》後に、尋陽の商人の船は去った。それを目送した諸葛玄は、銭をだして津にある輓車《ばんしゃ》を借り、荷を積ませた。馬車も荷車になり、諸葛玄は家人とともに歩いた。諸葛亮を近くに呼ぶと、これは郡丞どののひとかたならぬ配慮によってもたらされた財だが、われには鬼神の贈り物としかおもわれぬ、といった。

宿舎までの帰路では、岱は大手《おおで》をふって歩いた。祝いの歌でも歌いそうな顔つきであった。

諸葛亮は岱とおなじ心情になり、

「秘密の手立てとは、これであったのだなあ」

と、感嘆をかくさずに岱にいった。わずかに鼻をうごかした岱は、

「太守さまも、郡丞さまも、良い人だ。おふたりとも、妄《うそ》がない。郡丞さまはこうおっしゃっていた。吉《よ》い時も、凶《わる》い時も、人がつくりだすものだ、わたしは太守に会ってはじめて吉い時をつくることができた、と。あの人は太守さまを心から尊敬していたのさ」

と、いった。

「そうなのか……」

叔父の価値は、身内の者ではわからない。

「亮さんよ、ひとつ、いっておくことがある」

「それは——」

諸葛亮は眉《まゆ》をひそめた。岱の口調が変わったからである。

「わたしは郡丞さまを慕《した》っていた。郡丞さまが寿春にお帰りになることがわかっていたので、属いてゆくつもりだった。だが、西城《せい》を出発するまえに、いまの寿春は陽《よう》だがやがて陰《いん》に変ずる。それがわかっていながら、われは寿春に帰らざるをえないが、なんじの春秋《しゅんじゅう》を暗くするのはもったいない。太守に従うのではなく、亮どのに従え、と郡丞さまにいわれた」

「わたしに従う……」

諸葛亮はおどろいた。十五歳の少年が四、五歳上の者を従者にできるはずがない。

「郡丞さまは変なことをおっしゃった。諸葛亮は青雲《せいうん》に梯《はしご》をかけて登ってゆけるようになる。なんじが従者であるかぎり、その梯に手と足をかけて、すこしは高みにのぼれよう。われがみたい光景を、なんじが瞰《み》ることになる。亮さん、わかるかい」

岱は、くっ、くっと笑った。

――青雲に梯をかける、とは。

天に昇る、ということである。郡丞はどこを観《み》て、そう想《おも》ったのであろうか。

「わからない。わかるはずがない」

諸葛亮はあえて強くいった。

「そうだろうな。血のめぐりがよいとはいえないものなあ。いって損《そん》をした」

岱は急に速足となって集団の先頭にでた。

活気をみなぎらせたのは岱ばかりではない。諸葛玄の家人のすべてがそうで、宿舎にもどったかれらの話しあいは、活発そのものとなった。

財が返ってきたとなれば、家人だけで宅地をととのえ家屋を建てるという発想を棄ててもよい。戦乱がつづいているかぎり、家と田から離れて流亡《りゅうぼう》する人が増えつづける。かれらが求めているのは、戦いのない地にちがいないが、そういう地がなければ、強大な力をもっている宗主が治めている地である。いま強大な力をもっているのは冀《き》州の袁紹《えんしょう》であり、戦いのない地を治めているのは荊州の劉表である。

――これからも荊州に人は流入しつづけるであろう。

そうみている諸葛玄は、知人も縁者もいない流人《りゅうじん》を、劉表の政府が制度によって活用していないことに気づいていている。それでは、せっかくはいってきた労働力を放置したままということになる。仕事に就《つ》けない流人は、涸渇《こかつ》すれば、盗賊になりかねない。それでは、人口が増えても損害が大きくなる。

「われに考えがある」

家人にそういった諸葛玄は、翌日、州府および県庁へゆき、開墾《かいこん》についで問うとともに自身の意見を述べた。政府に屯田《とんでん》を勧《すす》めたのである。

帰ってきた諸葛玄は、

「屯田については、煮え切らない返辞《へんじ》であった。が、開墾については、あっさり許可してもらえた。さあ、人を集めよう」

と、ほがらかさをふりまいた。人集めに関しては、またたくまといってよいほどの早さで為《な》り、翌年の早春には家屋が建った。おなじ早さで開墾もすすみ、仲春《ちゅうしゅん》には農場が完成した。

「ここは土壌も良いし、水利も良い。耕地にしたい原野が広大に残っている」

諸葛玄は荊州の肥沃《ひよく》さを実感した。

人も多い。銭を高く積んでみせれば、一日で、千人を集めることができるであろう。実際、諸葛玄の下には傭作《ようさく》の者と小作人が百人いるようになった。

「主は殖産《しょくさん》の才があるね」

岱は諸葛玄の一面に感心したようであったが、諸葛亮は叔父の本領とはこれだとおもい、微笑をかえしただけであった。

師と友

諸葛亮《しょかつりょう》は一年間、農功《のうこう》を学んだ。

農場にでて働く人々となるべくいっしょにすごして、耕作のわざを教えてもらった。

十七歳になった諸葛亮の体軀《たいく》は健強《けんきょう》になった。馬と牛をつかって耕作をおこなう岱《たい》は、日に灼《や》けた諸葛亮の顔をみて、

「その顔なら、どこへ行っても、農夫として傭《やと》ってもらえそうだ」

と、からかった。

弟の均《きん》はあまり農事を手伝わず、馬を乗りまわしている。その遠い影をみた岱は、

「あれで弓矢をあつかえるようになったら、騎兵になれる。弟さんはもともと騎兵志望なのだろう。読書は苦手《にがて》そうだ」

と、いった。

——均は学問にまったく関心がない。

それは徐州《じょ》にいるころからわかっていたが、馬術が均に活力を与えた。おとなしく諸葛亮についてくるだけの弟が、はじめて兄から離れてはつらつさを発揮した。幼児のころにあった劣等意識が払拭《ふっしょく》されたといってよい。

諸葛亮も遠い馬の影をみた。その影は天地のあいだにあって淡く、霞《かすみ》のなかに融《と》けてゆきそうである。

――よく死ななかったな。

南昌《なんしょう》にあっても、西《せい》城にあっても、危地がいつのまにか死地に変わるかもしれないといううわさがあった。そのとき叔父《おじ》が死ねば、いまここに立っている諸葛亮も、そこで斃《たお》れている。いまは、うそのような平穏《へいおん》さのなかにいる。

――いや、この平穏さは幻想だとおもうべきかもしれない。

突如、徐州になだれこんできた曹操《そうそう》軍がいたではないか。荊《けい》州がそうならない保証がどこにあろう。

「そうだ――」

諸葛亮は目をあけてつぶやいた。徐州に残った兄の瑾《きん》はどうしたであろうか。他州の風聞《ふうぶん》に耳を澄ましているのは僕佐《ぼくさ》しかいない。耕作をきりあげた諸葛亮は、僕佐から話をきくために家に帰った。いまや僕佐は、富みはじめた諸葛家の家宰《かさい》である。

商人らしい風体の男とながながと話しあっていた僕佐は、諸葛亮のまなざしに気づくと、

「では、またよろしく」

と、男に銭を渡して話を終えた。

銭をうけとった男は、諸葛亮を一瞥《いちべつ》しただけで、無言で去った。

あたりに人のいないことをさいわいに、僕佐に近づいた諸葛亮は、

「あの男から、なにを買ったのか」

と、問うた。僕佐は軽く笑った。

「話を買ったのですよ」

「ああ、そういうことか」

他郡や他州の状況を知って投機に応用する。それは徐州にいたころ、叔父がやっていたことである。ここでも、うわさひとつでも買ってもらえるとなれば、多くの人が立ち寄ることになる。

「徐州が、いま、どうなっているか、教えてくれないか」

「瑾さまのことですね」

「母上も残っている。また曹孟徳《そうもうとく》に攻められたのだろうか」

兄と継母《けいぼ》がまだ徐州にいるのか、いないのか、それさえわからない。

「徐州は奇妙なことになっていますよ」

徐州牧《ぼく》であった陶謙《とうけん》が病死したあと、州牧を引き継いだのは、劉備《りゅうび》であった。むろん劉備は

陶謙とは血縁関係になく、昔なじみでもない。たまたま苦境に立った陶謙を助けにきただけの将である。その将が徐州の宗主になったのは、稀有《けう》なことである。一種の美談といってよい。

だが、劉備の実力を軽くみていた袁術《えんじゅつ》は、徐州を取る好機であると考え、徐州に兵をむけた。しかしながら、劉備軍は固く防衛の陣を布《し》いて、袁術軍をこばみつづけた。

——埒《らち》があかぬ。

焦《じ》れた袁術は、陰黠《いんかつ》な手をつかった。

兗《えん》州取りに敗れて、劉備の客となっている呂布《りょふ》に密使を送り、うしろから劉備を襲わせたのである。袁術の誘いに乗った呂布は、劉備の本拠を急襲し、劉備軍を駆逐《くちく》し、自身が徐州牧におさまった。

「つまり、いま徐州を治めているのは、呂奉先《りょほうせん》なのです」

奉先とは呂布のあざなであることは、すでに書いた。

「すると、呂奉先と袁公路《えんこうろ》は連合したことになるのか」

「いえ、どうやらふたりは仲が悪いようです」

僕佐は語りながら首をふった。

——徐州に内乱があったのか。

荊州にくらべると徐州は受難の州にみえる。兵馬の往来の激しい州のなかにいる民は、安心して住めないであろう。

――それでも兄は母とともに、まだ陽都《ようと》にいるのだろうか。

兄の諸葛瑾と継母の消息を知りたがっているのは、諸葛亮だけのようである。ふたりの姉は陽都について語りたがらない。弟の均は乗馬に夢中で、陽都での生活をすっかり忘れている。

叔父の諸葛玄《げん》は多忙ではあるが、それでも、たまに、

「瑾はどうしているか」

と、いう。気にかけてくれてはいるらしい。だが、荊州からみると徐州ははるかかなたで、しかも途中にある州郡はたえず交戦の音がしている。つまり戦地の交通は杜絶《とぜつ》しており、人を遣《や》っても徐州にたどりつけない。それもあるが、叔父は兄を荊州に招く意思をもっていないようである。諸葛亮はそうみている。

「ほかの話をしましょうか」

今日の僕佐にはあわただしさがない。

「なんでも、きかせてくれ」

「劉正礼《りゅうせいれい》はすでに亡《な》くなっています。戦いはなかったのですから、病死でしょう」

叔父は、劉正礼すなわち劉繇《りゅうよう》の名声に負けて、豫章《よしょう》を去ったといってよい。

「すると豫章は――」

「劉正礼の子が治めているようにもみえます。ただし早晩、孫伯符《そんはくふ》に支配されましょう」

劉繇を呉《ご》郡から逐《お》った孫策《そんさく》は、軍を南下させて会稽《かいけい》郡を取った。揚《よう》州のなかで江水《こうすい》より南に

ある四郡のうち三郡を取ったことになるので、残る豫章郡を放っておくはずがない。

「それよりも、おどろいたことがあります」

「それは……」

「兗《えん》州の曹孟徳《そうもうとく》が、長安《ちょうあん》からのがれてきた天子を迎えたことです。それによって、王朝の運営を曹孟徳がやりはじめたのです」

「東方の諸侯は、その王朝を認めるのかな」

「さあ、どうでしょうか。そこがおもしろいところです。たぶん荊州の牧は、認めない側に立つでしょう」

僕佐がそういったとき、外出していた諸葛玄が帰ってきた。諸葛亮の顔をみたかれは、

「話がある」

と、みじかくいい、奥にはいった。

叔父に従って奥の室《へや》にはいった諸葛亮は、

――おや。

と、気づいた。多忙のせいで疲れぎみということもあろうが、叔父の相貌《そうぼう》にはじめて老いをみた。豫章太守《たいしゅ》であったころの叔父は、いまよりはるかに多忙であったが、生気に満ちていた。が、それなりの緊張がつづいていたにちがいない。叔父は、いのちを失いかねない状況の外にでて、戦いのない荊州の地で、農場経営がうまくいくようになると、二年もまえの疲労が

いまごろになってでるということでもあろう。諸葛亮も、ときどき自分が城壁の上で弩《ど》をかまえていたときの、あたりの光景が濃厚な色彩でよみがえってくる。その色彩にはぶきみな重さがある。

「亮よ。そなたはみなとともに、よく働いているときいた。が、やがてそなたは人を使わなければならなくなる」

叔父の声をきいた諸葛亮はすこしまなざしをさげた。多少、叔父のことばに抵抗があった。

「人を使うということは、牛馬のごとく使役《しえき》するということではない。自分も人とともに働くことにかわりはない。ただし、それが高度になることだ。人を働きやすくさせ、公平感をおぼえさせること、といってもよい。そなたには、それができるだろう」

叔父にそういわれた諸葛亮は、まなざしをもどした。

「ところで、そなたは志学《しがく》の歳を、とうに過ぎた。わたしのために、貴重な歳月を失った。州《しゅう》牧《ぼく》はもともと儒学《じゅがく》者であるといってよく、教育には大いに関心がある。他州から多くの学生が移住してきたということもあって、教場《きょうじょう》を建てた。この乱世で、落ち着いて学問ができるのは、この州だけだ。そなたはその教場へゆくがよい。師を得る者は王者となり、友を得る者は覇者となる、といわれている。学問は知識がすべてではない、と昔そなたに教えたな。教場で、人を得るのだ」

諸葛亮は戦いを経験し、荊州のうそのような平穏《へいおん》さに接すると、学問への意欲がなくなった。また、叔父を優遇できなかった劉表《りゅうひょう》に仕える気もうせているので、学問をして官吏になるという自身の未来図をすっかり棄《す》てていた。それでも叔父の説諭《せつゆ》には実《じつ》があり、諸葛亮はそれに素直に従った。

「均を、たのむ」

諸葛亮はそう岱に声をかけて、襄陽《じょうよう》の城の南にある教場にでかけた。

ちなみに、董卓《とうたく》に火をかけられるまえの洛陽《らくよう》の城内には、おそらく一万をこえる門があり、南門のひとつである開陽《かいよう》門の外に、太学《たいがく》があった。そのように、学校に類する物は、古代から城の南に建てられるのがふつうである。

教場に通うようになって半月も経《た》たぬうちに、

――ここの学問の主軸は、『春秋左氏伝《しゅんじゅうさしでん》』か……。

と、わかった。『春秋左氏伝』は『左伝《さでん》』ともよばれる。春秋時代をあつかった編年体《へんねんたい》の歴史書である。『左伝』に関しては、父と叔父からすでに学んでおり、そのなかの一字一句を考究《こうきゅう》することを好まない諸葛亮は、ほかの楽しみをみつける必要があった。

ひとり、つねに憂鬱《ゆううつ》な顔をしている男がいた。年齢は諸葛亮とおなじか、すこし上といったところである。

――『左伝』は厭《あ》きたという顔だな。

人を近づけないふんいきをもっている男で、友人らしい友人はいないようである。

「あの学生は、何者だろう」

諸葛亮は最初に親しくなった学生に問うた。かれは皮肉をあらわにして嗤《わら》った。

「銅臭太尉《どうしゅうたいい》の子だよ」

銅臭とは、銅銭のにおいをいう。

後漢《ごかん》王朝が霊《れい》帝のときに、霊帝は臣下に官爵《かんしゃく》を売る、というばかげたことをおこなった。群臣のなかで最高である三公《こう》九卿《けい》の官職も売られ、公は一千万銭、卿は五百万銭であった。ただし功績のある者は半額でよいとされた。

すでに九卿を歴任した崔烈《さいれつ》は、三公の位が欲しくて、皇帝の乳母を通して五百万銭を納入した。得た位は、首相というべき司徒《しと》である。うれしくてたまらない崔烈は、

「われが三公の位に居ることを、論者たちはどうおもっているであろうか」

と、子の崔鈞《さいきん》に問うた。

良識をもっている崔鈞は、まっすぐに答えた。

「論者たちは、その銅臭を嫌っております」

崔烈は激怒して、杖《つえ》をふりあげ、崔鈞を打った。

父の杖に打たれた崔鈞は逃げた。

それをみた崔烈はさらに怒り、

「父が打とうとしているのに逃げるとは、それを孝《こう》といえるか」

と、叱呵《しっか》した。が、崔鈞は賢い。

「舜《しゅん》が父に仕えるにあたって、小さな杖で打たれたときはそれを受け、大きな杖であれば、走って逃げました。ゆえにわたしが逃げるのは不孝《ふこう》にはあたりません」

そう切り返された崔烈は、慙《は》じて杖をおろした。のちにかれは軍事の最高責任者である太尉の位に昇った。

「なるほど、それで銅臭太尉か……。しかしあの学生は、崔鈞にしては若いが……」

と、諸葛亮はさらに問うた。

「かれは崔鈞の弟で、崔州平《さいしゅうへい》というのさ」

「すると父兄とともに、ここに移住してきたのか」

王朝の三公ともなれば、劉表にとって賓客《ひんかく》中の賓客となるが、崔烈が劉表を頼ってきたという風聞を耳にしたことはない。

「あの男は、いつも独《ひと》りさ。どこかを仮寓《かぐう》としているらしい」

「そうか……」

父と兄はどうしたのだろうか。崔州平から通ってくる孤独感の正体をさぐりたいわけではないが、ある日、おもいきって諸葛亮は声をかけてみた。

「わたしは諸葛亮といいます」

牖《まど》の外に目をやっていた崔州平は、憮《むっ》としたように眉《まゆ》をひそめてから、首をうごかさずに、

「葛伯《かつはく》の末裔《まつえい》か」

と、いった。いきなりいやみを浴びせたといってよい。

諸葛亮は顔色を変えなかった。むしろ、

――葛伯を知っているのか。

と、内心喜んだ。葛伯は『左伝』にはない名で、『尚書《しょうしょ》』（書経）と司馬遷《しばせん》の『史記』にある。諸葛亮は『左伝』よりも『史記』のほうが好きである。

ところで、その葛伯とは、夏《か》王朝の終わりくらいにいた方伯《ほうはく》（地方の覇者）で、重要である祭祀《さいし》をおこなわず、怠荒《たいこう》をつづけていたため、殷《いん》の湯《とう》王に討たれた。その葛伯の庶系《しょけい》が諸葛という氏になったという説が、ないことはない。先祖が葛伯というのは諸葛氏にとって好ましい話ではない。

「葛伯の末裔……。そうかもしれません」

諸葛亮が淡々《たんたん》と答えたので、崔州平は、ふん、否定をしないのか、といわんばかりの表情をわずかにみせた。それから、

「諸葛といえば、さきの豫章太守のひとりが諸葛玄であったときいた。揚《よう》州牧の劉正礼の令名《れいめい》におびえて、尻尾《しっぽ》を巻いて荊州に逃げてきたそうではないか。おまえは諸葛玄の子か」

と、毒をふくんだいいかたをした。

「子ではありません。甥《おい》です。ただし叔父は、犬馬《けんば》ではありませんから、尻尾は巻けません」

「ふうん」

すこしも怒気をみせない諸葛亮をいぶかるように、崔州平はようやく顔をまともにむけた。一言でいえば、怜悧《れいり》さと気の強さが印象のすべてといってよい顔である。ただし、そこはかとないさびしさがそこからただよってくる。

諸葛亮は幽《ほの》かに目で笑い、

「あなたの鼻祖《びそ》は、斉《せい》の丁《てい》公ですね」

と、いってみた。斉の丁公は太公望呂尚《たいこうぼうりょしょう》の子で、斉国が創建されて二代目の君主である。のちの時代分けでいえば、丁公が生きていたのは西周《せいしゅう》時代の初期ということになる。斉の丁公の子が崔という地に封ぜられて、子孫は崔を氏とするようになった。

崔州平はちょっと感動したようで、

「わたしを崔杼《さいちょ》の子孫とはいわないのか」

と、つい、刺すように諸葛亮を視《み》た。崔杼は西周時代のあとの春秋《しゅんじゅう》時代に登場するが、君主を弑殺《しいさつ》したことで悪名が高い。

「崔杼の所業には同情すべき余地があります」

「おまえ、歴史にくわしいな」

「あなたこそ——」

諸葛亮がそういうと、崔州平ははにかんだ笑いをみせた。素顔がのぞいた瞬間である。

「どうです、わが家にきませんか。劉正礼の令名におびえた叔父は、いま農場を経営しています。叔父に勝った劉正礼は死に、負けた叔父は生きています」

「劉正礼は、死んだのか……」

そういいつつ、崔州平は頭を掻《か》いた。

この日から諸葛亮にうちとけた崔州平は、諸葛亮のもとにくるようになった。叔父は崔烈の顕名《けんめい》を知っており、その子の来訪におどろき、喜んだ。

「ご尊父はすぐれたかたであった。すぐれていたのは政治だけではなく、文学もです」

諸葛玄にそういわれた崔州平は、鋭敏な感性をもっているだけに、すぐに諸葛玄の人格にある深厚《しんこう》さに気づき、用心を解《と》いた。

訪問をかさねた崔州平は、諸葛玄と諸葛亮だけがいるところで、

「父は戦死し、兄は病死しました」

と、ふたりの苛酷《かこく》な運命について語った。

父の崔烈は霊《れい》帝の中平《ちゅうへい》二年に、廷尉《ていい》から司徒に昇った。有識者から銅臭を嫌われることになった昇進である。二年後に、太尉となったが、年内に罷免《ひめん》された。それから二年後の中平六年が嵐の年といってよく、洛陽《らくよう》に乗り込んできた董卓に朝廷が牛耳《ぎゅうじ》られてしまった。崔烈は子の崔鈞が董卓の反対勢力に加担したため、投獄された。獄中のありさまは、首に鎖《くさり》をはめられるというむごいものであった。やがて董卓が誅殺《ちゅうさつ》されると、崔烈は獄からだされて、城門校尉《じょうもんこうい》に

任ぜられた。ところが長安が董卓の属将らに落とされると、崔烈は敵兵によって殺された。

一方、崔鈞は虎賁中郎将《こほんちゅうろうしょう》から西河《せいが》太守に昇り、中央にいなかったことがさいわいして、山東《さんとう》の袁紹《えんしょう》とともに挙兵した。しかしながら山東諸将の連合は、袁紹の統率力の弱さと決断力のなさによって、力を発揮することができなかった。父が董卓の属将によって殺されたことを知った崔鈞は、復讎《ふくしゅう》を誓ったが、病におかされて亡くなった。崔州平がその兄の遺志《いし》を継いで荊州にやってきたことはいうまでもない。

「さようでしたか。つらい歳月でしたな。ご苦労をお察しします」

諸葛玄がそういうと、崔州平はしずかに涙をながした。

あとで諸葛亮は、叔父から、

「良い友をみつけたな」

と、ほめられた。実際、崔州平は諸葛亮の親友となった。儒教には、

――おのれに及ばぬ者を友としてはならない。

という教義がある。その教義に従っている崔州平にはおのずと友人がすくないが、あるとき、

「おもしろい男がいる」

と、諸葛亮にささやいた。

翌朝、まだ暗いうちに起きた諸葛亮は、弟の均を起こして廐舎《きゅうしゃ》へ往き、馬を曳《ひ》きだしながら、

「教場までいっしょに往ってくれ。乗っていった馬はそなたにあずける。帰りは歩くので、迎

えにこなくてよい」

と、いい、炬火《きょか》を掲《かか》げて、二頭で並走した。

教場に着いたとき、黎明《れいめい》になった。

下馬した諸葛亮は、手綱《たづな》を均に渡して、教場にはいった。はたして暗がりのなかで黙々と掃除をしている学生がいた。

――あれが徐元直《じょげんちょく》だな。

崔州平がおもしろい男といったのは、かれにちがいない。じつは崔州平におしえられるまえに、ほかの友人から徐元直について悪口を吹き込まれていた。

「あいつは単家《たんか》の出だ」

とか、

「処刑されかかった賊《ぞく》なので、徐福《じょふく》などという仮名をつかって逃げまわっていたのさ」

とか、悪評ばかりであった。だが崔州平だけは、

「極貧《ごくひん》の家を単家といい、徐元直がその出身であったにせよ、学問への熱意は本物だ。が、貧しさゆえに書物を買えないので、つねに聴講している。その教場の清潔さを保つために、毎朝、ひとりで掃除をしている。それがそのまま徐元直の清らかさだ」

と、徐元直をほめた。

諸葛亮は最初に仸に会ったときの所作を憶《おも》いだして、おはよう、と声をかけただけで、それ

以上はなにもいわず、おなじように黙々と掃除しはじめた。

この日、徐元直はまったく諸葛亮に話しかけてこなかった。

翌朝も、その翌朝も、ふたりは無言であったが、ついに徐元直のほうから近寄ってきた。

「あなたはわたしを見張っているのか、それとも調べているのですか」

丁寧《ていねい》ないいかたではあるが、けわしさがこめられている。

「見張っても、調べてもいません。あなたがおもしろい人だと友人におしえられたので、どの程度おもしろいのか、確かめていただけです。あっ、わたしは徐州の陽都県出身で、諸葛亮といいます。叔父の諸葛玄のもとからここに通っています」

「諸葛玄……。さきの豫章郡の太守ですね」

と、徐元直はいいながら、けわしさを消した。

「そうです」

「わたしをおもしろいと評した友人は、たれですか」

「崔州平という。父は――」

「知っています。さきの三公の位にあった崔烈でしょう」

徐元直の話しかたは、わずかに早口である。ものごとをゆるがせにしない正真さがでている。それとは別に、

――この人は、耳がよさそうだ。

と、諸葛亮は感じた。

「それであなたは、わたしにおもしろさをみたのか、みなかったのか。また、みたのであれば、それはどの程度か、おしえてくれますか」

徐元直はすでに成人であるのに、未成年である諸葛亮にたいする口調は、あいかわらず丁寧である。

「おもしろいとは、たれのまねもせずに独特である、ということです。その点、あなたはおもしろい。また、早朝、暗いうちからの掃除は陰徳《いんとく》を積む善行であり、かならず陽報《ようほう》があり、あなたには吉《よ》い報いがあります。それだけではありません。掃除はその場を清潔にする。もっといえば、神が降りてきてもよい聖なる場にする行為です。すると、あなたのおもしろさは、人がはかる程度のものではなく、神がはかるというものです」

「ほう――」

徐元直はおもわず半歩、諸葛亮に近寄って、その顔を凝視《ぎょうし》した。一瞬、

――この青年が神ではないのか。

と、確かめようとする目つきをした。このあと、

「あなたの教えを受けたいが……」

と、いった。

――これほど謙虚な人がいるとは。

諸葛亮のおどろきは大きかった。

この日から数日後に、徐元直は友人とともに諸葛亮を訪ねてきた。その友人は、石広元《せきこうげん》といい、ふたりとも潁川郡《えいせんぐん》の出身であり、深く信頼しあっているようであった。

ちなみに徐元直は徐庶《じょしょ》というのがほんとうの氏名であり、石広元は石韜《せきとう》がそれである。

諸葛亮にとってたいせつな友となった徐庶の過去の生きざまは激越《げきえつ》である。

かれは人のために仇討《あだう》ちをした。人を殺したのである。そのあと白い土を顔に塗《ぬ》り、髪をふりみだして逃走した。それでも捕吏《ほり》にみとがめられて逮捕《たいほ》された。

役人に氏とあざなを問われたが、口を閉じて、なにもいわなかった。

そこで車の上に立てられた柱に縛りつけられた。磔《はりつけ》にされたのである。

その車は市場まで運ばれて、徐庶はみなに姿貌《しぼう》をさらされた。

「この者を識《し》っている者はおらぬか」

役人は太鼓を打って多くの人を集めたが、たれも役人に声をかけなかった。

「それなら」

と、いって役人が釈放してくれるはずがない。日没まえに、徐庶は磔刑《たっけい》に処されたであろう。ところが徐庶には武猛《ぶもう》の仲間がいた。かれらはひそかに集まり、集団を形成して、役人を急襲した。車をこわし、柱を倒し、縄《なわ》を切って徐庶を逃がした。

九死に一生を得た徐庶は、ふたたび刀《とう》や戟《げき》を執《と》ることなく、

――生きかたを変えたい。

と、おもった。生まれかわるためにはどうするか。いままでみむきもしなかった学問をするしかない。

そこで、そまつな頭巾《ずきん》をつけ、単衣《ひとえ》の衣服を着て、学校へはじめて行った。だが学生たちは徐庶が賊であったときいて、近づかなかった。徐庶はその疎外《そがい》に耐えた。つねに辞《じ》を低くして、ひとりで掃除をし、経書《けいしょ》を聴き習った。こういう徐庶を理解したのが、石韜である。

潁川郡は洛陽から遠くないので、戦火に襲われるのも早い。ふたりは話しあって郡をでると南へむかった。けっきょく荊州に到ったのである。

ふたりは諸葛亮よりまえに荊州にはいっているので、州内の諸事情にくわしい。ふたりとつきあうようになって、諸葛亮は多くのことを識った。名士と豪族についてもわかってきた。

「州内の名士の頂上にいるのが、龐徳公《ほうとくこう》という人です」

徐庶におしえられて、諸葛亮の耳がそばだった。

龐徳公はここ襄陽県の出身であるが、いちども城内にはいったことがない。

荊州牧となった劉表はその高名をきいて、しばしば招聘《しょうへい》した。が、まったく応じてくれなかったので、ついにみずからその宅《いえ》を訪ねた。

さいわい面会することができたので、劉表は問うた。

「一身《いっしん》を保全することは、天下を保全することにくらべて、いかがでしょうか」

この問いは、天下に関心がなくてよいのか、ということであろうが、劉表自身のありかたを問うたというより、龐徳公のように智慧《ちえ》のある人が天下平定に参加しなくてよいのか、とひそかになじったともみなすことができる。

龐徳公は答えた。

「鴻《おおとり》や鵠《くぐい》は高い林の上に巣を作り、日が暮れても栖《す》む所があります。亀《かめ》や鰐《わに》は深い淵《ふち》の底に穴を掘り、夕《よる》になっても宿る所があります。そもそも趣舎行止《しゅしゃこうし》は、人にとっての巣穴《そうけつ》なのです。人はそれぞれその栖宿《せいしゅく》を得るだけのことです。天下は人が安心して住めるところではありません」

天下にかかわっていては、安住できない。つまり龐徳公は天下に無関心である、といったと同時に、劉表にむかって、

「天下平定などを考えると、身を滅ぼしますぞ」

と、暗にさとしたのであろう。

そのあと龐徳公は、劉表を残して、畝《うね》を耕しはじめた。妻子はそのまえで草むしりをしている。それをみた劉表は家の外にでて、ゆびさしながら、

「先生は田畑で苦しい生活をしながらも、官禄《かんろく》を得ることを良しとしません。後世の子孫に、なにをお遺《のこ》しになるのか」

と、声を放った。

龐徳公は作業の手をすこしやすめて、こういった。

「世の人々はみな危うきを遺すが、われ独りは安きを遺す。遺すものは同じではないが、なにも遺さないわけではない」

これをきいた劉表は嘆息して去ったという。

徐庶からその話をきくや、諸葛亮は、

「すばらしい人ですね。どこに住んでいるのですか」

と、問うた。

襄陽の城の東に、漢水《かんすい》がながれている。

その川にはいくつか中洲《なかす》があるが、最大に比《ちか》い中洲に龐徳公宅があるという。

その宅に往ったことがある徐庶から位置をきいた諸葛亮は、岱を誘って、馬を走らせ、漢水の西岸まで行った。まもなく雨季になるが、いまは川の水量は大きくない。それでも漢水は大きな川なので、とても歩いて中洲には渡れない。諸葛亮は馬上から中洲をゆびさして、

「あそこに渡りたい。舟を借りられそうだが、棹郎《とうろう》がいない」

と、いった。棹郎は、棹《さお》をつかう船頭である。ちかごろ諸葛亮にたいする口調を改めるようになった岱は、

「たやすいことです。斉方《せいほう》をお連れなさい。ところであの中洲になにがあるのですか」

と、いった。斉《せい》方は西城から叔父に従った小吏《しょうり》のひとりで、漁師の子であるという。棹のあ

つかいは、馴《な》れたものらしい。

「荊州の宝だな」

「へえ、宝がねえ……」

岱は鼻で哂《わら》ったが、諸葛亮をばかにしたわけではない。かれほど諸葛亮を観察しつづけた者はいない。その発言と行動に感心させられることが多かった。教場に通っているので家中のことを知らないはずなのだが、じつによく知っており、農場で働いている者についてもくわしかった。いつ、どのようなめくばりをしているのか、岱にはわからなかった。

——なるほど、郡丞《ぐんじょう》さまの目は確かだったな。

そう実感すると、諸葛亮への態度を改めざるをえなかった。

翌朝、諸葛亮は斉方を従えて、漢水のほとりの漁夫の家に行き、小舟を借りた。この舟で中洲へ渡った。

斉方は篤実《とくじつ》な性質であるらしく、

「お帰りになるまで、お待ちしています」

と、いい、帰らなかった。うなずいた諸葛亮は、蕪径《ぶけい》を歩きはじめた。むろん日は昇っており、むなしいほど明るい。川のながれの音がしだいに遠くなった。やがて家がみえた。世の雑音がとどかない家に住む龐徳公こそ、

——自分の師としたい人だ。

と、諸葛亮は切望をおぼえた。
家に近い喬木《きょうぼく》のほとりに人影があった。

結婚

喬木《きょうぼく》の陰《かげ》から、鍬《くわ》をかついであらわれた人物は、おもいがけなく若かった。ただし、若いといっても、年齢は二十代のなかばのようにみえた。それが龐徳公《ほうとくこう》の子の龐山民《さんみん》であった。かれはおっとりとした感じで、近づいてきた諸葛亮《しょかつりょう》に目をむけて、

「どなたかな」

と、問うた。口調にけわしさはまったくない。一礼した諸葛亮は、

「わたしは徐州陽都《じょようと》県の諸葛亮といい、いまは襄陽《じょうよう》の城外に叔父《おじ》とともに住んでいます。友人の徐元直《じょげんちょく》から先生のご高名を教えられ、そのご徳容《とくよう》を拝したく参じました。先生にお会いできますでしょうか」

と、鄭重《ていちょう》に問うた。

「ああ、元直さんの友だちか。父はまだねむっている。いつ起きるか、わからない」

「他日、出直せ、ということでしょうか」

「いや、出直してきても、事情は変わらない。父が起きるまで待つ気があるのなら、なかにはいってお待ちなさい」

龐山民は軽く家の入り口をゆびさしたあと、畑のほうへ歩き去った。

——おどろいたな。

はじめて会った他人を、やすやすと家のなかにいれる龐山民の心理に驚嘆しつつ、諸葛亮はおそるおそる足もとをさぐるように家のなかにはいった。板敷きの室内に牀《しょう》がみえた。寝息がきこえた。

「なんと、まあ——」

不用心きわまりないとはこのことであろう。戸も牖《まど》もあけ放たれている。履《くつ》をぬいだ諸葛亮は牀に近づいて拝礼をした。それから膝《ひざ》をつき、頭を垂《た》れた。龐徳公ほどの人になると、ねむっていても入室者を観察しているであろう。

そのまま半時《はんとき》がすぎた。

目を醒《さ》ました龐徳公はおもむろに上体を起こして、牀下の諸葛亮を視《み》ると、

「君は、ここでなにをしているのか」

と、いった。まったくおどろかず、氏名も問わなかった。

首をあげた諸葛亮は、

「先生のご尊顔を拝しにきました」

と、やわらかい声で答えた。龐徳公は大あくびをしてから、

「われの顔をみたであろう」

と、いいつつ手を軽くふった。帰りなさい、ということであろう。諸葛亮は一礼して、

「あすは一言、お教えをたまわりたく存じます」

と、いい、すみやかに家の外にでた。まぶしげに目を細めて畑のほうをながめた諸葛亮は、舟にもどった。

「それでは――」

と、棹《さお》をつかんだ斉方《せいほう》を掣《せい》した諸葛亮は、これから雑草とりを手伝うので、もどるのは昼くらいになろう、といい置いて、まっすぐに畑へ行った。そこには龐徳公の妻と龐山民がいた。

諸葛亮は舟からもってきた小型の耒《すき》をふたりにみせて、

「先生が起牀《きしょう》なさいました。雑草とりはわたしがしますので、どうぞ家へおもどりなさいますように」

と、いって、しゃがんだ。

一年間、農業にいそしんだ諸葛亮である。耒だけでなく鍬のつかいかたも手馴《てな》れたものである。

一時後《いっときご》に三人が畑にあらわれたが、諸葛亮は黙々と作業をおこない、おもに龐徳公の妻と語りあった。この夫婦の仲の良さは格別で、たがいに尊敬しあっているような口のききかたをす

る、と諸葛亮は知っていた。畑にでた夫婦の話しかたはまさにそれで、感心したというより羨《せん》望《ぼう》をおぼえた。

日の高さを目ではかった諸葛亮は、

「では、これで――」

と、軽く頭をさげてから、歩き去った。舟にもどると、

「明日も、たのむよ」

と、斉方に声をかけた。川風が汗ばんだ顔にここちよかった。

翌朝、中洲《なかす》に上がると、家のまえに龐山民が立っていた。

「父と母は、山へ行きました。それで、この書物を読んでおくように、とのことです」

手渡された一巻の書物は、紙製ではなく、竹簡《ちくかん》に文字と絵がある山谷《さんこく》の解説書であった。諸葛亮は家のなかでその書物を読んだ。

夕方、妻とともに帰宅した龐徳公は、子の山民に、

「あの若者は、どうしていたか」

と、問うた。

「諸葛亮は半時《はんとき》ばかり読書をし、それからわたしを手伝って耕作をして帰りました」

「半時ほどか……、はは、よかろうよ」

翌朝、龐徳公は畑にでて諸葛亮を待っていた。畦《あぜ》に腰をおろした龐徳公は、諸葛亮をとなり

に坐《すわ》らせ、

「昨日の書物を読んだらしいが、君にはなんの益《えき》もなかったろう」

と、いった。

「無益も益に変わるときがあり、益も害に変わるときがありますので、まったく無益であったとは、ここでは申せません」

龐徳公は大きくうなずいた。

「そうなのだ。ここでわかったことも、明日、場所がかわればわからなくなる。その逆もありうる。心神《しんしん》は不動ではないからだ。それをとりまく人と物も変化しつづけている。それを認識して、問いと答えとを考えてみよう」

「はい――」

「君がほんとうに問いたいことは、いまここにあるのだろうか、そういう疑問をもたずにわたしに問うたとする。わたしは黙って答えない。なぜなら、君が知りたいことをわたしが知らないからだ。もしも君が知りたくないことを、わたしが語ったとすれば、それは黙っていたことにおよばない。また今日の問答が、明日の問答より劣っていれば、話しあった時間は意義を失い、そのあいだ農作業をしていたほうがよかったことになる。わかってくれるかな」

「いま、ここでは、よくわかります」

「ふむ、それでよろしい」

龐徳公は荊州《けい》一の名士といわれながら、けっして尊大ではない。父が子を教えるよりも、もっとやさしく諭《さと》している。

「君は一昨日、一言、教えをうけたいといった」

「さようです」

「君は問わずに、教えをうけようとした。いや、一言とはなんであるか、と問うて、去ったのかもしれぬ」

この龐徳公の解釈に、諸葛亮はひそかに驚嘆した。龐徳公の誠実さとその思想の神韻《しんいん》にふれはじめたと感じて、胸がふるえた。

龐徳公はすこし目をあげた。翠樹《すいじゅ》の上には晴天がひろがっている。あと一時もすれば、気温が急上昇するのがふつうであるが、ここが中洲のせいであるのか、耐えられない暑さを昼になっても感じないことに諸葛亮は気づいていた。

「君だけでなく、万人が知りたがっているのは、道という一言だろう。道とは、正しい方法やありかたをいう。孔子《こうし》はそのことばをつかい、荘子《そうし》もつかった。孔子の道とは、世の道であり、荘子の道とは個の道である。ところが、世とは個の集まりであり、個は世がなければ成り立たない。すると世と個は表裏にすぎず、もとは一《いち》なのだ。人は失敗したせいで成功する、成功したせいで失敗する。そのような例は何千、何万とあろう。要するに、君が天下を動かす地位に昇ろうが、ひっそりと隠士《いんし》として終わろうが、おなじことなのだ。さて——」

と、龐徳公は腰をあげた。それから鍬の柄《え》をつかみ、

「今日は、妻子を手伝わなくてよいよ。われがいる。君はまだ水鏡《すいきょう》に会っていないようだから、会いにゆくとよい。われにそう勧《すす》められたというがよかろう」

と、いい、ゆっくりと歩いて妻のもとへ行った。その遠い影にむかって拝礼した諸葛亮は、舟にもどり、岸にあがると、

「わたしはこれから教場へゆく。舟を漁夫に返しておいてくれ」

と、斉方にいった。

――水鏡とは、たれか。

知っているのは徐庶《じょしょ》であろう、と見当をつけた。教場には孟建《もうけん》がいた。かれは公威《こうい》というあざなをもち、汝南《じょなん》郡の出身で、石韜《せきとう》の友人であったため、諸葛亮は親しくなった。

「元直《げんちょく》さんをみませんでしたか」

「今日は、ここにはきていない。いや、早朝に帰ったかもしれない」

孟建から住所をきいて、その家へ行った。矮屋《わいおく》に学生が四、五人で共同生活をしているらしい。牖辺《まどべ》に徐庶の顔があった。書物を写していた。ほかに学生はいない。諸葛亮がわざと足音を立てると、その顔があがった。

「水鏡とは、たれか、どこに住んでいるのか、おしえてもらいたい」

諸葛亮は写字《しゃじ》のじゃまをしないように、ささやくような声で問うた。

筆を止めた徐庶はあきれたように諸葛亮を視た。

「なんじは若いくせにいろいろなことを知っているが、水鏡先生を知らないのか」

「知りません」

「ふむ……」

筆を置いた徐庶は膝《ひざ》をすすめてきた。

「そのまえに、水鏡先生の名をなんじにおしえたのは、たれであるか、ききたい」

「龐徳公です」

徐庶は、まさか、といいたげな表情で、

「龐徳公は訪問者の足音をきいただけで姿をくらますといわれている。よく会えたな」

と、おどろきをこめていった。

「畦に腰をおろして、軀《からだ》を接するほどの近さで話してくださいましたよ」

徐庶の目に微妙な色がでた。それをみのがさなかった諸葛亮は、

——怖いところがある人だ。

と、感じた。人のために仇《あだ》を討ったというのは、ほんとうであろう。幾重《いくえ》にも積まれた学問の下にある俠気《きょうき》の炎が消えたわけではない。

「荊州牧《ぼく》をもぞんざいにあつかった龐徳公が、なんじを賓客《ひんかく》のごとくあつかった。信じられぬ」

徐庶は感情の色をださないためか、わずかにうつむいて、首をふった。おそらく徐庶は苦労

して龐徳公に近づいたのであろう。

「さて、水鏡先生だが、龐徳公に次ぐ名士だ。住まいは、龐徳公宅がある中洲の東で、氏は司《し》馬《ば》という」

「漢水《かんすい》の東岸ですか……」

また舟をつかわなければならない。こうなったら漁夫の舟を借りるよりも、自家で作ったほうがよい。

「水鏡先生を訪ねよ、と龐徳公にいわれたのか」

「そうですが、舟を借りてばかりいるので、気がひけます。自家製の舟ができたら、訪問します。あなたは水鏡先生の家に出入りできるのですか」

「できる」

徐庶は水鏡に気に入られているという自信がある。誇りをちらつかせた。

「では、連れていってください。舟ができたら連絡します」

半月後、諸葛亮は徐庶とともに小舟に乗り、漢水を渡って、水鏡を訪問した。

水鏡は号《ごう》である。

氏名は司馬徽《しばき》で、あざなを徳操《とくそう》という。

かれと龐徳公、それに黄承彦《こうしょうげん》などが、荊州文化の中心人物といってよい。しかしながらかれらに共通していることは、荊州文化を高めながらも、劉表《りゅうひょう》に仕えていないということである。

徐庶は気をきかせて、すでに司馬徽のつごうのよい日をたしかめ、友人を連れて訪ねることを告げていた。

「やあ、きたか」

司馬徽は龐徳公にくらべるとずいぶん活発な感じである。

「さあ、上がれ」

そういいながら、司馬徽は諸葛亮から目をはなさない。ふたりを坐らせた司馬徽は、機嫌のよい声で、

「君が臥龍《がりょう》の諸葛亮か。なるほど、臥龍とはよくつけたものだ」

と、いい、膝を軽く抵《う》った。

とまどったのは、むしろ徐庶である。

「先生、その臥龍は、どこからきたのですか」

「ふむ、先日、山民がわが家にきてな。龐徳公が諸葛亮を、臥龍、と呼んでいると告げた。それでその臥龍がどのような面貌《めんぼう》であるのか、楽しみに待っていた。わたしも龐徳公から水鏡と呼ばれて、それがひろまった」

司馬徽は笑った。じつはかれは人物鑑定の名人といわれている。その鑑定が公平で邪心《じゃしん》によごれていないことから、水鏡と呼ばれる。司馬徽は諸葛亮を観《み》て、

――なるほど臥《ふ》せている龍だ。

と、おもった。この者は時機がくれば、雲を招き、天に昇る龍となる。龍は皇帝の象徴であるが、

——この若者が、やがて天子となる。

とは断言できない。問題は諸葛という氏である。遠祖が、殷《いん》の湯《とう》王に敗れた葛伯《かつはく》であれば、その衰運《すいうん》がこの者の無限の上昇をさまたげることになるであろう。とはいえ、これほどすぐれた人相を観たことがない司馬徽は、徐庶にむかって、

「君は良い友をもった。この友から離れないことを希望する」

と、強くいった。

徐庶は複雑な感情をもった。それゆえ、この日の会話は楽しめなかった。

帰途、舟のなかで、徐庶は小さく嘆息してから、

「なんじは天性《てんせい》のなにかがあるようだ。龐徳公ばかりでなく水鏡先生もそれをお認めになった。なんじは自愛して生きてゆかねばなるまいよ」

と、自身の感情を水にながすように、はっきりといった。

「元直さん、わたしは人に褒《ほ》められようが、貶《けな》されようが、自分に正直に生きたいのです。天性のなにかが、そういう生きかたをさまたげるのであれば、それは害であり、わたしは容赦なくそれを棄《す》てます」

勁《つよ》い声である。徐庶はこの若者がもっている心志《しんし》の勁直《けいちょく》さにあらためておどろいた。いうま

でもないが、いまは自分に正直に生きるのがむずかしい世である。生涯それをつらぬける人など、ほとんどいないといってよい。その理想像を求めてゆくと、龐徳公のような生きかたにならざるをえない。

「わたしはなんじをみそこなっていたかもしれない」

恥心《ちしん》をおぼえた徐庶は諸葛亮にわびた。

「いえ、あなたは人をみそこなうことはしない。わたしがまちがっていれば、匡《ただ》してください」

諸葛亮は徐庶にむかって頭をさげた。ちなみに、はるかのちに諸葛亮は、元直と交わり、つつしんで誨《おし》えをうけた、というのであるから、徐庶を尊敬したのである。

数日後、諸葛玄《げん》宅の門前に馬車が駐《と》まった。

応対にでたのは斉方である。

「亮さんは、いるかね」

「田圃《でんぽ》にでております」

「それなら、あなたはここに乗って、そこまで案内しなさい」

とまどう斉方に綏《すい》が投げられた。馬車の乗降用のひもである。それをつかんで車中の人となった斉方は、おそるおそる、

「あの……、あなたさまは——」

と、問うた。が、手綱《たづな》を執《と》っている中年の人物は、うん、うん、とうなずいただけで答えな

い。馬車は果樹園の入り口に着いた。この日、諸葛亮は岱などといっしょに、橘を植えていた。

車中の男は、馬車からおりるまえに、広い農場と働いている人数の多さを確認し、それから斉方に、

「馬をみていてくれ」

と、手綱をあずけた。

「あのう、亮さまは――」

さっさと果樹園にはいろうとする男は、ふりかえらず、この斉方の声に片手を揚げて応《こた》えただけである。教えられなくても、諸葛亮をみつけることができると答えた手であろう。

――あれだな。

男は長身の青年のうしろに立った。

「亮さんだね」

ふりむいた諸葛亮は土のついた手を手巾《しゅきん》でぬぐった。

「どなたさまですか」

「黄承彦という。名をきいたことがあるかね」

高名な人物である。かれは劉表の荊州平定を佐《たす》けた蔡瑁《さいぼう》の姉を妻としている。ついでにいえば蔡瑁の妹は劉表の夫人となり、蔡夫人の意向は政治力をもつようになっている。つまり黄承彦は、龐徳公、司馬徽につらなる文化人でありながら、荊州の政治をうごかす権門《けんもん》にもつらな

る名士なのである。

「あっ、あなたさまが――」

諸葛亮は両膝を土についた。

「おっと、ここでする話ではないので、馬車に乗ってくれ」

黄承彦は諸葛亮の腕をかかえて、起《た》たせた。

斉方に御《ぎょ》をまかせた黄承彦は、体貌《たいぼう》から快活さが発散するような人であった。諸葛亮に問う声も陰気ではない。

「君には姉がふたりいるときいたが……」

「叔父《おじ》の女《むすめ》も、姉といえるかもしれませんが、さきごろ嫁《とつ》ぎました。残っているふたりの姉は、わたしと同父母です」

「ふたりの嫁ぎ先は決まっているのだろうか」

「まだだとおもいますが……」

「そうか。では、わたしを君の叔父上に会わせてくれ」

黄承彦が結婚の話をもってきたことはまちがいない。しかし黄承彦はたれかの仲介としてきたであろうから、黄家とはかかわりのうすい結婚になるかもしれない。それでも諸葛亮は黄承彦がみずから足をはこんできたことを、姉のために喜んだ。みじめな結婚になるはずがないからである。

ふたたび黄承彦の馬車が諸葛玄宅の門前に駐まった。手綱を執っていた斉方をねぎらうように肩をたたいた黄承彦は、

「このあたりに馬をつないでおいてくれ」

と、いい、諸葛亮にみちびかれて家のなかにはいった。

すでに富人《ふじん》のひとりにのしあがった諸葛玄は、家のなかに貴賓室を設けた。諸葛亮がその室《へや》に黄承彦をみちびいてゆくと、諸葛玄が顔をみせた。

「こちらさまは――」

「黄承彦さまです」

その名をきいた諸葛玄は大いにおどろき、すばやく拝礼した。なにしろ諸葛玄は情報通である。黄承彦の陰然たる実力を知っている。

苦笑した黄承彦は、

「われは堅苦《かたくる》しいことを好かぬ。話も、手短《てみじか》にしたい」

と、いった。かれは客席に坐るとすぐに、

「あるかたが、亮さんの姉を娶《めと》りたいという意望をもったのだが、ふたりの嫁ぎ先がすでに決まっていれば、無理押しをしたくない、といっている。玄どの、そのあたり、どうなっているのか、おしえてもらいたい」

と、問うた。諸葛玄は軽く頭をさげた。

「正直に申します。亮の長姉《ちょうし》は、中盧《ちゅうろ》県の蒯祺《かいき》さまに嫁ぐことになりましょう。結納《ゆいのう》はまだですが、婚約はすでにすませました」

諸葛亮はその婚約をまったく知らなかった。中盧県は襄陽の西南に位置しており、襄陽から遠くない。また蒯氏は蔡氏とならぶ豪族であり、そこからでた蒯良《かいりょう》と蒯越《かいえつ》という兄弟が着任したばかりの劉表を扶《たす》けたことがあり、その功によってさらに勢力を大きくした。

——叔父はぬけめがないな。

豫章《よしょう》郡の太守《たいしゅ》から平民にもどれば、人が変わったように、殖財《しょくざい》の才を発揮したばかりか、人脈を発展させてゆく。

黄承彦は微笑した。

「中盧は蒯氏の本拠といってよい。吉《よ》い結婚となろう。それを祝ったところで、次姉はどうか」

「明年、二十歳になります。嫁ぎ先は、まだ決めておりません」

「それはよかった。では、その女《むすめ》を娶りたい」

「娶嫁《しゅか》なさるのは、あなたさまではありますまい。どなたさまですか」

この諸葛玄の問いに、黄承彦はすぐに答えず、ひと呼吸を置いた。

諸葛亮は息を凝《こ》らした。

「龐徳公の子、山民どのです」

諸葛玄はひっくりかえらんばかりにおどろき、諸葛亮は息をのんだ。そうではないか。荊州で最高の名士である龐徳公が、自分の子の嫁に、諸葛亮の姉を選んだのである。

ふたりの驚愕《きょうがく》ぶりを楽しむようにながめた黄承彦は、

「来春、山民どのは官途《かんと》につき、その機に娶嫁したいとのことです。推測するところ、龐氏の父子は、亮さんが気にいったのですな。この家が、龐氏の婚家になる。慶事《けいじ》としかいいようがない。玄どの、ご異存は――」

と、諸葛玄の存念を質《ただ》した。

「異存などありましょうや」

諸葛玄はおどろきが醒めないのか、乾《かわ》いた声で答えた。

「善《よ》し、決まった」

手を拍《う》った黄承彦は、諸葛亮をみて、

「君は龐徳公宅と水鏡宅へはよく往くらしいが、わが家にはきたことがない。遠慮することはない、いつでもくるがよい」

と、やわらかくことばをかけた。この好意は、黄承彦も諸葛亮を気にいったことを表している。

「では――」

軽風が吹きすぎるように黄承彦が去ったあと、諸葛玄と諸葛亮は身じろぎせずに坐っていた。やがて諸葛玄が声を立てて笑った。

「われは呆然《ぼうぜん》として、賓客を見送ることも忘れていたわい」

「こんなことがあるのですね。とにかく、山民どのはやさしくて佳《よ》い人です」

「ははあ、なるほど、そういうことか」

叔父がうなずきはじめたので、

「どういうことですか」

と、諸葛亮は問うた。

「承彦どのは、まっすぐにわれに会おうとせず、遠まわりをしてそなたに会った。承彦どのはそなたの顔をみて、姉がどれほどの容姿であるのか、見当をつけたのだ」

「姉と弟の容姿はちがいますよ」

「だが、ほかにさぐりようはない。それよりもそなたは徳をもっているらしい。承彦どのに近づいておいても、損はない」

諸葛亮が官界にあこがれているのであれば、たしかに叔父のいう通り、黄承彦に昵近《じっきん》したほうが得《とく》であろう。だが、かれには、

――劉表には仕えたくない。

という感情があり、まして曹操《そうそう》への出仕は論外である。黄承彦の人柄《ひとがら》には好感をいだいたものの、その存在には政治的なにおいがするので、気軽に訪問するわけにはいかないとおもった。

三日後、諸葛亮は弟とともに、ふたりの姉のまえに坐り、嫁ぎ先が決まったことを喜び、祝

辞を述べた。ふたりは激戦のあった南昌城《なんしょう》のなかにあって、城兵のためにかいがいしく働いた。そのときも、そのあとも、死ぬかもしれないという恐怖をおぼえたであろう。その恐怖を脱したあたりから、人格に豊かさが付加《ふか》されたようで、いまも諸葛亮の祝辞をききながら笑顔をみせつつ涙ぐんだ。

ふたりは翌年の春に、前後して、嫁となって婚家にはいった。

「さびしくなりましたね」

と、諸葛亮は叔父にいった。

「なんの、女は家を去るものだ。つぎは、そなたがどういう嫁を迎えるかだな」

「わたしはまだ十八歳ですよ。娶嫁は、いくら早くても、五年先です。それよりも、叔父上、よくふたりの姉を良家へ送り込んでくれました。わたしがこうして生きているのも、叔父上のおかげです。叔父上がいなければ、われら五人と母は、あの陽都の家でどうなっていたか」

「ああ、瑾《きん》があの家に継母《けいぼ》とともに残ったな。ふたりの消息はまったくわからぬ。瑾は頑固《がんこ》にみえるが、いろいろ気くばりができるこまやかさをもっている。継母を飢《う》えさせるようなことをしないとはおもうが、徐州はむずかしいところなので、すでに瑾は他州へ移っているかもしれぬ。それは、そうと……」

叔父は急に声を低くした。

「昨年の仲冬《ちゅうとう》に、曹操軍が南陽《なんよう》郡の宛《えん》まで侵入した。舞陰《ぶいん》県などが落とされたようだが、曹操が滞陣《たいじん》しなかったので、深刻な騒擾《そうじょう》は起こらなかった。しかし荊州が曹操に狙われるようになったことは、たしかだ」

「また曹操ですか……」

諸葛亮は暗然《あんぜん》とした。その名とともに不吉な影が延びてくるようにおもわれてならない。

隆中《りゅうちゅう》

遠くない将来、この荊《けい》州は戦場となる。

荊州を侵《おか》す者は、かならず曹操《そうそう》である。

この予想を、諸葛亮《しょかつりょう》は脳裡《のうり》から消すことができない。いま荊州に住んでいる者たちのなかで、往時《おうじ》の徐《じょ》州の惨状《さんじょう》を知っている者は多くないが、伝聞を耳にして、曹操を嫌っている者はすくなくない。その点、諸葛亮にとって住みやすい州ではあるが、実際、曹操軍が北から乱入してきた場合、自分はどうしたらよいのか。

徐州にいたころ、叔父《おじ》は擾乱《じょうらん》を避けるべくいちはやく移住を決断し、実行した。が、荊州にあっては、叔父の腰は重そうで、他州へ移ることをほのめかしもしない。叔父の本意を直接に訊《き》くことをはばかった諸葛亮は、夏のある日、僕佐《ぼくさ》の閑暇《かんか》をうかがって、婉曲《えんきょく》に問うてみた。

「曹操について知っていることがあったら、おしえてほしい」

「襄陽《じょうよう》の人々はのんびりしていますが、じつは曹操軍が穰《じょう》県の張繡《ちょうしゅう》を包囲しています。それゆえ、荊州牧《ぼく》は曹操軍の退路を断つべく兵を発したということです」

「穣県は南陽《なんよう》郡にあるとはいえ、襄陽から遠いとはいえない」

それでも襄陽が動揺しないのは、張繡が勇将で、曹操にやすやすと降《くだ》ることがないとみられているからである。

諸葛亮は張繡についてよく知らない。

「張済《ちょうさい》の甥《おい》ですよ」

と、僕佐に教えられても、これまた張済についてもよくわからない。

まず張済は、李傕《りかく》、郭汜《かくし》とならぶ董卓《とうたく》の属将で、献《けん》帝が長安《ちょうあん》を脱出して東方へ去ったあと、兵を率いて南下し、荊州にはいって穣県において戦死した。それを知った劉表《りゅうひょう》は、群臣の喜びを掣《せい》し、礼容《れいよう》をもってその死を悼《いた》んだ。この一事によって、張済の兵をひきついだ張繡は劉表と結び、曹操と敵対するようになった。なにしろ張繡の智慧袋《ちえぶくろ》は策謀家の賈詡《かく》である。張繡軍の強さは賈詡の策略に支えられているといっても過言ではない。

「曹操軍が二度も荊州を侵したのに、叔父は落ち着いている。どういうわけだろうか」

「曹操軍が襄陽に迫れば、山中に避難するでしょう。また徴兵があれば、それに応じて、家人をだす肚《はら》でしょう。荊州を退去するつもりはありません」

これは叔父だけではなく僕佐の覚悟でもあろう。

叔父の家人はそろって荊州に愛着をもち、襄陽を第二の故郷とおもうようになっている。

——われは、どうか。

諸葛亮は自問自答しなければならない。最悪の場合、劉表が曹操に敗れて、荊州が曹操の支配地にかわる。それでも自分は荊州にとどまるであろうか。

——伯夷叔斉《はくいしゅくせい》のごとく生きるしかあるまい。

伯夷と叔斉という兄弟は、父の死後、君主の席をゆずりあってともに国を出奔《しゅっぽん》し、周《しゅう》の文王《ぶんおう》にあこがれて、周に移り住んだ。ところが文王の子の武王《ぶおう》が殷《いん》の紂王《ちゅうおう》を討伐するときいて、臣が君を討ってはなりません、と諫《いさ》めた。ききいれてもらえず、武王が殷王朝を倒して天下の主《あるじ》になったことを恥じて、

「周の穀物は食べない」

と、決め、首陽山《しゅようざん》に隠れ住み、ついに餓死《がし》した。

諸葛亮も曹操の支配地の穀物を食べないことにすれば、山中に棲《す》むしかない。古来、山は王朝の支配のおよばない地になっている。

晩夏になるまえに、曹操軍が撤退しはじめた。劉表軍に背後をおびやかされることを嫌ったからである。

曹操軍が南陽郡《なんようぐん》から去ると同時に、しばらく閉じられていた教場《きょうじょう》が開かれた。

ひさしぶりに諸葛亮は、徐庶《じょしょ》、崔州平《さいしゅうへい》、石韜《せきとう》、孟建《もうけん》などの顔をみた。だが、諸葛亮はときどき憂鬱《ゆううつ》そうな表情をみせた。朝夕、ゆったりとした時間があるとき、膝《ひざ》を抱いて坐《すわ》り、口をす

ぼめて詩を吟《ぎん》ずることが多くなった。

徐庶、石韜、孟建の三人は、そんな諸葛亮に、

「どうした。元気がないではないか」

と、声をかけた。目をあげた諸葛亮は、

「あなたたちが仕官をすれば、昇進して、郡の太守《たいしゅ》か州の刺史《しし》にはなれよう」

と、淡々《たんたん》といった。

「では、なんじはどうなのか」

と、三人に問われた諸葛亮は、笑っただけで答えなかった。あなたたちより上位に昇る、という大言壮語《たいげんそうご》を喉《のど》のあたりで止めたというより、伯夷叔斉になりかねない自分の未来をみつめ、ひそかに自嘲《じちょう》したといったほうがよいであろう。

仲秋となり、穀物の収穫期となったので、諸葛亮は鎌《かま》をもって中洲《なかす》に渡った。龐徳公家《ほうとくこう》では、子の山民《さんみん》が中洲を去って官吏《かんり》となったので、とりいれに人手が足りないだろうとおもったからである。

ところが、とりいれはすでに終わっていた。

あいかわらず入り口の戸はあけ放たれており、なかから談笑の声がながれてきた。

——めずらしいな。

山民が帰宅したというふんいきではない。

「公はご在宅ですか」

諸葛亮は入り口に立って、あえて大きな声で問うた。すると龐徳公の妻が立って、諸葛亮にむかって手招きをした。ゆっくりとうなずいた諸葛亮は鎌を置き、履《くつ》をぬいで歩をすすめた。龐徳公のまえに見知らぬ青年が坐っていた。青年といったが、冠をつけているので成人である。

龐徳公はにこやかに手を拍《う》ち、

「こりゃ、どうしたことか。臥龍《がりょう》と鳳雛《ほうすう》がそろったぞ」

と、いい、目で諸葛亮を坐らせた。

「亮さんや、ここにいるのは、わたしの族子《ぞくし》で、統《とう》という。あなたが臥龍であれば、統は鳳凰《ほうおう》の雛《ひな》というべきだ。ふたりを臣従させれば、天下平定など、たやすいことだ。だが、ふたりを曹操ごときには渡さぬ」

龐徳公の軽い笑声をききながら、膝をずらした龐統《ほうとう》は、

「士元《しげん》といいます。州府にはいることになりました。あなたの義兄に府内で会うことになるでしょう」

と、諸葛亮にいった。義兄とは、むろん山民のことである。士元は、龐統のあざなである。かれの口調には強さがある。

「禾穀《かこく》のとりいれをやってくださったのですね。いまごろのこのこやってきて、恥ずかしいか

ぎりです」

「いや、あなたは農業にくわしいときいています。たしかあなたはわたしより二歳下だ。十八歳であれば、官途《かんと》につけます。黄承彦《こうしょうげん》どのも、あなたを推挙したがっています。官吏になる気はないのですか」

「いや、いまのわたしは、公の生活にあこがれていますので、お気づかいは無用です」

諸葛亮は遁辞《とんじ》をかまえた。

龐統は、一見、容姿に冴《さ》えがなく、平凡にみえるが、じつは体貌《たいぼう》からにぶい光が放たれているような感じを、諸葛亮はうけた。そのにぶい光とは、忍耐力をともなう精神の勁《つよ》さであろう。龐徳公が龐統を鳳雛といったのは、仕える主人の器量が大きければ、龐統が放つ光は、鳳凰が舞うごときらびやかなものに変わるということであろう。なにしろ鳳凰は、古代では、天子の象徴であり、その象徴が龍に変わるのは、秦《しん》の始《し》皇帝以後である。

諸葛亮は龐統と親交を結んだとはいえ、心にはずみをおぼえなかった。龐統には為《な》さねばならぬことがあるようだが、自分にはない。

教場へ通う回数も、おのずと減った。農場で土をいじっているほうが、楽な気分でいられる。ふと、

——いまの自分は、昔の均《きん》のようだ。

と嗤《わら》った。いまや均のほうが生き生きしている。あいかわらず均は馬を乗りまわしている。

家人のひとりから、馬上で矢を放つ術を教えられたらしく、遠乗りをして、冬枯れの山裾《やますそ》で騎射《きしゃ》の練習をするようになった。

蕭々《しょうしょう》と月日がすぎてゆく。

年があらたまると、親友の崔州平が室《へや》に踏み込んできて、臥《ね》ころんでいた諸葛亮に、

「なぜ教場にこぬ」

と、叱声《しっせい》を浴びせた。

——めずらしいことだ。

崔州平が怒気を発したところなど、みたことがない。諸葛亮はけだるげに上体を起こした。そのまえに坐った崔州平は、

「なんじの怠惰《たいだ》は、天下の学生にたいする不遜《ふそん》だぞ。この乱世で、学問をしたくてもできない学生が何万人、いや何十万人いるか、考えたことがあるのか。ここ襄陽では、それができる。襄陽でしかできない、といっていい。せっかくめぐまれた場所と時間があるのに、なんじはそれを棄《す》てようとしている。千里の馬も、やすんでばかりいれば、駑馬《どば》にぬかれるのだぞ。こんなわかりきったことがわからぬなんじであれば、絶交するしかない。返答はいかに——」

と、するどくいった。この誨諭《かいゆ》は諸葛亮にこたえた。崔州平のいう通りである。諸葛亮は坐りなおして頭をさげた。

「教場に通い、学問をやり直します」

この日から、諸葛亮は目つきと顔つきを変えた。

教場には欠かさず通い、読書にも万巻の書物を読破してみせるといわんばかりの意欲をみせた。これまで避けてきた黄承彦が、蔵書家《ぞうしょか》として知られていたので、かれを訪ねて書物を借りて読んだ。

叔父のゆるしを得て、夜は燭台《しょくだい》のもとで書物をひろげた。それを三か月ほどつづけると、叔父がいまひとつの燭台をもって室にはいってきた。

「明るいほうが、目が疲れぬ。もうひとつ使え」

「よろしいのですか」

「油など、吝《お》しもうか。それにしても、友とはありがたいものだ」

叔父は崔州平の箴誡《しんかい》を知っていた。

「まことに――」

「そうして独《ひと》りで読書をすることは、まさしく夜中に灯《ひ》をともしているようなものだ。朝を待つわけでもなく、夜を楽しむことも悲しむこともない。それが学問というものだ」

そういっただけで、叔父は室からでていった。

――叔父はどれほど多くのことを教えてくれたか。

それがほんとうにわかるのは、かなりの歳月が経《た》ってからであろう。

諸葛亮がまったく田圃《でんぽ》にでなくなったので、岱《たい》がようすをうかがいにきたが、話しかけられないふんいきを感じて、無言で去った。

一年間、諸葛亮は学問に専心した。

新年を迎えて、二十歳になった。

それを祝ってくれた叔父は、数日後に急逝《きゅうせい》した。果樹園へ行った叔父が、諸葛亮らが植えて育てた橘《たちばな》にもたれて亡《な》くなったという。

「叔父上――」

遺骸をみた諸葛亮は喉《のど》が破れるほど叫び、哭《な》いた。泣きつづけた。叔父の愛情にくるまれてここまできたが、自分はその万分の一の愛情も叔父に返せなかった。殯《かりもがり》のあいだ、諸葛亮はおのれを鞭打《むちう》つような気分でいた。やがて胸裡《きょうり》に梁父吟《りょうほぎん》がながれた。

会葬には多くの人が参列してくれた。

埋葬のあと僕佐《ぼくさ》は、うなだれている諸葛亮に、

「主はあなたさまを自慢の甥だと、しばしばおっしゃっていましたよ」

と、ささやくようにいった。

首をあげた諸葛亮は、前方をみつめたまま、

「僕佐、話がある」

と、いい、帰宅するとすぐに奥にはいり、ふたりだけになった。

「叔父の家産のことだが……」

と、諸葛亮は話を切りだした。

「あなたさまがお継ぎになるべきであり、なんの問題もないと存じます。主がお亡《な》くなりになったので、申し上げますが、あなたさまがご幼少のころ、主はあなたさまを養子に迎えようとなさいました。これ以上申さなくても、あなたさまにはおわかりでしょう」

「そうか……。そういうことであったか」

僕佐にいわれて、急にはっきりしたことは、兄の瑾《きん》の留学費をすべて叔父がだしてくれたことである。

――母の死がなければ、わたしは叔父の養子になっていたであろう。

兄が服忌《ふくき》を終えると早々に父が後妻を迎えたのも、いわくがあるかもしれない。たぶん父は養子の話をいったんは諾《だく》としながらも、あとでことわり、兄の留学費をひそかに叔父に返済したのであろう。その返済に継母《けいぼ》の家がなんらかのかかわりをもったと想《おも》わざるをえない。あれほど兄が継母に尽くしたのは、兄は裏のいきさつを知ったからだ。

「知らないということは、幸せなことだ」

諸葛亮は苦笑してみせた。だが、僕佐は笑わずに諸葛亮をみつめている。

「さて、あなたが知らないことをいわねばならない」

諸葛亮がそういうと、僕佐はわずかに眉《まゆ》をひそめた。

「家産を継ぐのは、わたしではない。あなただ」

僕佐の眉宇《びう》に困惑がただよった。

「どういうことですか」

「わたしは隆山《りゅう》に移り住む。ここから二十里西にある山だ。これから、そこで暮らす」

諸葛亮は龐徳公に随従《ずいじゅう》して山を歩いたことがある。そのとき、気にいったのが隆山である。

「まことに――」

僕佐はさぐるような目つきをした。

「まことに、まことだ。均《きん》を連れてゆく。弟をこの家に残すと、あなたのじゃまになる」

諸葛亮の決意が堅いと知った僕佐は、おどろきをおさえた口調で、

「わかりました。山中へお移りになることを止めはしませんが、とにかくその山をみておきたい。棲《す》む場所をお定めになったら、そのあたりを拓《ひら》き、家屋を建てることを、やらせていただきたい」

と、いった。

翌朝、家人のなかでもおもだった十人を従者に選び、すべてを騎馬とした僕佐は、諸葛亮と馬をならべて西へむかった。諸葛亮のうしろには、当然のことながら均の乗馬姿がある。

僕佐の従者のなかに岱と斉方《せいほう》がいる。ふたりだけでなく従者のすべてが、この日の目的を知らなかった。

隆山の麓《ふもと》に到着して、下馬した僕佐は、従者を集合させた。

「今年から亮さま、いや、孔明《こうめい》さまは、この山中にお棲みになる。これから住居にふさわしい地の選定をなさる。われらはその地を確認し、後日、人をいれて、木を伐《き》り、径《みち》を作り、家屋を建てる。わかったな」

孔明は、諸葛亮のあざなである。

名は父がつけるが、あざなは成人になったときに自分でつける。名とあざなは関連があるのがふつうで、亮はあきらかという意味なので、あざなは明でよかったが、その明を強めるために孔をかぶせた。この場合の孔は副詞といってよく、とても、とか、たいそうという意味をもつ。

山中にはいった諸葛亮は、すぐに、

「ここが、よい」

と、ゆびさした。記憶にある地である。

うなずいた僕佐は、ざわめいている従者に、

「わたしが孔明さまのご意向で諸葛家の財産を受け継ぐことになった。が、孔明さまに従いたい者がいれば、ここでわたしに告げてくれ」

と、いい、みなをながめた。

すぐに岱が一歩まえにでた。そのあと、斉方が挙手《きょしゅ》をして、諸葛亮の従者になりたいといった。僕佐は諸葛亮に顔をむけて、

「ふたりをひきうけてくださいますか」

と、鄭重《ていちょう》にたのんだ。

「なんでことわろうか。しかし山中での暮らしはたいくつだぞ」

諸葛亮はあえてそういってみた。

だが岱は、その声がきこえなかったふりをして、斉方を誘い、山中を歩きはじめ、水の所在をしらべた。

帰宅した諸葛亮は、ふたりを自室に招きいれた。

「われに従って山中にはいると、嫁を迎えられなくなろう」

岱は唇をとがらせた。

「嫁などは、どうでもよいのです。あなたさまは以前、均をたのむとおっしゃったではありませんか。均どのが山中にゆくのであれば、当然、わたしもゆかねばなりません」

ついで斉方はこういった。

「わたしはあなたさまに従って、しばしば中洲へゆき、龐徳公の暮らしぶりを遠くから拝見し、羨望《せんぼう》をおぼえました。山中での暮らしが、どうしてたいくつでありましょうか。むしろいまよりもいそがしくなりましょう」

「そうよな、龐徳公はうらやましい人だ」

すると岱が、気をまわして、

「あなたさまは、喪《も》に服すかわりに、俗塵《ぞくじん》を避け、山中にお移りになるとみました」

と、いった。これは諸葛亮の真情をさぐりあてたといってよい。

「われは叔父の子ではないからな……」

甥が叔父の死後、喪に服すことはない。

「三年がすぎたら、里におもどりになりますか」

「それは、どうか。山中の暮らしに慣れると、里がわずらわしくなるかもしれぬ。そなたたちは、山に猒《あ》きたら、いつでも僕佐のもとにもどってよいのだぞ」

「わたしはあなたさまから離れませんよ。離れると、郡丞《ぐんじょう》さまをないがしろにしたことになります」

岱には剛愎《ごうふく》なところがある。

「山は地よりも高いので、天に近づくようにみえて、じつは青雲から遠ざかる。わかっているのか」

「わかっていますとも。しかし雲はつねに高いとはかぎりません。山にふれるほど低くなるときもあります」

「そなたは、おもしろいことをいう」

岱がいった雲とは、時勢の変遷《へんせん》を暗にいったのであろう。

翌日、僕佐は、山中の住居はおまかせを、と諸葛亮にいい、三百人を率いて隆山へ行った。

なんらかのかたちで諸葛家に属していた者の数は、千に比《ちか》い。それらの人だけでなく諸葛玄が遺《のこ》した貲産《しさん》をおもいがけなく継承することになった僕佐は、本来の継承者である諸葛亮に礼意を示すつもりであろう、隆山のなかに三棟《とう》の家と廏舎《きゅうしゃ》、納屋《なや》などを建てることにした。

率いていった三百人を山中で寝泊まりさせることにし、わずかな従者とともに帰ってきた僕佐は、

「初夏までには隆中へお移りになれます。それまで、お気がねなく教場へお通いください」

と、諸葛亮に語《つ》げた。隆中とは、隆山のなかということであろう。なお隆山は隆中山ともよばれるが、諸葛亮が移住するまえは隆山という呼称しかなかったように想《おも》われるが、どうであろう。

「屋根は茅《ちがや》で葺《ふ》いてくれ」

諸葛亮は僕佐にそれだけをいった。山中に違和が生ずるような家屋では、住みにくい。なお茅は、かや、とも訓《よ》むが、それは邪気を祓《はら》う。

諸葛亮は教場へゆき、学友に会って、夏までに隆中に移り住むことを告げた。

孟建はふっとさびしげな目つきをして、

「なんじは教場にこなくなるのか……。そろそろ、故郷に帰りたくなった」

と、細い声でいった。孟建の故郷は汝南《じょなん》郡にある。いま実質的に曹操が運営している王朝は、潁川《えいせん》郡の許《きょ》県を首都にしている。汝南郡はその潁川郡に接しているので、汝南郡に帰れば

孟建は官吏《かんり》に採用されやすいように感じる。が、諸葛亮は、

「中原《ちゅうげん》には士大夫《したいふ》が余っている。学び活躍する場が、故郷でなければならないことがあろうか」

と、帰郷をいさめた。できれば孟建には曹操に仕えてもらいたくない。

ちなみに、のちのことをいえば、孟建は三代の曹氏（曹操・曹丕《そうひ》・曹叡《そうえい》）に仕えて、涼州《りょう》刺史《し》、征東《せいとう》将軍まで昇る。

徐庶と石韜は、

「管仲《かんちゅう》と楽毅《がっき》におのれをなぞらえていたなんじが、隠遁《いんとん》するのか」

と、多少の奇異《きい》をおぼえたようであった。

諸葛亮は崔州平にむかっては謝意をささげるしかない。学ぶべきときに学べたのは、あなたのおかげです、と深々と頭をさげた。

学友のなかで、諸葛亮がもっとも尊敬したのは、崔州平であろう。かれは早くから諸葛亮の尋常でない才能を認めており、天下に名を知られる人物になるであろう、という予想をもって接していた。その異才が隆山に隠れ住むと知ってもおどろかず、

「この世には、隠れたがゆえにかえって現れるという逆説もある。龐徳公をみればわかる」

と、理解を示した。

崔州平自身、官界へ関心をもたなかった。もともと文学者の血胤《けついん》をもっているせいであろう。のちに官途にはつかず、学者として畢《お》わったようである。

晩春、諸葛亮は隆中へ移った。

諸葛亮と馬をならべて隆山へ行った僕佐は、

「ひとつお願いがあります。農閑期《のうかんき》に、下山なさって、農業指導にきていただけませんか」

と、たのんだ。諸葛亮の農芸《のうげい》の技術を尊重しているということである。

「たやすいことだ」

諸葛亮は快諾した。

林間で竣工《しゅんこう》の賀《いわ》いがおこなわれた。

工事にたずさわった三百人と僕佐が引き揚げると、山の静寂が心身に沁《し》みてきた。諸葛亮が住む家が母家《おもや》で、これがもっとも大きい。小さいのは均が住む家だが、均はまったく不満顔をみせなかった。岱と斉方は長屋のなかで別々に部屋をもった。廏舎には二頭の馬がはいった。均と岱がすぐにその馬をみにいった。納屋《なや》の近くに井戸が掘られていたので、斉方がすぐに諸葛亮に報告した。

「遠くないところに、泉水《せんすい》があるのはわかっていましたが、僕佐どのは井戸を掘ってくれました」

「よく、水がでたな」

これで取水《しゅすい》の心配がなくなった。

家の近くに耕地がある。あらためて耕すまでもない良田《りょうでん》にみえる。諸葛亮は穀物の種をここまで均に運ばせたので、その袋を開いた。

「さて、これを播《ま》けば、秋には実るが、それまでの食べ物はあるのか」

「僕佐どのが、ぬかっておりましょうや」

斉方は趨《はし》って母家をでると、納屋の戸をあけた。なかに米包《べいほう》がびっしりと積まれていた。納屋まで足をはこんだ諸葛亮は、それをみて、

「われら四人は、来春まで、生きてゆける」

と、笑った。

山は寂《さび》しいところではない。

隆中で三か月がすぎると、それがわかった。

夏を迎えると緑がひろがる。そのひろがりは、浅い緑から深い緑へ、また淡い緑から濃い緑へ、というような微妙な緑の変容をともなっている。それが諸葛亮にとって新鮮なおどろきであった。しかも山は人に精気を与えてくれる。つまり山は人を生かしてくれる。それを実感しはじめた。

夏の雨は、翠簾《すいれん》を揺らすようにふる。風情があった。

均は弓矢をもって山中を歩き、狩猟《しゅりょう》をおこなった。鳥をも射落とすことができるようになった。

隆山のすこし北には漢水《かんすい》がながれている。

漁師の子である斉方はその川まで往って魚を獲《と》ってくるようになった。馬の飼育をおこなっている岱は、諸葛亮とともに田ですごすことが多いが、

「果樹も欲しいな」

と、いい、僕佐のもとへゆき、橘《たちばな》などをもらってきて植えた。

じつは岱と斉方は吏人《りじん》であっただけに、学問に無関心なわけではない。できれば学問をしたかったというおもいがいまだにあり、雨の日には、母家《おもや》にきて、

「なにか誨《おし》えていただけませんか」

と、説話をききたがった。それがむずかしい話ではないとわかると、ようやく均が顔をみせるようになった。もともと諸葛亮は儒教《じゅきょう》を好んでいない。歴史書から教訓をひきだすほうが好きである。

秋の収穫を終えて、冬になると、諸葛亮は三人を連れて僕佐の家へゆき、半月ほど滞在した。その間に農業の指導をおこなった。

僕佐と語りあえば、天下の情勢を知ることができる。その情報を胸に斂《おさ》めて隆中に帰れば、ほぼ一年が終わる。

暮らしかたの循環ができたようなもので、二年、三年、四年と、これといった不快なこともなくすごした。むしろ隆中での生活が快適となった。

隆中での生活が五年目となり、その年の冬にも、僕佐家に滞在していた。そこに客が乗り込

んできた。訪問者は黄承彦である。

「そなたが山ではなく、ここにいるときいたので、いそいできた」

この名士の蔵書を多く読ませてもらった諸葛亮は鄭重《ていちょう》に応接した。

「明日、山に帰りますが、どのようなご用でしょう」

「なおさら、ちょうどよかった。そなたが嫁を捜しているときいたのでな」

「嫁など捜しておりません」

と、諸葛亮は答えようとしたが、口をつぐんだ。下山して僕佐家に滞在するのは嫁捜しのためだ、といううわさがあるのだろう。三十代という年齢になろうとする岱と斉方のために、見《み》合《あ》う女《むすめ》はいないか、と僕佐に訊いたことがある。それがうわさのもとになったかもしれない。

黄承彦はちょっと頭を掻《か》いた。

「われに醜女《しこめ》がいてな、色黒で髪が赤いが、才能は妻とするに足《た》る。どうだ、もらってくれぬか」

唐突な話である。だが、黄承彦は親としてさんざん考えて、ここにきたのであろう。黄承彦の女が不器量であるがゆえに、婚約がまとまらなかったのであれば、それも里のうわさになったはずである。が、そのようなうわさをきいたことがない。

「山の生活ですよ」

「わかっている。女は望むところです、といっていた」

「わかりました。わたしの伴侶《はんりょ》になってもらいましょう。ただしわたしは山に帰ります。下山は明年の冬です」

「おう、おう、もらってくれるか」

破顔《はがん》した黄承彦は手を拍《う》ち膝《ひざ》を抵《う》って喜んだ。すぐに起《た》ったかれは、喜笑を放ちながら歩き、僕佐をみかけると、

「わが女が孔明の妻となる。喜んでくれ」

と、いい、飛ぶように去った。おどろいた僕佐は、諸葛亮に、

「あの話は、まことですか」

と、たしかめた。

「まことだ。だが、明年の冬に嫁を迎えにゆくことになろう」

そういった諸葛亮は、翌日、三人を従えて隆中に帰った。ところが三日後、隆山の麓《ふもと》に馬車が着いた。下車したのは黄承彦であり、

「おうい、婿《むこ》どの、女をつれてきたぞ」

と、叫んだ。

三顧《さんこ》の礼

諸葛亮《しょかつりょう》が二十六歳になった春、野菜の種を僕佐《ぼくさ》の家にもらいに行った岱《たい》が、ひとつの報《しら》せをもたらした。

「元直《げんちょく》どのが、新野《しんや》の劉玄徳《りゅうげんとく》さまにお仕えになったようです。元直どのは主《しゅ》のお友達でしょう」

諸葛亮の脳裡《のうり》に閃揺《せんよう》が生じた。

――元直はついに仕官したのか。

いうまでもなく元直とは徐庶《じょしょ》のことで、かれは石韜《せきとう》と仲がよいので、出身郡である潁川《えいせん》郡に帰って仕官するものだとおもっていた。ところが、ここ荊《けい》州で仕官した。しかも仕えた主人は荊州牧《ぼく》の劉表《りゅうひょう》でなく、劉表の客将というべき劉玄徳すなわち劉備《りゅうび》であったとは、おもいがけなかった。

――劉玄徳とは、かすかな縁がある。

徐《じょ》州出身の諸葛亮は、徐州にいるころにその名をきいた。曹操《そうそう》によって窮地《きゅうち》に追いつめられた徐州牧の陶謙《とうけん》を救援にきた将である。その後、陶謙の遺言《ゆいごん》によって徐州をまかされたものの、客として待遇していた呂布《りょふ》に裏切られて徐州をのっとられた、とあとで知った。それからの劉備の消息についてはよく知らなかったが、五年まえに、北から荊州へ移ってきて、劉表に礼遇されたことは知っている。

襄陽《じょうよう》の東北に新野という県があり、劉備はそこに駐屯するようになった。新野より北の穣《じょう》県にいた張繡《ちょうしゅう》が、官渡《かんと》の戦いの直前に、曹操を援助すべく荊州を去ったこともあり、荊州北部の守りが薄くなったと感じた劉表が、劉備に兵をさずけて新野に置いたのである。

その後、劉備の評判は高くなり、もしも劉表が亡《な》くなれば、軍事面で荊州を支えるのは劉備しかいない、といわれるようになっている。

——事情が徐州に似てきた。

とはいえ、諸葛亮は劉備に関心をもたなかった。しかしながら、軽率《けいそつ》なことをせず、ものごとを練究《れんきゅう》する質をもつ徐庶が、劉備を主に選んだとなれば、荊州に変事が起こることを予知したからではないか、と諸葛亮は考えはじめた。

劉表の年齢は六十代のなかばである。

古来、七十歳まで生きる人は稀《まれ》である。

すると劉表が三年後に歿《ぼっ》すると仮定するのは不自然ではない。

三年後になにが起こるか。

劉家の後継争いが拡大すると内乱になる。劉表にはふたりの男子がいる。長男を劉琦《りゅうき》といい、次男を劉琮《りゅうそう》という。長男が家を継げば問題は生じにくい。ところが大家にかぎって後継にねじれが生じやすい。つまり王侯貴族にいる夫人はひとりではなく、生まれる子の母がちがってくる。晩年の主人は若い夫人に愛情をそそぐことが多く、当然、その夫人から生まれた子をかわいがるため、長幼《ちょうよう》の序《じょ》が乱れてしまう。

春秋《しゅんじゅう》時代にその事例はすくなくない。覇者となり諸侯の盟主となった斉《せい》の桓公《かんこう》は、死後に、子が争ったため、その遺骸は蛆《うじ》がわくまで放置されていたという。そのような古昔《こせき》に悪例を求めるまでもない。先年、官渡の戦いで曹操に敗れた袁紹《えんしょう》が、冀《き》州にもどって失意のうちに亡くなったあと、子はみぐるしいほど争った。その争いは曹操につけこまれて、兄弟は冀州を失った。

だが、荊州の劉家も、袁氏の没落を嗤《わら》ってはいられない。

劉表の後妻である蔡《さい》夫人が、次男を愛し長男を嫌っていることが、後継問題をむずかしくしている。蔡夫人の実家は豪族であり、後ろ楯《うしろだて》の大きさが、長男に無言の圧力をかけている。その圧力に耐えかねて長男が武器を執《と》って起《た》てば、家中はふたつに割れる。するとそこを曹操につけこまれる。

——そうならないように、劉備が調停するということか。

いや、ちがう、と諸葛亮は考えた。

大きい後ろ楯がない長男の劉琦は、武力をもっている劉備の援助を求めるべく、接近するであろう。劉備が劉琦を助けて、次男の劉琮を圧倒すれば、荊州を実質的に支配するのは劉備ということになる。

おそらく徐庶はそこまで予想して劉備に仕えたのかもしれない。

いずれにせよ、二、三年後に、荊州は乱れそうだ。が、隆中《りゅうちゅう》はその争乱にかかわりなく平穏であろう。

諸葛亮は妻の黄《こう》氏と畑にでて野菜の種を播《ま》いた。黄氏は龐徳公《ほうとくこう》の妻によく似ている。

——龐徳公のように生きればよい。

俗塵《ぞくじん》にまみれることなく一生を終えたい。これが諸葛亮の真情であった。のちにかれはこう述懐《じゅっかい》した。

臣《しん》は本布衣《もとふい》。躬《みずか》ら南陽《なんよう》に耕《たがや》す。苟《いやし》くも性命《せいめい》を乱世《らんせい》に全《まっと》うして、聞達《ぶんたつ》を諸侯に求めず。

（『出師表《すいしのひょう》』）

わたしはもともと無冠の平民で、自身で南陽の隆中で耕作をしていた。この乱世でどうにか生命をまっとうすればよく、諸侯に評判がきこえて栄達したいなどとはおもわなかった。

つまりいかなる人にも仕えず、夫婦仲よく、隠者としてすごす。これが諸葛亮の理想とする生きかたであったことはまちがいない。

しかし歴史の闇のなかにいるこの大才を、表舞台に引きあげようとする者がいた。

それが劉備である。

かれは劉表を頼って荊州にきてから、いちどだけ、劉表のために戦った。

「博望《はくぼう》の戦い」

と、いう。博望は南陽郡北部にある県で、そのあたりの豪族が曹操になびきはじめているので、劉表は劉備をためすつもりもあって州境のあたりを鎮綏《ちんすい》させた。劉備軍が北上したことを知った曹操は、夏侯惇《かこうとん》、于禁《うきん》などの将を遣《や》って攻撃させた。

が、そこでの戦いは、劉備のほうが策略にまさり、わざと逃げて夏侯惇に追わせた劉備は、設けておいた伏兵によって夏侯惇とその兵をたたかせた。

が、それ以来、劉備は戦陣に臨《のぞ》んだことがない。

あるとき劉表に招かれた劉備は、中座して厠《かわや》に立った。そこで自分の内股《うちもも》に贅肉《ぜいにく》がついているのに気づき、

——なさけないことだ。

と、涙をながした。もどってきた劉備に涙のあとをみつけた劉表は、どうなさった、と問うた。そこで劉備は、

「わが身はつねに馬上にあったので、鞍《くら》から離れなかったのです。当然、股に肉はつかなかっ

た。ところがしばらく騎馬をしなかったので、股に肉がついてしまいました」

と、嘆息してみせた。

さらに、

「月日は馳《は》せるがごとく早くすぎ、わが身に老いが至ろうとしているのに、わたしの功業《こうぎょう》はまったく建っていません。それゆえ悲しむしかなかったのです」

と、劉備はいった。

官渡の戦いでは、袁紹《えんしょう》に属していた劉備が、袁紹の敗退後、南下して荊州にはいり、劉表に迎えられたのは四十一歳のときである。この発言はそれから五年ほど経《た》ったときのものであろう。自分の実力を発揮できぬ苦しさを嘆いたこれは、のちに、

「髀肉《ひにく》の嘆《たん》」

として、有名になった。髀は股と同義語である。

ただし、戦いのない地にきた劉備は、ぼんやりとすごしていたわけではない。

徐庶を得て、その見識の高さに感心したせいもあって、

「荊州は人材の宝庫かもしれぬ」

と、いい、人物鑑定で名人といわれている司馬徽《しばき》を訪ねた。おそらく司馬徽に会うことを勧《すす》めたのは徐庶であろう。なお徐庶は貧しい学生生活をおくってきたが、劉備に優遇されたことによって、はじめて生活に裕寛《ゆうかん》をおぼえ、故郷に残してきた母を招き迎えることができた。

司馬徽は権力者には近寄らず、政治にかかわらないようにしている。それゆえ、徳望を増している劉備の来訪を喜ばなかった。それでも、いちおう問われたことに答えた。

「これから世はどうなってゆくでしょうか」

と、劉備に問われた司馬徽は、

「儒生《じゅせい》や俗士《ぞくし》ごときに世の大局がわかりましょうか。大局を識《し》る者は俊傑《しゅんけつ》しかいないのです。当地には、もともと伏龍《ふくりょう》と鳳雛《ほうすう》がいます」

と、答えた。

「はて、伏龍と鳳雛とは――」

「諸葛孔明《こうめい》と龐士元《ほうしげん》ですよ」

司馬徽はそこまでおしえれば充分《じゅうぶん》という顔をした。

新野にもどった劉備は、徐庶を呼んだ。

「水鏡《すいきょう》先生から、伏龍と鳳雛を教えられたが、ふたりはどんな人物なのか」

「伏龍は臥龍《がりょう》ともいい、いま隆中にひっそりと棲《す》んでいる諸葛亮のことです。鳳雛は龐統《ほうとう》のことで、すでに官に在ります」

「すると、まだたれにも仕えていないのは、臥龍である諸葛孔明か……。何歳くらいの人物なのか」

と、劉備は問うた。関心をもったようである。

「いま二十六歳でしょう。まもなく年があらたまりますので、ほとんど二十七歳です」

「若いな。春になったら、ここに招きたいが、そなたは使いになってくれるかな」

徐庶はうっすらと笑った。

「呼べばすぐにやってくるような者に俊英がおりましょうや」

「なるほど、こちらからゆくべきか。孔明は隆中にいるとそなたは申したが、そこは遠いのか」

「襄陽《じょうよう》の西二十里に、隆《りゅう》山という山があります。孔明はその山中で晴耕雨読《せいこううどく》の生活をしております。なお孔明の妻は、黄承彦《こうしょうげん》どのの女《むすめ》であり、ふたりの姉はそれぞれ蒯《かい》氏と龐《ほう》氏に嫁《か》しております」

「まことか――」

劉備はおどろいた。孔明は荊州の名士とのつながりがそうとうに強い。その関係があるかぎり、孔明は隠れ棲んでいても名士なのである。

「よし、春になったら、隆中へ往く。そなたはいっしょにいってくれるな」

徐庶はすこしまなざしをさげた。

「孔明には、こちらから往けば会えます。が、屈して至らせることはできません。将軍はどうか駕《が》を枉《ま》げて訪問してください」

諸葛亮を俗間《ぞくかん》に抽《ひ》きだすのはむりだ、と徐庶は考えている。駕を枉げる、とは貴人の訪問のときに用いる敬語で、枉駕《おうが》のほかに枉顧《おうこ》という熟語もある。

孔明とは、会うことは会えても、至らしむることがむずかしい人物らしい。徐庶の話しぶりからそれを感じた劉備だが、隆中へゆくのはやめにする、とはいわなかった。会うだけは会ってみたい。

ほどなく新年になった。

劉備は四十七歳になった。諸葛亮とはちょうど二十歳はなれている。

早春の田土《でんど》に立った諸葛亮は、地を耕しながら、梁父吟《りょうほぎん》を歌った。ただし昔のそれとは歌詞がちがう。自分で作詞したのである。

もともと梁父吟は葬送の歌なので、明るい曲調ではない。だが、諸葛亮が好んで歌っていたので、兄の瑾《きん》が、歌詞が陰気なので替《か》えるべきだ、といったことがある。

隆中に棲むようになってから、兄のことばが脳裡《のうり》によみがえり、作詞をこころみた。

参考にした詩がある。

去る者は日《ひ》びに以《もっ》て疎《うと》く
生者《せいじゃ》は日びに以て親《した》し
郭門《かくもん》を出でて直視《ちょくし》すれば
但《た》だ見る　丘《きゅう》と墳《ふん》とを

死んだ者は日一日と忘れられてゆくが、生きている者は日一日と親しさを増す。城の郭門（住民が出入りする門）をでて、まえを直視すると、みえるのは丘墳《きゅうふん》（墓）ばかりである。諸葛亮はそういう抒情《じょじょう》というか哀情《あいじょう》のある詩が好きである。そこで作った詞は、こういうものである。

歩《あゆ》みて斉《せい》の城門を出づれば
遥《はる》かに蕩陰《とういん》の里を望む
里中《りちゅう》に三墳有《あ》り
累累《るいるい》として正《まさ》に相い似《に》たり

問う是《こ》れ誰《た》が家の墓かと
田疆《でんきょう》と古冶子《こやし》なり
力は能《よ》く南山を排《はい》し
文《ぶん》は能く地紀《ちき》を絶つ

一朝《いっちょう》にして讒言《ざんげん》を被《こうむ》り
二桃《とう》もて三士《さんし》を殺す

誰か能く此の謀《はかりごと》を為《な》すや
国相《こくしょう》斉の晏子《あんし》なり

歩いて斉の城門をでると、はるかに蕩陰の里がみえる。そこに三つの墳墓《ふんぼ》がある。累々と土が高く積まれ、三つともよく似ている。これはたれの墓かと問うてみると、田開疆《でんかいきょう》、古冶子、公孫接《こうそんしょう》のものであった。かれらの膂力《りょりょく》は南山をもおしひらき、地核《ちかく》の大綱《おおづな》をも絶ち切るほどであった。しかしひとたび讒言をこうむると、二つの桃がかれら三士を殺した。そんな謀計をたれが考えたのか。それは斉国の宰相《さいしょう》の晏子（晏嬰《あんえい》）であった。

この自作の詞は、諸葛亮が父とともにすごした泰山《たいざん》郡の奉高《ほうこう》県をなつかしむものであるかもしれない。まえに述べたように、そのあたりは春秋・戦国時代に斉の国に属していた。それゆえ奉高県にいれば、当然、斉についての故事にくわしくなり、郡丞《ぐんじょう》である父は幼い諸葛亮に、斉の宰相であった晏子に関するおもしろい説話をいくつか教えたであろう。

二つの桃が三人の勇士を殺したという話もそのひとつである。

斉の君主である景《けい》公に、公孫接、田開疆、古冶子という勇士が仕えていた。が、かれらは力自慢をするばかりで、なんの役にも立たず、かれらをしりぞけようがない景公はこまりはてていた。それを知った晏子は、景公から二つの桃を三人に贈らせて、手柄《てがら》くらべをさせた。三人は桃を得ようと自分の手柄を誇り、くらべているうちに、公孫接と田開疆は古冶子におよばないことを恥じ、取った桃を返してみずから首をはねた。残った古冶子も、ひとり残るのは不仁《ふじん》である、といって自殺した。

そういう話である。

智慧《ちえ》の力は武勇にまさることを説《と》いている。

だが諸葛亮は、その話をとりいれて歌詞を作る際に、智慧を誇るだけの乾いたひびきを嫌い、哀愁を添《そ》えた。

はじめてその歌をきいた岱《たい》は、

「おもしろい歌ですね」

と、いったものの、それ以上の関心を示さなかった。梁父吟の替《か》え歌は、諸葛亮が自分で歌って、自分にきかせる歌なのである。

この日、二、三の花が灯《とも》るように咲き、冬の暗さが残る山中の景色をわずかに明るくした。耒《すき》をもって梁父吟を低い声で歌っている諸葛亮のもとに、岱と斉方《せいほう》が趨《はし》ってきた。

「数人が山をのぼってきます」

諸葛亮は数人ときいただけで、

――劉玄徳《りゅうげんとく》がきた。

と、直感がはたらいた。徐庶が劉備に仕えたかぎり、劉備の来訪はありえる。ぞろぞろと臣下を従えた貴人に会うのは、まっぴらだ、というおもいがあるので、耒を斉方にあずけた諸葛

亮は、母家《おもや》ではなく均《きん》の家へむかい、ふたりには、

「わたしは不在である、と客に伝えるように」

と、いいつけた。

均は突然家のなかにはいってきた兄をいぶかしげに視《み》たあと、すぐに外にでた。それから半《はん》時《とき》も経《た》たないうちにもどってきて、

「客は帰ったよ」

と、諸葛亮に告げた。

「どのような客であったか」

「馬に乗り馴《な》れているから、武人だね。馬はそうとうに良い。あれほどの馬はめったにみかけない」

均は馬にくわしい。馬を鑑《み》る目は、信用してよい。

——やはり、劉玄徳がきたのだ。

直感通りだ、とおもった諸葛亮は、

「従者も、みたであろう。わたしの学友の徐元直がいたとおもうが……」

と、問うた。均は首を横にふった。

「お従《とも》は、ふたりだけだった。ふたりとも、そうとうに強そうな武人だった」

その従者が、関羽《かんう》と張飛《ちょうひ》であることは、さすがにわからない。

「ふたり――」

意外であった。

母家にもどった諸葛亮は、応対にでた岱と斉方から観察したことをきき、妻の黄氏にも感想を求めた。三人の話をまとめると、劉備という人は尊大《そんだい》さがすこしもなく、諸葛亮が不在であるときかされると、それを疑うようすをみせなかった。黄氏は、

「心のあるかたですね」

と、劉備を評した。

この権謀術数《けんぼうじゅっすう》の世に、心のある将軍などいるのだろうか。そもそも敵と戦うことは、兵力にまさっていれば、その武威をひけらかし、劣っていれば、佯《いつわ》ることをもって敵の虚《きょ》を衝《つ》く。心をもって戦う、などとはきいたことがない。

――心か……。

妻がいったことは、武人としての劉備を評したのではないかもしれない。武人より上の存在になりうる人、ということであれば、劉備の来訪を避けるべきではなかったか。

諸葛亮は臥龍とも伏龍ともよばれたが、じつはそうよばれるにふさわしい人は、劉備ではないのか。諸葛亮は考えこんだ。

「あのかたは、再訪なさいますよ」

と、黄氏はすこしほほえみながらいった。

——また劉玄徳は、ここにくるのか。

諸葛亮は半信半疑であった。孔子《こうし》という人は、会いたくない者が訪ねてきたとき、不在であると弟子にいわせておいて、客の帰りがけに、琴を鳴らして客にきかせた。居留守《いるす》であることを客に知らせたということは、

「あなたには会いたくありません」

と、告げたことになる。これが孔子の礼であった。

——わたしもそうすべきであったか。

諸葛亮は自分の優柔不断《ゆうじゅうふだん》を嗤った。どうやら劉備は軽い気持ちで諸葛亮との対談を求めにきたのではないらしい。徐庶が付き添《つそ》ってこなかったところに、劉備の意望《いぼう》の重さがある。

——劉玄徳は礼容《れいよう》をみせて、わたしを迎えようとしている。

そうであれば、諸葛亮はよくよく考える必要がある。劉備に臣従するということは、劉備の未来におのれのいのちを投ずることである。だが、劉備に明るく豊かな未来があるのだろうか。いまの劉備は劉表の客にすぎず、新野県に駐屯しているといっても、寸土《すんど》の領地も所有していない。劉表が亡くなったあとも、その立場は変わらないのではないか。しかも劉備は、かつて曹操に優遇《ゆうぐう》されながらも裏切ったという事実があるかぎり、曹操と和睦《わぼく》することはなく、死ぬまで敵対しつづけるにちがいない。そういう未来はそうとうにつらく厳しいものである。

だが、諸葛亮があこがれた昔の偉人のひとりは、楽毅《がっき》であった。

楽毅は戦国時代の勇将で、弱小国の燕《えん》の昭王《しょう》を扶《たす》けて、燕を虐《しいた》げてきた強大な斉国を制圧するという幻術的な兵術をみせ、天下を驚倒《きょうとう》させた。その歴史的事実に諸葛亮が感動したのは、

——弱い者を助けて強い者を倒す。

という義侠《ぎきょう》の精神が尋常ではないかたちであらわれていたからである。個人の仇討《あだう》ちではない。国家規模でそれを果たした楽毅を尊敬せざるをえない。

ということは、諸葛亮のなかにも義侠の精神が宿っており、強大な曹操に立ち向かっている劉備を助けてやりたい、とおもわぬではないところに、苦悩があった。

初夏になった。

妻の黄氏のちょっとした予言はあたった。

諸葛亮が均と岱と斉方を連れて山歩きを楽しんでいたあいだに、劉備の来訪があった。

応接にでた黄氏は、帰宅した夫に、

「人と人が殺しあっているいまの世にあって、あのかただけは、人を生かそうとなさっている、と感じました。秋に、またいらっしゃるでしょう」

と、いった。

——三顧《さんこ》があるのか。

上からさずけられるものを、三度辞退するのが下の者の礼ではあるが、三度の訪問とは貴人の礼としては最上であり、それを避けるのは非礼である。劉備に仕えたくないのであれば、そ

のときそこで、はっきりというべきである。

——亮よ、どうするか。

自分の胸の深いところに問うた諸葛亮は、単騎で下山して、僕佐《ぼくさ》に会い、かれが知っているかぎりの情報を与えてもらった。それを秋までに三回くりかえした。

はたして秋に、劉備は来訪した。

人払いをした室内で諸葛亮は劉備と対面した。

——耳が大きく、腕が長い。

それが劉備の特徴である。が、容姿から奇異な感じをうけなかった。ここに三度もきたという怨《うら》みがましい色をださず、三度目にようやく会えたという喜びもみせず、自然体であった。

——たいしたものだな。

生死の境を踏破《とうは》してきた人の静けさとは、こういうものか、と諸葛亮は感心しつつ、ふと叔父《おじ》を憶《おも》いだした。

劉備は口をひらいた。

「いまや漢室《かん》は傾頽《けいたい》し、姦臣《かんしん》が天子の命令を盗み、主上《しゅじょう》は都から許《きょ》県に移されて押し込められている。われは自分の徳の小ささ、力のなさをかえりみず、大義を天下に示そうとした。ところが智慧《ちえ》も戦術も浅はかで、姦臣をのさばらすだけで、今日に至ってしまった。しかしながら、志《こころざし》はいまなお已《や》んではいない。さて、そこで、君からどのような大計がでるであろうか、きかせてもらいたい」

劉備がいった姦臣とは、いうまでもなく曹操を指している。曹操が天子《てんし》である献《けん》帝にかわって天下に命令をくだしているのは、まぎれもない現実である。

劉備に問われた諸葛亮が披露《ひろう》した答えは、

「天下三分《さんぶん》の計《けい》」

として、後世有名になった、天下を三つに分けて、曹操、孫権《そんけん》、劉備がそれぞれそのひとつを保つというものである。しかし諸葛亮の構想はそういう常識的なものではなく、その三国鼎《てい》立《りつ》は、

「天下平定」

のための前提《ぜんてい》にすぎなかったであろう。

いまの曹操は袁紹《えんしょう》の子である袁尚《えんしょう》と袁熙《えんき》を、北の幽《ゆう》州まで追っている。たぶんその大遠征は成功するであろう。すると曹操に敵対する勢力は、天下の北半分からは消える。そうなったときに、曹操の命令がとどかないのは、孫権の勢力圏、劉表の荊州と劉璋《りゅうしょう》の益《えき》州だけとなる。

孫権の兄の孫策《そんさく》は、七年まえ、官渡の戦いがはじまるまえに、暗殺された。そのとき十九歳であった孫権は、兄の重臣に支えられるかたちで、覇業《はぎょう》を継続し、破綻《はたん》をみせなかった。その威勢は、いまや荊州に迫りつつある。

諸葛亮はその両者に劉備が立ち向かうのは得策ではないと考え、荊州と益州に着目した。

「荊州は広大な沃土《よくど》にめぐまれ、東は呉《ご》、西は益州と境を接しています。まさに天下制覇の拠点となるべきところです。ところが、宗主である荊州牧はこの州を守ることができません。すなわち天が、将軍に荊州をさずけて、資《たす》けてくれているのです。将軍には、天がさずけてくれるものを、受ける意があるでしょうか」

大胆な発言である。劉表ではこの州を守りきれない、と諸葛亮はここではじめて断言した。

劉備は返辞《へんじ》をしなかった。

ついで諸葛亮は益州と劉璋について述べた。

「益州は天然の要害《ようがい》にかこまれた地で、沃野千里《よくやせんり》の天府《てんぷ》の地です。漢《かん》の高祖《こうそ》はその地から起《た》って、帝業を成されました。ところが益州牧の劉璋は闇弱《あんじゃく》であり、益州の北にいる張魯《ちょうろ》を排除できないでいます。民は殷《さか》んで国は富んでいるのに、劉璋は民に恩恵をほどこすことを知らないのです。智能のある人々は、明君を得たいとおもっているのです」

すなわち、劉備にとって、曹操と戦うことはあとでよく、荊州と益州を得ることがさきである、と諸葛亮は説《と》いた。

劉備はただ黙然《もくぜん》ときいている。胸中にひろがるおどろきは、小さいものではない。

さいごに諸葛亮は大計の綱要《こうよう》をはっきりと示した。

「将軍が荊州と益州を跨《また》いで所有したあと、呉の孫権とは友好な関係を結ぶのです。それから天下に変事が生じたときに、上将に荊州の兵を率いて、宛《えん》県や洛陽《らくよう》にむかわせ、将軍自身は益州の軍を率いて秦川《しんせん》に出撃すれば、いま曹操に従っている人々も、かならず将軍を歓迎するでしょう。まことにそのようになれば、霸業は成就《じょうじゅ》し、漢室は復興するのです」

劉備がもっとも信頼している将に洛陽のあたりを攻めさせ、劉備自身が長安《ちょうあん》を中心とする関《かん》中《ちゅう》を制圧する。秦川とは単なる川の名ではあるまい。

この計策《けいさく》に従って劉備が天下の三分の二を得れば、おのずと孫権は劉備に順服するので、天下平定が成る。

「天下に変事が生じたとき」

というのは、献帝が曹操を誅殺《ちゅうさつ》したとき、あるいは、曹操が献帝を暗殺したとき、を想定している。献帝は曹操に迎えられて王朝を再開したものの、まったく無力であり、それを憐《あわ》れむ献帝の側近が曹操を誅すべく、あれこれ画策《かくさく》したことがある。その画策の内容を曹操が知って《ころ》も、献帝を帝位からひきずりおろすことをしなかったが、その種の陰謀がたびかさなれば、曹操の怒りが爆発することもありうる。どちらの場合も、劉備が天下平定に撃ってでる好機であり、そのときに至るまでの道順を、諸葛亮は整然と説明した。

ここまで口をつぐんでいた劉備は、それ以上の説述《せつじゅつ》を求めず、

「善《よ》いかな」

とだけいった。

「では、諸葛亮は、ただいまから将軍にお仕えします。わたしには弟がひとりと従者がふたりいます。妻はしばらく実家であずかってもらいます」

今日をかぎりにこの家を棄《す》てるという諸葛亮の決断こそ、義侠で名を売ってきた劉備の意にかなうものであった。劉備自身、昔、幽州にあって義勇兵に応募した時点で、実家を棄てた。棄てなければ大きなものは得られないということを、この孔明という少壮《しょうそう》の男はわかっている、と劉備は確信した。

苦難の道

劉備《りゅうび》は口数のすくない人であるのに、ぞんがい名言があり、

「水魚《すいぎょ》の交わり」

も、そのひとつである。

諸葛亮《しょかつりょう》が隆中《りゅうちゅう》の茅屋《ぼうおく》をでて、新野《しんや》の駐屯地へ移ってから、劉備は諸葛亮と話す時間を徐々《じょじょ》にふやし、密接度を増した。できるかぎり劉備から離れないようにしてきたのは関羽《かんう》や張飛《ちょうひ》だけではない。ほかの主従とちがって、劉備と従者はかなり親密なのである。ところが諸葛亮がはいってきたことによって、従者は微妙に距離感をおぼえた。関羽と張飛はあからさまに不満顔をみせた。

それに気づいた劉備はかれらをこう諭《さと》した。

「わたしに孔明《こうめい》が必要なのは、なお魚に水が必要であるようなものである。どうか諸君はまた不平をいわないでほしい」

これ以後、関羽と張飛は不平をいわなくなったのであるから、ふしぎな主従である。

この年、劉備の周辺はちょっとした喜びに沸いた。

いまや劉備の第一夫人となった甘《かん》夫人が、男子を出産したのである。かつて劉備が徐州牧《じょぼく》の陶謙《とうけん》を救援したとき、感激した陶謙は劉備を豫《よ》州刺史《しし》にすべく上表《じょうひょう》をおこなった。そこで劉備は豫州の小沛《しょうはい》に駐屯することになり、甘夫人をみつけて妾《しょう》とした。つまりそのとき劉備には正室があり嗣子《しし》もいたのである。ところがその後の東奔西走のあいだに劉備の妻子は喪《うしな》われた。甘夫人も劉備とともに東奔西走したのである。荊《けい》州に到った劉備を追ってきた甘夫人のたくましさを想《おも》うべきである。劉備という人は自分の妻子を保護するような気づかいをいっさいみせない。それがわかっていれば、甘夫人は自力で、しかも素足《すあし》で、棘《いばら》の道を走ってきたようなものである。

ここにきて、ようやく劉備にいたわってもらったといってよい。生まれた男子は、

「禅《ぜん》」

と、命名《めいめい》された。幼名は、阿斗《あと》である。

すでに四、五人の子をもっていてもおかしくない劉備に、ようやくあとつぎが生まれたことについて、徐庶《じょしょ》は、

「どうおもいますか」

と、先輩らしくなく丁寧《ていねい》な口調で、諸葛亮に問うた。

ずいぶんまえから、徐庶は諸葛亮にたいして、

——この人は特別である。

という意識をもつようになった。

荊州の三名士といってよい龐徳公《ほうとくこう》、司馬徽《しばき》、黄承彦《こうしょうげん》がそろって諸葛亮を特別視したことは、尋常な事実ではなく、おそらく三人は、

——諸葛亮は大事業を成す。

と、観《み》たにちがいない。徐庶にはそれがわかり、おなじように諸葛亮を特別な存在とみなすようになった。だが、その特別な存在は、山中に隠棲《いんせい》してしまった。それはどうみても、龐徳公の模倣《もほう》であり、若い名士の気どりであったが、その隠棲が五年以上もすぎると、

——諸葛亮はほんとうに世を捨てたのだ。

と、意外さをおぼえると同時に、残念がった。ところが司馬徽から臥龍《がりょう》の存在を教えられた劉備が、隆中までみずから往き、諸葛亮に出廬《しゅつろ》をうながそうとしたが、空手《からて》で帰ってきた。それをみた徐庶は、

——諸葛亮にかわされたな。

と、感じた。劉備は諸葛亮を下山させるどころか、会うこともできなかった。劉備は婉曲《えんきょく》に面会を謝絶されたのである。ところが劉備は三顧《さんこ》の礼《れい》を尽くして、難物というべき諸葛亮を獲得するという放《はな》れ業《わざ》をやってのけた。その劉備の謙虚さにおどろかされたが、諸葛亮が隠棲す

るという覚悟と山中での歳月を棄《す》ててまで、劉備に仕えた決断には悲愴《ひそう》なものさえある。たしかに徐庶と諸葛亮はともに劉備に仕えたかたちにはなっているが、諸葛亮は劉備にいのちをあずけたのであり、徐庶にはそこまでの自覚はない。

劉備がいまごろ嗣子《しし》を得たことについて、諸葛亮は、

「将軍には、最初から、所有という思想がないのです。ゆえに子を得るに、早いも遅いもない。もっといえば、子はなくてもよい」

と、いった。

「なるほど、そう観ますか」

「生まれた子に、禅、という名をつけた」

「あっ、そうか……。禅は、天子が天下を治めるしるしとしておこなう山川《さんせん》の神への祭りですが、ゆずる、という意味もある。禅譲《ぜんじょう》とは、天子の位を有徳者《ゆうとく》にゆずることですからね」

「たとえ将軍が天下を取ったとしても――」

この諸葛亮のことばを、うなずいた徐庶が継《つ》いだ。

「取った天下を、自分の子には与えず、たれかにやってしまう」

「そうです。禅という命名《めいめい》には、そういう意志がひそんでいます。将軍は有形である物を所有しないがゆえに、無形の巨《おお》きなものを所有しようとしている。それがわかるのは、われらのほかに二、三人いるかどうか――。しかしながら、将軍に従う者、慕《した》う者が、いつまで空拳《くうけん》を喜

ぶでしょうか。将軍とともにすすんでゆく前途に、軽裘肥馬《けいきゅうひば》の身分となる自身を画《か》いている者はすくなくありません。そろそろ将軍には、かれらの夢をこわさないような生きかたをしてもらわなければ、寄ってくる者はすくなく、去ってゆく者がふえるばかりとなります」

「まさしく――」

徐庶はここで諸葛亮の意志と合致する手ごたえを感じた。

――劉備に荊州を取らせる。

うすぎたない策略などをめぐらさなくても、おのずと荊州が劉備の手中に斂《おさ》まる状況になりつつある、と徐庶は感じている。

「劉琦《りゅうき》どのが将軍に接近しようとこころみたはずですが……」

「さすがは、孔明、いま将軍に劉表《りゅうひょう》家の後継争いに踏み込ませたくないので、劉琦どのを避けてもらっている」

「それでよろしいのです」

よけいな仲介は大けがのもとである、と諸葛亮はおもっている。

この年の末に、襄陽《じょうよう》で大きな宴会があり、劉備は数人の重臣とともに招待された。諸葛亮が劉備に臣従したことは襄陽で話題にのぼったらしく、劉備に随従《ずいじゅう》した長身の容姿は注目された。

宴会場の入り口に立っていた龐統《ほうとう》が、さりげなく諸葛亮に近づいて、耳もとで、

「兄上は、孫仲謀《そんちゅうぼう》に仕えていますぞ」

と、ささやき、すばやく遠ざかった。

――兄は死ななかった。

それどころか、徐州をでて呉《ご》郡へ渡り、孫権《そんけん》に仕えたのだ。たぶん継母《けいぼ》もいっしょであろう。この報《しら》せは、諸葛亮の胸をかぎりなく晴れやかにした。ここまで胸にもたれかかっていた重い懸念《けねん》が消えたのである。

諸葛亮はこの宴で、劉表とその家族をはじめて視《み》た。

長男の劉琦は父に肖《に》て、体格にすぐれている。が、どこか暗いという印象で、その点、次男の劉琮《りゅうそう》のほうが容貌《ようぼう》に明るさがあった。ただしふたりから非凡さは感じなかった。この広大で豊かな荊州を父からうけついで守りぬいてゆくには、いかにも器量が不足している。

劉琮を輔佐《ほさ》している者たちは、劉琦に後継者の席を与えないようにひそかに画策しているようであるが、かれらが必要以上に警戒しているのが、劉備の存在であるという。

しかし、どれほど警戒しても、荊州防衛という軍事面において、かならず劉備に頼らざるをえない事態が生ずる、というのが諸葛亮の見解である。

宴が酣《たけなわ》になると、劉琦は席をたって劉備に酒を注《つ》ぎにきた。あえて劉備との親しさを弟にみせつけようとしたのであろう。が、劉備も動き、劉表のもとへゆき雑談をはじめた。そこで劉琦は諸葛亮に目をむけて、

「どうだ、孔明どの、われは浅学《せんがく》ゆえ、諸賢《しょけん》から教えをうけねばならない、あなたも東宮《とうきゅう》にき

てわれを教えてくれまいか」

と、いった。

わずかにあとじさりをした諸葛亮は、

「わたしは新野の駐屯地で軍の事務をしているにすぎません。なんであなたさまをお教えできましょうか」

と、いい、劉備にことわって、さきに新野に帰った。

翌年の早春にも、似たようなことがあり、諸葛亮は遁辞《とんじ》をかまえて劉琦の接近をかわした。

この春には、劉表のもとに凶報がとどけられた。江夏《こうか》郡を守っていた黄祖《こうそ》が、孫権の属将である呂蒙《りょもう》に討たれ、黄祖の下にいた男女数万人が捕虜として奪われたとのことであった。まえに書いたように、孫権の父の孫堅《そんけん》を討ったのは黄祖であり、以来、黄祖は孫策《そんさく》・孫権兄弟に父の仇《あだ》として狙われ、ついに復讎《ふくしゅう》されたということになる。

「黄祖が死んだか……」

劉表は力を落とした。もっとも信頼してきた将が、黄祖であるといってよい。

気晴らしのためであろうか、劉表は三月に宴を催し、またしても劉備と重臣を招いた。

宴会場は室内ではなく、晩春の風がゆるくながれる庭園であった。この宴の優雅さは、劉表の余裕とみることもできるが、江夏郡が孫権軍に侵された事実を想《おも》えば、危機意識に欠けているといったほうがよいであろう。

庭園にはいった劉備は、遠くないところにいる劉琦をみつけて、すぐに諸葛亮に顔をむけると、

「わずらわしいであろうが、わずかな時間でかまわぬ。東宮どのにつきあってやってくれ」

と、苦笑をまじえていった。君主の太子は東宮に住むものであり、劉琦があいかわらずそこに住んでいるかぎり、かたちとしては劉表の後嗣《こうし》である。

「承知しました」

劉琦は諸葛亮に逃げられないように先手を打ったにちがいない。それだけ劉琦は苦しい立場に追い込まれている、とみるべきであろう。

笑貌《しょうぼう》をみせて劉琦が近づいてきた。目礼した諸葛亮は黙って劉琦に随《したが》った。劉琦は庭内をよく知っており、人のすくない裏庭へまわった。

――ほう、こんなところに。

諸葛亮はなかば翳《かげ》っている高楼《こうろう》を観《み》た。

高楼には梯子《はしご》がかけられている。劉琦は諸葛亮をいざないつつ、楼上にのぼった。

「余人にじゃまされぬ席よ」

と、愉《たの》しげにいった劉琦は、諸葛亮をもてなし、酒肴《しゅこう》を楽しんだ。そのあいだに、劉琦の従者が物音を立てずに梯子をとりはずした。

膳《ぜん》をわきに置いた劉琦は、表情をあらためて、諸葛亮をみつめた。

「いまここは、上は天に至らないし、下は地に至らない。言はあなたの口からでて、わたしの耳にはいるだけである。これでも、なにかいってもらえませんか」

劉琦は、劉備の従者のなかで、ほんとうの智慧《ちえ》をもっているのは諸葛亮だけだとみてきた。自分の立場のきわどさを自覚している劉琦は、おざなりではない助言を欲している。

「あなたさまはご存じではありませんか。中生《しんせい》は内に在《あ》ったがゆえに危《あやう》く、重耳《ちょうじ》は外に在ったがゆえに安全であったことを」

これだけが、諸葛亮の助言である。

——おう、そうであった。

愚蒙《ぐもう》というわけではない劉琦は、その意味をさとったのである。

荊州は『春秋左氏伝《しゅんじゅうさしでん》』が必読の書物といってよい文化の基盤《きばん》のすえかたをしている。

中生と重耳は、この『春秋左氏伝』だけではなく、司馬遷《しばせん》の『史記《しき》』にもその名があらわれている。

中生と重耳が生きていたのは、春秋時代であり、霸者の時代ともよばれる。諸侯の盟主が霸者であり、周《しゅう》王にかわって、天下を運営していた時代である。霸者のなかで特に有名であったのが、

「斉桓晋文《せいかんしんぶん》」

というふたりの君主であった。

斉桓とは、斉国の桓公であり、晋文とは、晋国の文公であった。後者の晋文こそ、重耳なのである。

晋の君主が献《けん》公であったころ、申生はその長男として生まれた。重耳は次男である。太子となった申生は孝子としても有名で、晋国の公室にはなんの問題も生じなかった。ところが献公が遠征によって美女を獲《え》てから、公室内にねじれが生ずるようになった。献公は美女に産ませた子に国を継がせたくなり、申生をじゃまもの扱いにした。重臣たちは申生を救うべく、国外にでるように勧《すす》めたが、申生は、老いた父を棄てるようなことはできない、といい、国内にとどまりつづけて、ついに自殺した。

重耳も殺されそうになったが、国外へ脱出した。それから十九年、他国をさすらうことになったが、奇蹟的に帰国できただけではなく、君主の位に即《つ》き、さらに晋を雄国《ゆうこく》に発展させて諸侯の盟主となった。

劉表の家にも、ねじれが生じている。劉表の継妻《けいさい》となった蔡《さい》夫人が、次男の劉琮をかわいがり、長男の劉琦を後継の席からはずそうとしている。この状況での対策に苦慮《くりょ》していた劉琦は諸葛亮から重耳、といわれて、

——なるほど、逃げるが勝ちか。

と、ひらめいた。

楼上での密談は、迷昧《めいまい》にあった劉琦を覚醒《かくせい》させたといってよい。

この日から数日後、劉琦は父の劉表に会い、

「黄祖を失った江夏郡は、このままでは孫権に奪われてしまいます。どうかわたしに江夏郡を賜《たま》い、東からくる敵の禦《ふせ》ぎをやらせていただきたい」

と、訴えて許可された。

劉琦は襄陽を去った。

はっきりいって諸葛亮は、その悩める長男を救った。単純な処方《しょほう》であった。しかしながらその単純な処方が、権力図のなかに置かれると、ずいぶんちがう色あいを発揮した。

劉琦の弟である劉琮を支持する側に立ってみればよい。難癖《なんくせ》をつけてでも貶降《へんこう》させたい劉琦が、突然、相続権を放棄したように劉表と劉琮のもとから去ってくれた。そうさせたのが、劉備の智慧袋といってよい諸葛亮であるとわかれば、劉琮を奉戴《ほうたい》する最大の族である蔡《さい》氏は、これまで劉備にむけてきた警戒感をとりさげたであろう。

劉表の周辺はそういうおさまりかたをしたにちがいないが、荊州全体からその珍事をみたらどうであろう。

劉表の長男は、落度《おちど》もないのに、江夏へ左遷《させん》された。これでは冀《き》州の袁紹《えんしょう》家とまったくおなじで、正しい後継がおこなわれるはずがない。心ある者は、その曲撓《きょくどう》を匡《ただ》さねばならない。南《なん》郡の劉琮と江夏郡の劉琦がどうしても争うことになり、荊州は二分される。

新野にいて、劉琦が江夏へむかったと知った徐庶は、諸葛亮の顔をながめながら、

――この男の積善《せきぜん》は、積悪《せきあく》にもなりうる。

と、痛感した。

政治あるいは外交上の妙手とは、つねにそういうものであろう。諸葛亮は苦しむ劉琦のためをおもって、さりげなく策を献じた。だがその策の背後には、今後の劉備のためをおもって、という諸葛亮の意図《いと》がかくされている。徐庶にはそれがわかる。極端なことをいえば、荊州すべてが、諸葛亮の掌《たなごころ》の上に載《の》りつつある。

が、当の諸葛亮はすずしい顔で事務をおこなっている。

――孔明は、善人か悪人か、わからぬ。

徐庶は多少の妬心《としん》をおぼえつつ、軽く諸葛亮を睨《にら》んだ。

しかし天下の情勢とは、諸葛亮と徐庶の計算の下におさまるというものではない。

劉表が罹病《りびょう》して起《た》てなくなると、ほぼ同時に、曹操が荊州征伐を計画した。ふしぎな符合《ふごう》といってよい。

初秋、病の篤《あつ》くなった劉表は劉備を枕頭《ちんとう》に招き、

「樊《はん》城にはいるように――」

と、細い声でいった。樊城は漢水《かんすい》をはさんで襄陽の北にある城である。劉表はおのれが死ねば、かならず曹操は軍旅《ぐんりょ》を催《もよお》して荊州を北から侵す。その侵略軍を樊城で阻止して、襄陽を護《まも》

ってくれ、と劉備にたのんだのである。

「うけたまわりました」

劉備はそう答えたものの、じつは戦いかたとしては、野天《のてん》での駆《か》け引《ひ》きを好み、籠城《ろうじょう》戦は得意ではない。しかしこの移動は劉表の命令といってよいので、新野にもどった劉備は、駐屯地にいる兵に、

「樊城へ移るぞ。ここにもどってくることはあるまい」

と、いい、移転の準備をおこなわせた。

この遷徙《せんし》のさなかに八月となり、劉備の下にいる兵卒まで樊城内におさまった直後に、訃報《ふほう》がとどけられた。

「景升《けいしょう》どのが逝去《せいきょ》なさった。弔問《ちょうもん》に往ってくる」

すばやく劉備が立ったので、諸葛亮は徐庶に目をむけて、

「たのむ」

と、目つきでいった。徐庶に随従をたのんだのである。劉備に従って襄陽へ往ったのは、関羽、張飛、簡雍《かんよう》、孫乾《そんけん》であり、それに徐庶が加わった。重臣のなかでも、趙雲《ちょううん》、麋竺《びじく》などが樊城に残った。

諸葛亮はそれらの臣をながめたあと、軽く嘆息した。それから岱《たい》、斉方《せいほう》、均《きん》の三人を小部屋にいれて密語《みつご》をはじめた。

「劉将軍が小細工を好まれぬので、ここにはこまかな方策を立てる人がいない。豫章《よしょう》にいた郡《ぐん》丞《じょう》のように諜報《ちょうほう》を監督する人もいない。すると敵に偽《にせ》の情報をながされても、真偽《しんぎ》をみきわめられないので、劉将軍をはじめ、われらはやすやすとひっかかってしまう。そこで小規模ながら、われら四人だけで、情報を蒐集《しゅうしゅう》したい」

まず、均を襄陽の僕佐《ぼくさ》の家へ遣《や》り、襄陽の風評を採取しつつ、異変がないか、見張ってもらう。岱と斉方は、新野より北へ行って諸県に動揺がないかをさぐってもらう。

「それでは――」

と、三人が発《た》ったあと、独《ひと》り小部屋に残った諸葛亮は、牖《まど》から仲秋の天空を瞻《み》た。

――あの郡丞は、どうしたであろうか。

叔父《おじ》が豫章郡をあとにしたとき、郡丞は袁術《えんじゅつ》のもとにもどった。そのころの袁術は、得意《とくい》の絶頂で、天子を自称した。しかしながら、袁術はおのれの支配圏で生産力を高めるという配慮も努力もせず、つねに他人の豊かさを奪うことしか考えなかったため、ついに窮《きゅう》し、兵士たちは逃亡した。自立できなくなった袁術は、帝号を袁紹《えんしょう》にささげて救済《きゅうさい》してもらおうと動いたが、この動きは曹操に察知されて、北へゆくことができなくなり、寿春《じゅしゅん》へ引き返した。

江亭《こうてい》に到った袁術は、床に坐《すわ》りこむと、

「袁術ともあろう者が、ここまで落ちぶれたのか」

と、嘆き、ついに病んで血を吐いて死んだ。

それから九年が経《た》っている。

袁術は名声を誇り、奇矯《ききょう》を好み、傲慢《ごうまん》でわがままであったにせよ、郡丞は袁術を見限って離《り》反《はん》しなかったのではないか。袁術の死後に、かれはどこへ行ったか。袁術に子がいたのであれば、その子を護《まも》ってとどまったにちがいない。

——やはり、あの人は、荊州にはこないのか……。

いつか郡丞はここ荊州へ、というより、自分のもとにきてくれるのではないかという淡い期待をもちつづけてきた諸葛亮であるが、こうして冷静に考えてみると、再会はけっしてありえない、とわかった。

再会といえば、兄の瑾《きん》が孫権に仕えていることを龐統からおしえられたので、こちらの再会はありうる。劉表の荊州と孫権の揚《よう》州は敵対しているとはいえ、多少の交流があるのだろう。

諸葛亮は城内を見廻《みまわ》った。

南昌《なんしょう》での籠城《ろうじょう》戦では兵糧《ひょうろう》が尽きて西《せい》城へ退去せざるをえなかった。苦《にが》い記憶である。米廩《べいりん》にはいった。米は、充分《じゅうぶん》な量がある。

——百日は堪《た》えられる。

劉表の死を九月のはじめに知るであろう曹操が、遠征軍をととのえるのは十月になろう。すると樊城が曹操軍の猛攻をうけるのは十一月か。諸葛亮はそう予想した。

ところが、曹操はすでに七月に、荊州攻略のための軍を発していた。

逃げる袁紹の子を追うかたちで北伐《ほくばつ》を成功させ、正月に本拠の鄴県《ぎょう》（冀州魏郡《きぎ》）に帰還した曹操は、

「つぎは荊州か」

と、つぶやき、広大な玄武池《げんぶ》を造り、そこに軍船を浮かべて、水軍の訓練をおこなった。夏までそれをつづけたということである。なお六月に、曹操はみずから、

「丞相《じょうしょう》」

と、なった。朝廷では三公《こう》とよばれる三人が皇帝を輔弼《ほひつ》して政治をおこなうのが伝統的な形体であるが、曹操は三公を廃止し、三公の権能を丞相に集約させた。

「これでよし、でよう」

半年間ほど水軍を鍛《きた》えた曹操は、南征のために鄴県をでた。劉表が重態であることを知っての出発ではない。これから劉表と戦うことを想定し、

――荊州を平定するには、二、三年はかかろう。

と、征途では考えていた。

この南征軍は、八月に、荊州の境を越えた。だが、劉表の死が秘されているので、曹操は劉表の命令で荊州軍が北上してくるものだとおもい、用心深く軍をすすめた。

曹操軍は宛県《えん》に到着した。

――静かすぎる。

それを異様と感じた曹操は、しばらく軍をとどめて、襄陽のでかたをうかがうとともに、その内情を調べさせた。

このとき諸葛亮にいいつけられて北へ北へと馬をすすめてきた岱と斉方は、曹操軍を発見して、仰天《ぎょうてん》した。

——こんな奇妙なことがあろうか。

曹操軍が南陽《なんよう》郡の中心まで進攻しているのに、どこからも戦闘の音がきこえない。岱と斉方は首をかしげた。

「まさかとはおもうが、劉《りゅう》将軍は襄陽のやつらに売られたのではないか」

と、岱は眉《まゆ》を逆立《さかだ》てた。

「そうであっても、曹操軍は駐留している。まだ、まにあう」

斉方は馬首をめぐらせた。ふたりは昼夜兼行《けんこう》で樊城にもどり、曹操軍が宛に到着していることを、荒い息で諸葛亮に告げた。

「まことか——」

これが想定外の報告であっても、諸葛亮はあえてふたりに問わなかった。岱と斉方がそろって曹操軍を見誤《みあやま》るはずがない。曹操軍が宛県まで到っていることを、襄陽の主従が知らぬはずはないのに、なぜ劉備に知らせないのか。曹操軍を樊城で迎え撃つのは劉備なのである。

報告を終えても岱と斉方はすぐに立ち去らず、

「襄陽は劉将軍を売るつもりですよ」

と、口をそろえていった。それが事実であれば、襄陽にいる劉琮と輔佐《ほさ》の臣は、卑劣《ひれつ》なことをたくらんだことになる。

――襄陽にさぐりをいれるしかない。

州府に龐統がいるので、斉方を接触させることにした。が、斉方はすぐに引き返してきた。

「だめです。城内にはいれません」

ますます怪しいというしかない。こうなったら義父の黄承彦に動いてもらうしかない、とおもった諸葛亮のもとに、密書がとどけられた。龐統が族人をつかって、襄陽の内情をおしえてくれた。

劉表の病室は、内も外も、次男の劉琮を奉戴《ほうたい》する者しかおらず、たとえ劉表が薨《こう》ずる直前に、長男の劉琦にあとを継がせたいといっても、その遺言《ゆいごん》は病室の外に洩《も》れることはないので、劉琮が荊州牧となった。劉琮は重臣たちと長い密議をおこない、曹操とは戦わないと決し、いま降伏の使者が襄陽を発《た》った。そちらには伝達があったとおもうが、もしやと心配して、急報をとどけたしだいである。

「一日遅れたか」

と、叫んだ諸葛亮は城内を趨《はし》り、劉備の政務室に飛び込んだ。

「将軍、われらは襄陽にあざむかれました。ここは、すでに危地《きち》です」

南下してくる曹操軍を迎え撃つために、樊城と襄陽がたてに並んでいる。樊城が先陣のようなものである。ところが本陣である襄陽が、黙って曹操軍に通じようとしている。それに気づかなければ、劉備は挟撃《きょうげき》されて首だけが曹操の眼下にすえられることになろう。

「孺子《じゅし》め——」

と、劉琮をののしった劉備は、めずらしく嚇怒《かくど》した。劉表の遺志《いし》に、曹操に全面降伏などという、なさけない軍機《ぐんき》があったとはおもわれない。

荊州全体が曹操に降伏したなかで、劉備ひとりが曹操に降伏できない過去のいきさつをかかえて、さからいつづけなければならない。

「手の者が観《み》た曹操軍は、宛《えん》にとどまっておりましたが、すでに宛をでて南下していると想《おも》うべきです。わたしは一日遅れたと感じています。どうか、いますぐ樊城をでて、江陵《こうりょう》をめざしていただきたい。江陵には武器と兵糧《ひょうろう》が豊富にあるとのことです」

と、諸葛亮は劉備に進言した。

劉備は危難を察知する能力が高い。妻子と従者を放擲《ほうてき》し、身ひとつで逃げたことが、二度ほどある。ここでも、

——かなり、危うい。

と、すぐに感じ、

「江陵へ——」

と、みじかく指図を与えただけで樊城をでた。ほどなく襄陽の城の近くを通ることになった。劉備の性格がわかっているつもりの諸葛亮であるが、あえて、

「いま、劉琮を攻めれば、荊州を得られます」

と、いってみた。

劉備のことばは短かった。

「忍《しの》びぬ」

それだけであった。劉備は樊城を立ち退くことを告げるためであろう、使者に城門をたたかせた。が、劉備を恐れる劉琮は起《た》てなかった。肝心なところで礼儀を示せない劉琮は、やはり暗弱《あんじゃく》の人といってよいであろう。

「では、往こう」

虚《むな》しさをおぼえた劉備は、まなざしを南へむけた。またしても苦難の道に踏みだしたようなものであった。しかし珍現象が生じていた。劉備が樊城をでて南下することを、いつ、どのように知ったのか、庶民が兵の左右やうしろを歩きはじめた。時が経《た》てば経つほどそういう民の数が増えた。諸葛亮とならんで馬をすすめている徐庶は、ときどきふりかえり、

「これは、これは――」

と、驚嘆した。劉備に従おうとする民はついに十万余となり、食料や衣類などを運ぶ輜重《しちょう》は数千両もあった。大群衆の移動となっては、一日に十余里しかすすめなくなった。

——陸路だけでは、はかどらない。

と、みた劉備は、関羽を呼び、

「船の都合《つごう》をつけてくれ。江陵で会おう」

と、いった。

劉備はいそがなかった。というより、いそげなかった。十万をこえる民衆が劉備を慕《した》って歩いているのである。かれらを置き去りにして、遁走《とんそう》できるはずがない。

後漢《ごかん》時代の一里は、いまの四一五メートルにあたる。つまり十余里は、五キロメートルを想《おも》えばよい。古昔《こせき》、軍は一日に三十里すすむといわれている。道路が整備されている南陽《なんよう》郡と南郡では、軍のすすみはさらに速いであろう。

曹操軍が追ってきていると気が気でない者は、劉備に訴えるようにいった。

「どうか速く行かれて、江陵を確保なさるべきです。いま大衆を擁《よう》しておられますが、甲《よろい》をつけている者はすくないのです。もしも曹公の兵が到れば、どのように拒《ふせ》がれるのですか」

この質問者は、劉備の本質を理解していない荊州人であろう。これまで劉備は利害関係を見定めて進路を決めたことはほとんどない。

——利を求めて動けば、害に遭《あ》う。

おそらく劉備の思想の一部はそういうものであろう。江陵にむかっていそげば、いかにも安全のようにみえるが、安全にみえた道が危険な道に急変することもしばしばある。

このとき劉備は、こうさとした。

「大事を成すには、かならず人を本《もと》とする。いま人はわれに帰属している。その人を見棄《みす》ててよいものであろうか」

劉備は民衆とともにゆっくり南下をつづけた。

このときすでに曹操は猛追を開始していた。新野に到って劉琮の降伏を容《い》れた曹操は、

「江陵を劉備にとられるとやっかいです」

という左右の声をきくと、輜重を後方に放置し、軍を身軽にして襄陽に急行した。が、とうに劉備が襄陽をすぎたと知った曹操は、精鋭の騎兵だけを率いて急追した。この五千の騎兵集団は、一昼夜で、三百余里もすすんだといわれる。

ついに当陽《とうよう》県の長坂《ちょうはん》（長阪）で、群衆は曹操の騎兵隊に追いつかれた。人々は悲鳴をあげて逃げまどった。つぎつぎに民は曹操の兵に捕らえられてゆく。その捕縛《ほばく》された多数のなかに、母の姿をみた徐庶はたまらず劉備に別れを告げた。

徐庶は自分の胸をゆびさして、

「もともと将軍とともに王霸《おうは》の業《ぎょう》を図《はか》ろうとしていたのは、この一寸四方の地でした。いまわたしは老母を曹操軍に奪われ、一寸四方は乱れております。将軍の事業のお役には立ちません。ここでお別れさせてもらいます」

と、いい、劉備にむかって一礼して去った。徐庶がいった一寸四方とは、自分の胸あるいは

心のことである。

このあと曹操軍に投降したかたちの徐庶は、母をもらいうけ、学友で親友でもある石韜《せきとう》とともに潁川《えいせん》郡へ帰った。それから曹操に仕え、右中郎将《ゆうちゅうろうしょう》、御史中丞《ぎょしちゅうじょう》まで昇った。石韜はといえば、郡の太守《たいしゅ》と典農校尉《てんのうこうい》を歴任した。

おそらく徐庶は、諸葛亮が劉備に臣従し、絶大に信用されるのをみて、おのれの居場所がせまくなったことを感じ、

「北へ帰るべきだろうか」

と、石韜とひそかに話しあっていたと想《おも》われる。母が曹操軍に捕らわれたとしたのは、北へ帰るための口実にすぎないであろう。長坂における民衆と劉備の兵の乱れを目撃した徐庶は、劉備の前途に暗さしかないとみきわめて、去ったといってよい。徐庶の義侠《ぎきょう》心が利害に左右されたのは、残念というしかない。

徐庶とおなじように、馬首を北へむけた者がいた。趙雲《ちょううん》である。

「子龍《しりょう》が裏切ったぞ」

この罵声《ばせい》を背できいた趙雲は、大混乱の群衆のなかに馬を乗り入れ、曹操軍の騎兵をはねのけ、棄《す》てられていた二歳の阿斗をみつけた。さらに生母である甘夫人をも助けて、逃走する劉備に追いつくという放《はな》れ業《わざ》をやってのけた。

——南へ逃げれば、捕獲される。

そう予想した劉備は、逃走路を変えた。東へ走ったのである。従う騎馬は数十しかおらず、そのなかに諸葛亮もいる。

いや、劉備の臣下でもなく、荊州人でもない男が、劉備を先導するように馬を走らせている。いかにも豪快《ごうかい》そうなこの男は、魯粛《ろしゅく》（あざなは子敬《しけい》）といい、徐州下邳《かひ》国の東城《とうじょう》県の出身で、孫権の腹心である。

かれは劉表の死を知り、弔問《ちょうもん》のために襄陽へ往く途中で劉備に会ったのである。

赤壁《せきへき》の戦い

劉備《りゅうび》と従者は、漢水《かんすい》の西岸にある漢津《かんしん》という津《みなと》に着いた。

かれらはやみくもに逃げたわけではなく、魯粛《ろしゅく》にみちびかれてここまできたのである。怪力《かいりき》の張飛《ちょうひ》が後拒《こうきょ》をおこなって、曹操軍の騎兵を阻止したせいで、敵の旗が遠くなった。劉備に従ってきた数十人は川をまえにして下馬《げば》した。まっさきに馬からおりた魯粛は、津に停泊している船をながめて、

「このくらいの数なら、わたしが全部買いましょう」

と、豪気なところをみせた。

実際、魯粛は若くして富豪になった男であり、情誼《じょうぎ》と義俠《ぎきょう》の心の篤《あつ》さから私財を手放《てばな》したものの、孫権《そんけん》に絶大に信用されるようになると、往年の富裕《ふゆう》をとりもどした。

魯粛は孫権の群臣のなかにあって、

——孫権に天下を取らせたい。

と、真に考える唯一無二《ゆいいつむに》の存在である。その構想から荊州《けい》をみたとき、劉備は一筋縄《ひとすじなわ》ではいかない武人であり、またけっして北の曹操とは和睦《わぼく》しない人物であるがゆえに、かれに劉表《りゅうひょう》のふたりの子を率いさせて、曹操と戦わせて、孫権のための楯《たて》とするのがよい。これが魯粛の発想であり、孫権のゆるしを得て、劉備を孫権にむすびつけようとして荊州にはいったのである。が、曹操の進攻が速すぎた。また劉表の次男があっさり曹操に降伏したのも、予想外であった。

——なにはともあれ、劉備を助けなければならない。

魯粛が船の調達にはしりはじめたとき、上流に船団の影が生じた。視力のよい従者が、

「あれは雲長《うんちょう》どのの船よ」

と、躍《おど》りあがり、喜びの声を放った。劉備とは途中で別れた関羽《かんう》が、船をかき集めて、漢水をくだってきたのである。その船団を看《み》た諸葛亮《しょかつりょう》は、

——主の運の強さは、いまや奇異《きい》というしかない。

と、実感した。

到着した船に乗り込むまえに、諸葛亮は魯粛に声をかけられた。

「あなたが子瑜《しゆ》どのの弟の孔明《こうめい》どのか。わたしは子瑜どのの友人です」

魯粛は闊達《かったつ》な人にみえるが、じつは冷静な観察とこまやかな心づかいのできる人で、劉備のかたわらにいる白面《はくめん》の壮士《そうし》を、容易ならぬ人物とみた。劉備の精神面を支えているのが、まだ

三十歳にならぬ諸葛という氏をもつ者だとわかり、

——あっ、子瑜どのの弟だ。

と、知った。子瑜すなわち諸葛瑾《きん》が、孫権の姉婿《むこ》にあたる弘咨《こうし》に推挙《すいきょ》されたとき、魯粛も友人の周瑜《しゅうゆ》に推薦され、ほぼ同時に孫権に仕えた。諸葛瑾二十七歳、魯粛二十九歳のときである。それから八年が経《た》っている。諸葛瑾には七歳下で叔父《おじ》とともに豫章《よしょう》郡へ渡った弟がいると知っている魯粛は、最初に諸葛亮を視《み》たときに、

——面長《おもなが》なところが、瑾どのに似ている。

と、感じた。魯粛としては、諸葛亮の心をひきつけておく必要がある。というのは、劉備に面会したとき、

「あなたさまはどこへ行かれますか」

と、問うてみたが、

「蒼梧太守《そうごたいしゅ》の呉巨《ごきょ》とは昔なじみなので、かれに身を寄せようとおもう」

と、いわれて、劉備が孫権を信じていないと察した。実際、劉備は孫堅、孫策《そんさく》という父子が容赦なく人を殺して突きすすんだような生きかたに嫌悪感をもっていた。まだ孫権は父兄ほどのあくの強さをみせていないが、血がおなじであれば似たような生きかたをするにちがいないので、孫権を頼る気が起こらなかった。しかし孫権の臣下である魯粛が、誠実で、熱意をもって、

「はっきりいって呉巨は平凡な人物です。それよりもわが主である孫氏を頼っていただきたい」

と、説《と》くのをきいて、

――孫権を頼ってみるか……。

という気になった。ただし劉備の決定が動かないものになるためには、諸葛亮の同意が要《い》る。魯粛はそうみた。

「兄は、母とともに居ますか」

諸葛亮にとって、つぎの懸念《けねん》はそれである。

「ごいっしょですよ」

魯粛はほがらかに答えた。魯粛の声は人の心を明るくする。

船は漢水をくだった。

なお、漢水は沔水《べんすい》ともよばれ、さらに下流は夏水《かすい》ともよばれる。したがって漢水が江水《こうすい》にながれこむところは、漢口《かんこう》、沔口《べんこう》のほかに夏口《かこう》とよばれる。

魯粛、劉備などが夏口に到着すると、すぐに劉琦《りゅうき》が一万余の兵を率いて、合流した。劉琦は父である劉表の死を訃《しら》せてもらえず、慍然《うんぜん》と襄陽《じょうよう》に急行して、弟を問い詰めようとしたが、曹操軍がすでに新野《しんや》に到っていることを知っておどろき、江夏《こうか》郡へ急遽《きゅうきょ》引き返した。江夏郡に曹操軍が侵入してくれば、兵を率いて江南《こうなん》へ逃避するつもりであったが、たまたまその退避路が劉備とおなじになり、夏口にとどまることにした。

夏口には魯粛専用の船が繫留《けいりゅう》されており、配下も待機している。魯粛は劉備に近づいて、

「この船に乗って、孫氏《そん》のもとへ往《ゆ》きませんか」

と、誘った。劉備は即答をさけた。

たしかに魯粛は信用できる人物ではあるが、孫権の臣下であることにかわりはない。魯粛は孫権を頼っていただきたいとすすめたが、魯粛の船に乗って孫権のもとに直行すれば、まるで孫権にいのち乞《ご》いをするようで、おもしろくない。また孫権が劉備を優遇するとはかぎらない。最悪の場合は、孫権も劉琮とおなじように曹操とは一戦もせずに降伏し、膝《ひざ》もとにいる劉備を捕らえて曹操にさしだすことである。しかし孫権のもとへ往かず、夏口にとどまっていることも、そうとうに危険である。

——どうすべきか。

劉備は諸葛亮の意見を求めた。ここで進退を誤《あやま》れば、劉備だけではなく従者のすべても死ぬことになる。

——曹操軍はすぐには夏口にこないだろう。

これが諸葛亮の予想である。劉備が漢津から船に乗って逃げたと曹操は知ったところで、劉備を追撃させることに戦略的意義をみないであろう。曹操軍にとってもっとも重要なのは、襄《じょう》陽《よう》につぐ軍事の要地である江陵《こうりょう》をおさえることである。ゆえに曹操はまっすぐに軍を南下させて江陵にはいり、荊州の動揺がしずまるのを待つであろう。夏口に軍をむけるのは、それから

である。

それでも劉備が窮地《きゅうち》に立たされていることにかわりはない。

「事態は切迫《せっぱく》しております。ご命令をいただいて、孫将軍に救援を求めたいとおもいます」

この際、たれかが孫権のもとに往かないと、孫権とのつながりは実現しない。劉備が往くのが危険であれば、諸葛亮が往くしかない。

「頼んだぞ」

この劉備の声に送られて諸葛亮は船に乗った。諸葛亮のゆくところ、かならず岱《たい》と斉方《せいほう》が属《つ》いている。

この船は江水をくだってゆくので、ずいぶん速い。鄂《がく》県をすぎると、岱と斉方は、

「まもなく下雉《かち》ですよ」

と、なつかしげに諸葛亮にいった。

西《せい》城をあとにした諸葛玄《げん》が最初に踏んだ荊州の地が下雉であった。ということは、逆に、下雉をすぎて東進すると、船は荊州をあとにして揚《よう》州にはいるということである。

船は下雉には寄らず、揚州にはいった。

「あっ、柴桑《さいそう》です」

川のほとりの県にくわしい斉方が小さく叫んだ。豫章《よしょう》太守《たいしゅ》となった諸葛玄が、はじめて豫章郡の土を踏んだというのが、柴桑であった。諸葛亮にとってはなつかしい県であるが、斉方の

声にふくまれていたおどろきが、諸葛亮の感傷をかき消した。

柴桑の津は軍船に満ちていた。

——ここまで孫権は進出していたのか。

なんのために、と問うまでもない。孫権は荊州へ兵をいれるために、魯粛の報告をここで待っているのだ。

「孫将軍は狡猾《こうかつ》な人ではありませんか」

と、岱ははっきりいった。

「人をあざむく、ということか……」

孫権がどのような性格であるのか、それは諸葛亮にわかっていないものの、すぐに荊州にはいることができる柴桑に将士と軍船を集めた孫権が鋭敏《えいびん》であることはわかる。

上陸した諸葛亮は、劉備の使者であるにもかかわらず、しばらく放置された。

魯粛の報告をきいた孫権は、荊州兵を劉備がまとめることができず、寡兵《かへい》とともに夏口に駐留しているのでは利用価値がないとみた。しかもその使者が少壮の者では、われを軽んじているのか、と孫権は不快をおぼえていた。

宿舎にはいったあと、岱と斉方はじっとしていなかった。

ここ柴桑県には、以前、諸葛玄の下にいて朱皓《しゅこう》の兵と戦い、諸葛玄が食料切れで退去する際に、南昌《なんしょう》から柴桑へ移った吏人《りじん》がいるはずだ。とふたりはいい、そういう者を捜して、旧交《きゅうこう》をあたためようとした。

はたしてふたりは過去の同僚をみつけた。その同僚は中級の吏人になっていたが、諸葛玄をなつかしみ、ふたりを歓待したあと、諸葛亮に会いにきた。かれは諸葛亮にとって情報源になってくれた。

やすやすと荊州を制圧した曹操が、あっさりと引き揚げるとはおもわれないので、孫権は曹操の動静をしきりにさぐらせているらしい。

——さぐらせるまでもない。

荊州を平定するのに、二、三年はかかると予想していたであろう曹操が、およそひと月で荊州を得た。しかも自軍の兵をまったく失っていないとなれば、荊州の兵と軍船を併《あわ》せて、江水をくだり、孫権に降伏をせまるにちがいない。諸葛亮はそうおもっている。

やがて、県庁まえの広場に、群臣のなかでもおもだった者が集合させられた。おもだった者といっても、たとえば柴桑県からは、県令《けんれい》、県丞《けんじょう》、県尉《けんい》のほかに功曹《こうそう》など有力な吏人がでたのであるから、かなりの人数である。

諸葛亮は孫権の臣下でなく、客といってよいから、群臣をわきから観《み》る位置に坐《すわ》ることになった。

——兄上……。

すぐにわかった。すぐに諸葛瑾を認めやすいところに敷物《しきもの》を置いてくれたのは、おそらく魯粛であろう。

死なずに再会しよう、といったのは瑾であるが、なるほど、ことばの力は恐ろしい。諸葛亮は叔父とともに生死の境を駆けぬけたが、瑾も継母《けいぼ》を擁《よう》して、杳《くら》い路を奔《はし》り、闇《くら》い川を渡ったにちがいない。そのぞっとするようなきわどさを、たがいに胸の底に斂《おさ》めながら、ここにいる。

瑾はわずかにまなざしを動かした。一瞬、弟を視《み》たようであったが、すぐにまえをみた。

孫権があらわれ、すでに曹操の水軍と歩兵が出発して、こちらにむかっていることを、告げた。

すでに曹操軍の兵力が八十万であるといううわさが飛び交っていることを、諸葛亮は知っている。荊州にいた者として、侵入してきた曹操軍の正確な兵力をたしかめもせず、劉備に従って逃走しただけであるのは、恥ずかしいことではあるが、曹操軍が十万をこえる兵力ではないことはまちがいない。その軍に荊州軍を加えても、二十万未満の兵力であろう。もしも曹操が自軍を八十万といっているのであれば、強顔《きょうがん》にすぎるであろう。

しかし孫権の臣下は、その八十万という兵力をなかば信じて、発言しない。孫権にむかって、戦っても勝てないのなら降伏するしかない、とはいえない。みなうつむいて黙ってしまった。

しばらくつづいた静寂をうち破ったのは、孫権の兄の孫策《そんさく》から師と仰《あお》がれた張昭《ちょうしょう》である。かれは重臣というよりも貴臣といったほうがよい。学問できたえた胆力《たんりょく》をもって、いいにくいことを堂々といってのけた。

「曹公は邪猾《じゃかつ》な人ではありません。礼をもって迎えれば、礼をもって返してくれます。あなたさまはかならず礼遇されるでしょう。恐れることはありません」

降伏すべし、ということを、婉曲《えんきょく》に述べたのである。宰相《さいしょう》格の人がそう口火を切ってくれたので、ほかの者も発言しやすくなった。ただし抗戦《こうせん》を主張する者はひとりもいない。

諸葛亮のうしろにひかえている岱は、

「あきれかえった弱腰ですね」

と、ひそかに嗤笑《ししょう》した。しかし衆議が、降伏、で決しては、劉備の逃亡先は、長城の外か、南蛮《なんばん》の地ということになってしまう。諸葛亮は魯粛をみつめていた。魯粛はまったく発言しない。

やがて、孫権が中座した。手洗いに立ったのであろう。魯粛がそのあとを追った。

孫権は追ってきたのが魯粛であるとわかると、その手を執《と》り、

「あなたは、何がいいたいのか」

と、問うた。孫権の顔はすこし赤い。

魯粛はいたって冷静である。

「さきほどから人々の議論をきいてきましたが、あなたさまを誤《あやま》らせる議論ばかりで、ともに大事を図《はか》るには足らぬものです。いまわたしは曹公を迎え入れることができますが、あなたさ

まは、それができないのです」

魯粛は曹操に降伏できるが、孫権はそれができないとは、どういうことか。孫権は眉《まゆ》をひそめた。

魯粛は説明した。

「曹操はあらたに得た臣の能力を調べるでしょう。たぶんわたしはいまの職や位より下になることはなく、やがて郡の太守か州の刺史《しし》に昇るかもしれません。ところが、あなたさまはどうでしょうか。いまのご身分にとどまれるでしょうか。どうか、いそぎ大計をお定めになり、人々の議論をお用いになりませんように」

孫権は烈《はげ》しくうなずいた。

「あれらの者たちの主張や意見は、はなはだわれを失望させた。あなたが開示してくれた大計は、われの意《おも》いと一致する。これは天があなたを授《さず》けてくださったのだ」

二十七歳の孫権はちょうど十歳上の魯粛に敬意を籠《こ》めていった。

心気を立て直した孫権は、席にもどると、議論をやめさせて、諸葛亮をゆびさした。

「豫州どのの使者は、どのように考えているか、きかせてもらおう」

かつて劉備は陶謙《とうけん》の好意で豫州刺史に任ぜられたことがあるので、豫《よ》州どの、とも呼ばれる。

諸葛亮は立って、発言した。

「いま曹操の威勢は四海《しかい》を震《ふる》わせております。将軍よ、あなたが呉《ご》と越《えつ》の軍勢をもって曹操の中華に対抗できるのであれば、即刻、国交を断絶なさるがよろしい。しかし、対抗できないのであれば、臣下の礼をとって服従なさるのがよろしい。事態が切迫しているのに決断を下されなければ、災禍《さいか》はすぐにおとずれるでありましょう」

孫権は慍《むっ》とした。

「君のいう通りであれば、寡兵《かへい》しかもたぬ豫州どのは、なぜ曹操に仕えぬのか」

「項羽《こうう》と劉邦《りゅうほう》が争った楚漢《そかん》戦争のころ、漢がほぼ天下を平定したのに、斉《せい》の壮士《そうし》にすぎなかった田横《でんおう》は、義を守って、屈辱《くつじょく》をうけませんでした。まして劉豫州は漢王室の後裔《こうえい》であり、その英才は世に卓絶しております。それでも事が成就《じょうじゅ》しなかったならば、それは天命なのです。どうして曹操の下につくことなどできましょうか」

劉備はあなたとちがって曹操に仕えることなど、最初から考えていない。

そのように、相手の感情をさか撫《な》でしておいて自説に引き込むという語り口は、戦国時代の縦横《じゅうおう》家の話術であり、ここでの諸葛亮の説述《せつじゅつ》はそれを想《おも》わせる。

「あなたには田横ほどの勇気と自尊心はないのか」

と、暗に諸葛亮になじられた孫権は、

――われは曹操に屈しようか。

と、反発するように意ったのは当然であり、その時点で、諸葛亮の術中におちいったといってよい。

ところで劉備の使者が、諸葛瑾の弟であることは、とうにわかっていた孫権であるが、

――弟には、兄ほどの才徳はあるまい。

と、軽視していた。孫権は諸葛瑾を高く買っていた。しかしこの問答を経たあと、諸葛の弟は兄にまさるとも劣らない異才だと気づき、あとで諸葛瑾にこういった。

「子瑜どのよ、あなたと孔明とは、おなじ両親から生まれた兄弟であり、それに弟が兄に従うのは、道理からいっても、当然のことである。なぜあなたは孔明をひきとめようとしないのか。もしも孔明があなたのもとにとどまるのなら、われは書翰《しょかん》をしたためて、玄徳《げんとく》に了解を求めてやろう。それなら玄徳も反対できぬであろう」

諸葛瑾は一礼してから答えた。

「弟の亮は、ひとたびその身を人にあずけ、礼式にのっとって君臣の固めをした以上、二心をいだく道理はありません。弟が呉にとどまらないのは、ちょうどわたしが玄徳どののもとへ行かないのと同様です」

この答えは、孫権をいたく感心させた。

さて、孫権は、

――曹操には降伏しない。

という決意を、張昭とならぶ貴臣の到着を待って、発表しようとしていた。その貴臣とは、兄の孫策の親友であった周瑜《しゅうゆ》である。

孫策の急死のあと、周瑜は若い孫権をはげまし、群臣の離心《りしん》をふせぎ、その覇気《はき》をもってかれらを引率《いんそつ》してきた。家の存亡《そんぼう》にかかわる大事の決定に、居てもらわなければならぬ人である。周瑜は孫権の使いとして鄱陽《はよう》（豫章郡の東北部にある県）へ行っていたが、急遽《きゅうきょ》、呼び返された。この孫権の判断の裏にも、じつは魯粛がいた。

周瑜の頭のなかには、最初から降伏という文字はない。

それゆえ集会にあらわれた周瑜は、騎馬を棄《す》てて船を用いる曹操がいかに不利であるかを説《と》き、

「わたしに精兵三万をさずけてくだされば、夏口まで兵をすすめ、かならずや曹操軍を撃破してみせます」

と、力説した。

この壮烈なことばを待っていた孫権は、上奏文《じょうそうぶん》をのせるための案《つくえ》を斬りつけ、

「諸将や官吏《かんり》のなかで、これ以上、曹操を迎えるべきだと申す者がおれば、この案と同様になるのだ」

と、群臣を威嚇《いかく》した。

それを観《み》た諸葛亮は、岱と斉方に、

「あの決定がくつがえることはあるまい。なんじらは船を調達して、主にお報《しら》せせよ」

と、命じた。

「承知しました」

ふたりが趨《はし》り去るのを目送した諸葛亮は、魯粛をながめた。曹操を迎えることに衆議が決しようとしていたのに、それをひっくりかえしただけではなく、周瑜をつかって戦意を高めたのも魯粛であろう。しかも魯粛は群臣をかきわけてまえにでることをせず、おのれを誇ることもしない。

――あの人は、ほんとうに孫権に天下を取らせたいのだ。

ただしいまの孫権の実力と曹操のそれをくらべてみて、孫権が単独でまさるわけではないので、劉備と連合することが最良の策であると考えた。そういう発想をしているのは、群臣のなかで、魯粛だけであろう。

散会になると、魯粛が近づいてきた。

「孔明どのよ、あなたはわたしが乗る軍船に乗るとよい。出発は、明後日です」

「水軍を督率《とくそつ》するのは、周公瑾《しゅうこうきん》どのですか」

公瑾は、周瑜のあざなである。

「周公瑾と程徳謀《ていとくぼう》が、左右の督ということになるでしょう」

程徳謀は、程普《ていふ》をいう。かれは孫権の父の孫堅《そんけん》に従って黄巾《こうきん》の徒《と》と戦ったことがあるのだから、古豪の武人である。周瑜と仲がよいわけではないが、あからさまに嫉《そね》んでいるということではない。

周瑜と程普が率いた水軍の兵力は三万である。

周瑜の推測では、荊州攻めのために曹操が率いてきた中原《ちゅうげん》の兵の数は、十五、六万である。荊州で入手した兵の数は最大で七、八万である。それらの兵を合わせると、二十三、四万ということになるが、江水の上での戦いとなれば、中原の騎兵はまったく戦力にならない。また荊州兵は曹操の戦いかたに慣れておらず、鋭敏に動くことはできない。それらの弱点を想えば、曹操軍の実体は五、六万とみてよい。それゆえ周瑜は、出発まえに孫権とふたりだけの話し合いで、

「五万の精兵があれば、曹操軍を止めてみせます」

と、いった。だが、急なことなので五万の兵を集めるのはむずかしく、しかし、

「すでに、三万人を選んである」

と、孫権はいい、さらに、

「もしも、あなたの意図《いと》通りに事が運ばなかったら、すぐさま軍を返して、わたしのもとにもどってきてもらいたい。わたしが曹操と勝負をつける」

と、毅然《きぜん》といった。孫権の生涯を通覧《つうらん》してみるまでもなく、もっとも颯爽《さっそう》としていたのは、この時期である。ただし群臣の大半が、曹操軍の兵力が巨大であることにおびえて、降伏するのが当然という論調になっていたため、決戦に送りだす水軍の用意が遅れた。はっきりいって孫権軍は立ちおくれた。

ところが、江水をくだってくる曹操の水軍に疫病《えきびょう》が蔓延《まんえん》したので、兵が斃《たお》れ、船を焼却《しょうきゃく》するという凶《わる》い事態となり、行軍の速度がにぶった。それによって孫権軍は不利をまぬかれた。

江水の上を吹いているのは、十月の風である。

軍船に乗った諸葛亮の左右から従者の姿が消えているのに気づいた魯粛は、

「さすがに……」

と、つぶやいてやわらかく笑ったあと、

「孔明どのは、子瑜どのとお話しになったのか」

と、問うた。

「いいえ、わたしは任務のさなかにあり、兄もそれを承知して、一言もわたしに声をかけませんでした」

「ははあ、あなたがた兄弟は、そろって立派だ」

と、魯粛は称《ほ》めた。

周瑜に率いられた艦隊が夏口にさしかかった。

——そこに劉備がいるか……。

周瑜はわずらわしげな顔つきをした。かれは魯粛とちがって劉備に利用価値があるとはおもっていない。むしろ今後の孫権にとって劉備はじゃまな存在になろう。劉備の経歴をみればわかるではないか。腹黒い梟雄《きょうゆう》といってよい。たとえそうおもっていても、孫権がいちおう劉備とむすぶというかたちをとったかぎり、無視して通過するわけにはいかない。そこで、船団を夏口の沖で停泊させた。

すかさず劉備は使者を遣《や》って周瑜の船を慰労《いろう》した。だが、周瑜はこの気づかいにたいして答礼しなかった。

「軍の任務があるので、部署をほかの者にゆだねてそちらにゆくわけにはいかぬのです。こちらにきてくだされば、どこにでもご案内します」

周瑜は劉備にそう伝えた。

「慇懃無礼《いんぎんぶれい》とは、このことだ」

関羽と張飛は、周瑜の感情の所在を察して、腹を立てた。劉備も自身が軽侮《けいぶ》されていることがわかったものの、

「孫将軍とむすぶことを望んだのは、われだ。われのほうから船へゆかねばなるまい」

と、ふたりにいいきかせ、一艘《そう》の船に乗った。旗艦《きかん》にのぼった劉備ははじめて周瑜と会った。四十八歳の劉備は、三十四歳の周瑜にむかって、辞《じ》も腰も低かった。

短時間、対談した周瑜は、あなたに手伝ってもらわなくても、わが軍には勝算があるので、

「豫州どのは、わたしが曹操を破ることを、ご覧になっておられるとよい」

と、頤《あご》をあげていった。

——周公瑾とは、独尊《どくそん》の人か。

天下に名を知られつつある周瑜の本質が狭量《きょうりょう》であることを知った劉備は、この人はとても魯粛には及ばない、とさとった。そこで、

「魯子敬《ろしけい》どのと話がしたいが、どの船におられるのか」

と、問うた。

「この船団にはいない。二、三日あとに、孔明とともに到着するので、そのときにお会いになればよい」

周瑜は劉備を追い払うように旗艦からおろした。

夏口を離れた周瑜と程普の水軍は、江水をさかのぼるかたちですすんだが、ほどなく江水をくだってくる曹操の大船団を発見した。

「船が多いことが、水軍の勁《つよ》さにむすびつくわけではない」

そう豪語した周瑜は、敢然《かんぜん》と戦いをいどんだ。それが赤壁《せきへき》とよばれる地に近かったので、この戦いは、赤壁の戦いという。

周瑜麾下《きか》にある軍船のほうがだんぜん動きが速い。最初の交戦で曹操の水軍を圧倒した。敗退した曹操軍は、船を北岸に寄せ、曹操は岸にあがって軍営を築かせた。先勝した周瑜らの船は南岸にあって、つぎの会戦にそなえた。

だが曹操軍の船をよくみると、船首と船尾がくっついている。つまり船団全体がつながれているので、つぎの水戦のために出撃することはない。曹操軍は持久戦にはいったとみてよい。

周瑜の下にいる将のひとりである黄蓋《こうがい》は、

「焼き打ちをかければ敗走させられます」

と、いい、周瑜もその戦法に同意したが、敵の軍船に火をかける手段がみつからない。が、黄蓋は笑い、

「わたしがあなたさまを裏切ったことにすれば、よいのです」

と、密計《みっけい》を周瑜にささやいた。

すぐに黄蓋の配下が書翰をたずさえて密行し、曹操に謁見《えっけん》してその書翰をささげた。文面には、曹公と戦おうとする周瑜と魯粛だけが、かたくなで浅はかなので、ふたりから離れて曹公に身を寄せたい、とある。喜んだ曹操は、

「この通りにしてくれたら、黄蓋には、かつてないほどの爵位と恩賞をさずけるであろう」

と、約束して使者をかえした。

——あとは、風だな。

十月の風は、北から吹いてくる。その風では火をかけられない。南から吹く風を待つしかない。黄蓋は北岸を睨《にら》んだ。

風むきが変わった。

東南の風が烈しく吹いた。

「よし、今日だ」

黄蓋は蒙衝《もうしょう》（駆逐艦《くちく》）と闘艦《とうかん》（戦艦）を数十艘《そう》選びだして、それに焚《た》き木と草をつめこみ、そこに油をそそいでから、幔幕《まんまく》でおおった。その上に旗や幡《のぼり》を立てた。

「ゆくぞ——」

黄蓋は十艘《そう》の快速艇を先頭にして、江水の中央まですすんだところで、帆《ほ》をあげさせた。かれは炬火《きょか》をもって将校たちに指図を与え、兵たちには声をそろえて、

「降伏する」

と、叫ばせた。

曹操の軍では軍吏《ぐんり》と兵士は、みな首をのばして観望《かんぼう》し、

「黄蓋が降《くだ》るぞ」

と、ゆびさしながらいいあった。

北岸の曹操軍から二里余りのところで、黄蓋は船に火をつけた。船は巨大な火の塊《かたまり》となって水上を飛び、矢のように敵陣に突っこんだ。またたくまに火炎《かえん》がひろがった。火は水上の船だけではなく陸上にある軍営をも焼いた。

「黄蓋にあざむかれたのか」

曹操はくやしがるまもなく、軍営を退去した。後背《こうはい》にあるのは、烏林《うりん》、とよばれる広大な湿地帯である。曹操はそこを西へ奔《はし》った。

水軍を率いていた周瑜は、北岸の船団が焼き尽されるのをみると、軽装の精兵を率いて上陸

し、敗走する曹操軍を追った。

周瑜が劉備を嫌い、戦陣での手助けをさせなかったために、当然、あらかじめ火攻《かこう》の日を告げていなかったであろう。しかしながら、周瑜が劉備と連携《れんけい》をとりながら策戦をすめていれば、劉備は夏口から西へ移動し、烏林に伏せていることができたであろう。だが、実際に、曹操の敗走を知ったのは、かなりあとで、曹操を追撃してもまにあわなかった。

曹操は江陵の城にはいって一安《いちあん》を得ると、信頼している曹仁《そうじん》に、

「この城は、まかせた」

と、いい、北へ去った。

城を守る曹仁は勇将であり、城を攻める周瑜の勇猛《ゆうもう》さはかれに劣らない。ここから両者の戦いは、死闘《しとう》となった。

すでに魯粛と別れて劉備のもとにもどっている諸葛亮は、周瑜がこちらにむける悪感情をわかっているので、周瑜を陰《かげ》で扶助《ふじょ》する必要のないことを劉備に説いた。

北の軍と南の軍が、江陵を中心とする江水沿岸部で苛烈《かれつ》に戦っている。これからどうすべきかを劉備が重臣に諮《はか》ったとき、

「江水より南の四郡が、がら空《あ》きですよ」

と、諸葛亮はことともなげにいった。

荊《けい》州四郡

荊《けい》州は江水《こうすい》という大江《たいこう》によって南北に分けられる。北に南陽《なんよう》郡、南《なん》郡、江夏《こうか》郡があることは、すでに書いた。南には、武陵《ぶりょう》郡、長沙《ちょうさ》郡、桂陽《けいよう》郡、零陵《れいりょう》郡という四郡がある。

荊州牧《ぼく》であった劉表《りゅうひょう》が病歿《びょうぼつ》したあと、荊州の宗主となった劉琮《りゅうそう》があっさり曹操《そうそう》に降伏した時点では、荊州のすべては曹操の支配地となった。たやすく得たものは、たやすく失いやすい。とはいえ、曹操は英明であり、荊州という豊かな州をほんとうに得るためには月日をかけるべきであることをわかっていたはずである。だが、逃げる劉備《りゅうび》を急追したその勢いが、曹操を誤《あやま》らせたのであろうか。

天下統一の直前までできていた曹操は、いそぎすぎて、九仞《きゅうじん》の功《こう》を一簣《いっき》に虧《か》いた。赤壁《せきへき》の戦いは、烏林《うりん》の戦いともいうが、とにかくそこで曹操軍と荊州北部三郡の兵が大敗したことによって、荊州の支配権がどこにあるのかわからなくなった。

曹操側の曹仁《そうじん》と孫権《そんけん》側の周瑜《しゅうゆ》が南郡の江陵《こうりょう》で激闘をかさねているとなれば、荊州の吏民《りみん》はたれに従ってよいのかがわからないのが現状であった。

「江水より南の四郡が、がら空《あ》きです」

と、諸葛亮《しょかつりょう》がいったのは、その四郡にはどこからも主権の手がのびていないことを指摘《してき》したのである。

「そうか……」

劉備はめずらしく巧妙《こうみょう》な手をおもいついた。劉表の長男の劉琦《りゅうき》は、いま江夏郡の太守であるが、かれを荊州刺史《しし》に推挙するという上表文《じょうひょうぶん》を朝廷に送りつけるということである。

――これで筋《すじ》が通る。

劉琦に親しい劉備が、荊州南部に兵をいれても、刺史の意向にそった軍事であると州内ではみられて、大義を保ったまま兵をすすめられる。

「よし、やりましょう」

関羽《かんう》と張飛《ちょうひ》は周瑜の手伝いに難色を示していただけに、江水を渡《わた》って南下することを喜んだ。しかもふたりは、諸葛亮が孫権と堂々と渡り合ったことを知って、はじめて諸葛亮の勇気のすさまじさに感嘆した。諸葛亮の意見や指図を、ふたりがうけいれるようになったのは、このころからである。

劉備はまず上表をおこなった。

荊州の宗主は劉表の長男がふさわしいとおもっている州内の吏民が多いにちがいない。劉備はそういう認識のもとに上表をおこなったあと、兵を南にむけた。

ところでこのとき劉備の私兵の数はどれほどであったか。

柴桑《さいそう》において、諸葛亮が孫権にむかって説述《せつじゅつ》をおこなったとき、

「劉豫州《りゅうよ》は、一万の兵を擁《よう》している」

と、明言した。しかし『江表傳《こうひょうでん》』では、

「劉備は周瑜を立派であるとおもったが、かならず北軍（曹操軍）を破ると確信することができなかった。そのため後方に位置して、二千人を率いて、周瑜にかかわらないようにした」

と、あり、その兵力は二千という寡《すく》なさである。

いずれが正しいのかはわからないものの、一万以上ではないことはほぼまちがいない。だが、諸葛亮は軍の先頭に立つであろう関羽と張飛に、

「年内にかたづきますよ」

と、りきまずにいい、ふたりを瞠目《どうもく》させた。すでに十一月であり、年内に、ということは、あと二か月もない。そんな短日月《たんじつげつ》に、四郡を降《くだ》せるとはおもわれない。いうまでもなく四郡にはそれぞれ太守《たいしゅ》がいる。

武陵郡の金旋《きんせん》

長沙郡の韓玄《かんげん》

桂陽郡の趙範《ちょうはん》
零陵郡の劉度《りゅうど》
かれらが郡を挙《あ》げて抗戦すれば、一郡を降すのにひと月以上かかるかもしれない。

実際、武陵郡の金旋は劉備軍と戦った。郡府は臨沅県《りんげん》にあり、その位置は郡の東北部を想《おも》えばよい。劉備軍が南郡にいたとすれば、さほど南下せずに臨沅県に到着することができる。川をつかえばよいのである。

このときの劉備軍には関羽、張飛、趙雲《ちょううん》など、一騎当千《いっきとうせん》の勇将がそろっており、曹操軍が総崩れとなったあとでもあり、曹操のために郡を死守する気分が、太守の下の吏人《りじん》にうすいとあっては、劉備軍はまさしく勁強《けいきょう》といってよかった。

金旋を斃《たお》したこの軍はすぐに川を東進し、さらに南下して、長沙郡の臨湘《りんしょう》県を攻めて、韓玄を降伏させた。

破竹《はちく》の勢いとは、まさにこのときの劉備軍であろう。すさまじい活躍をみせる関羽など、最前線の将について岱《たい》は、

「こんなに気分のよい武人は、どこにもいませんよ」

と、絶賛した。

劉備に従属している将士は、自身の武功をまったく誇らない。奇妙といってよいのは、功を樹《た》てた者を劉備が褒《ほ》めないということである。

「おもしろい軍ですね」

と、斉方《せいほう》は小首をかしげた。

「この軍は、親子、兄弟の関係が拡大したものだと想えばよい」

そういった諸葛亮は、劉備軍の勢いに加担する荊州兵が増えたのをみて、

「軍を二手に分けるのがよいです。桂陽郡と零陵郡は抗戦しませんよ」

と、劉備に進言した。

「そうしよう」

あっさりその策を採用した劉備は軍を二分して、すみやかに二郡を降してしまった。諸葛亮が予言したように、劉備は年内に荊州四郡を得たのである。

「さて、これからだが、四郡を保持しなければならぬ」

この劉備の諮問《しもん》にとまどうことなく答えられるのは、諸葛亮しかいない。

「いまは軍事と行政の中心を一都《いっと》に置いていますが、古代の周《しゅう》という国は三都制でした。軍事と行政と祭祀《さいし》のために都が必要であったのです。主な軍事のための首都をお定めになるのがよろしい。わたしは行政のための都にふさわしい地を捜します」

「わかった」

劉備は北上して江水にはいり、南郡と武陵郡との境にある地を公安《こうあん》と名づけて本拠とした。

そこは曹仁と周瑜が攻防をおこなっている江陵からさほど遠くはない。

「さて、われらは、どこに府を定めるべきか」

船中の諸葛亮は岱と斉方に下問《かもん》した。このふたりはいまやすっかり吏人の顔である。

「長沙と桂陽それに零陵という三郡が境を接するところがよろしいでしょう」

地図をひろげた斉方は、長沙郡の最南端をゆびさした。

そこは武陵郡をのぞく三郡が境を接する地である。

「よし。そこをみてみよう」

諸葛亮は湘水《しょうすい》の支流である承水《しょうすい》をわずかにさかのぼったところで、船をおりた。臨烝《りんじょう》という地である。

「なるほど。ここがよい」

諸葛亮は岱と斉方に笑貌《しょうぼう》をみせた。

すぐに年があらたまり、正月のうちに諸葛亮は四郡を監督する行政府を臨烝県に設置した。

諸葛亮が食料をふくむ軍需《ぐんじゅ》物資を公安の劉備のもとに送るしくみを作りあげた。

隆中《りゅうちゅう》で諸葛亮から歴史を教えられた岱は、すぐに、

「あなたさまはまさに、蕭何《しょうか》です」

と、諸葛亮の立場を理解して、軽く称賛した。

蕭何は、楚漢《そかん》戦争のころに、項羽《こうう》と戦いつづけてつねに劣勢であった劉邦《りゅうほう》を、後方にいて支援しつづけた賢臣である。劉邦が天下平定をはたしたあと、戦場での功のない蕭何を、第一の

功臣とした。つまり武力では他を圧倒しつづけた項羽も、食料が尽きれば退かざるをえず、劉邦は蕭何のおかげで飢《う》えることがなかった。

いま劉備は公安にいて獲得した四郡を侵《おか》そうとする者を撃退するという構えをしている。その将士を支えるのは、徴税《ちょうぜい》をふくむ行政の力である。そういう発想をする者がかつて劉備の下にはいなかった。

公安に落ち着いた劉備のもとに、訃報《ふほう》がとどけられた。

劉琦が亡《な》くなったのである。

――劉表の子は、荊州を継げなかったか。

劉備はしばらく瞑目《めいもく》した。

それから半月も経《た》たぬうちに、江夏郡から多くの吏民が劉備のいる郡に移ってきた。劉琦に仕えていた者たちは公安にきて、

「あなたさまが荊州牧になるべきです」

と、こぞって進言した。

荊州人は曹操に支配されることを嫌い、孫権にもおびやかされてきたので屈することを好まない。その点、過去に殺伐《さつばつ》たる光景をもたず、性質に圭角《けいかく》のない劉備には仕えやすい。文化程度が高い荊州の多くの才能が劉備に従属しはじめた。

臣従する者が急に増加したことをうけて、劉備は王朝をなぞるような組織を作った。

関羽を襄陽太守《じょうようたいしゅ》・盪寇将軍《とうこう》に、張飛を宜都太守《ぎと》・征虜将軍《せいりょ》に、諸葛亮を軍師中郎将《ぐんしちゅうろうしょう》に任じた。

またつねに劉備に近侍《きんじ》している簡雍《かんよう》、麋竺《びじく》、孫乾《そんけん》は、そろって従事中郎《じゅうじちゅうろう》に任命され、外交官として往来した。

また荊州出身者も、任用された。

宜城《ぎじょう》県の馬良《ばりょう》は従事に、臨沅県の廖立《りょうりつ》は従事のあと長沙太守に、枝江《しこう》県の霍峻《かくしゅん》は中郎将《ちゅうろうしょう》に、宜城県の向朗《しょうろう》は江水沿岸の四県の監督に任ぜられた。

さらにいえば、諸葛亮のあとに蜀《しょく》の国を背負うことになる蔣琬《しょうえん》は湘郷《しょうきょう》県の人で、州書佐《しゅうしょさ》に採用されている。

荊州四郡は劉備の国になりつつある。

それを知ってくやしがったのは、周瑜である。かれは赤壁の戦いで大勝したあと、勢いよく南郡を攻めたが、江陵にいる曹仁にその勢いを止められた。仲冬《ちゅうとう》からはじまった両者の戦いは死闘といってよく、一年がすぎて、翌年の晩冬《ばんとう》に、ようやく周瑜が勝ちをつかんだ。曹仁が北へ去ったあとに江陵の城にはいった周瑜は、州の南部四郡がすっかり劉備に奪われたことを知って、嚇《かっ》となった。

――あの狡《ずる》い男を、なんとかしなければ、禍根《かこん》となる。

周瑜はそう考えるようになった。

劉備の勢力が急速に拡充《かくじゅう》したことを無視できないでいたのは、孫権もおなじである。劉備が荊州四郡を獲得したことを、孫権も不快に感じたが、ここは両者が協力しあうというかたちがのぞましい、と冷静になった。

呉《ご》郡の最北端にあって江水に臨《のぞ》む丹徒《たんと》県を整備しおえた孫権は、その県を、

「京城《けいじょう》」

と、呼称を変えた。自分の妹を劉備に嫁《とつ》がせて婚姻《こんいん》関係をつくっておきたい孫権は、翌年の春に、劉備を京城に招くことにした。

単独で曹操と戦うほどの国力をもっていないという自覚のある劉備は、孫権と同盟するしかないので、

「ゆかざるをえない」

と、いい、出発の支度《したく》をはじめた。が、臨烝にいた諸葛亮は、おやめになったほうがよい、と書翰《しょかん》でいさめた。

公安と臨烝のあいだの通常の連絡は、諸葛均《きん》がおこなうが、至急の場合は、岱か斉方がおこなう。

このときは、岱が書翰をとどけた。

それを一読した劉備は、

「孔明《こうめい》は、なんと申していたか」

と、問うた。軽く低頭した岱は、

「楚《そ》の懐《かい》王の例《ためし》あり、と申しておりました」

と、落ち着いて答えた。三十代のなかばにさしかかった岱は、同僚の斉方とともに、ほぼ同時に妻帯《さいたい》した。ふたりの妻はいずれも揚《よう》州の出身者である。劉備の評判が高くなるにつれて、揚州から荊州へ移住する者がふえた。

「楚の懐王のように、われは抑留《よくりゅう》されるか……」

楚の懐王は、戦国時代の王で、秦《しん》の昭襄《しょうじょう》王と会見すべく武関《ぶかん》という秦の要塞《ようさい》にでかけたが、そこに到着するやいなや秦兵によって武関は閉ざされ、懐王は抑留されてしまった。けっきょく懐王は昭襄王にあざむかれたまま帰国することはできず、客死した。

すこし考えた劉備は、

「孫権は、秦の昭襄王ほど悪辣《あくらつ》ではあるまい」

と、いい、めずらしく諸葛亮の諫言《かんげん》をしりぞけ、関羽、張飛などを従えて、京城へむかった。

南郡太守として江陵に居る周瑜は、

――劉備が京城へむかった。

と、知るや、すぐに書翰を孫権に送った。劉備だけでなく、関羽、張飛なども、呉にとどめて帰さないようにすべきである、と上疏《じょうそ》したのである。その冒頭には、劉備は梟雄《きょうゆう》の姿を以《もっ》てして、関羽、張飛のごとき熊虎《ゆうこ》の将有《あ》り。

と、ある。どうしても周瑜の目に、劉備は悪智慧《わるぢえ》のはたらく怪人にみえるらしい。その左右にいる関羽と張飛は猛獣といってよく、ふたりを呉にとどめたあとは、いっしょにせず、別の地方に配置すべきである。そう進言した。

「曹操と戦わねばならないこのときに、劉備を使わないのは損であるし、劉備をあやつるのはむずかしい」

そう考えた孫権は、周瑜の上疏を容《い》れなかった。

呉の主従の密謀のやりとりを、劉備は知らず、知らないまま危地をまぬかれたといえるが、孫権との会見は劉備にとって不快そのものであった。

劉備は荊州の南部四郡は、実力で獲得したという意識でいたが、孫権は赤壁の戦いで曹操に勝ったかぎり、荊州全郡を得たという認識なので、

「劉備が得た四郡は、われが貸し与えるものである」

と、いう驕気《きょうき》をただよわせた。しかも孫権の妹を正夫人にするようにおしつけられた劉備は、

——孫権に会いにくるのではなかった。

と、後悔した。

相手の本拠地で会見をおこなう場合、かならずといってよいほど不利な条件を呑《の》まされる。

そうならないためには、会見の地は両者の本拠地の中間地点でおこなわれるのが古来の例である。

「そこまでお待ちになるべきです」

と、諸葛亮は暗に劉備にいったのだが、劉備は孫権との会盟《かいめい》をいそいだ。それでは劉備の自信のなさを孫権にみすかされたであろう。それよりもなによりも、孫権が劉備、関羽、張飛の三人を抑留《よくりゅう》するような力業《ちからわざ》にでると、

——こちらは、すべてが訖《お》わる。

と、深刻におもった諸葛亮は、岱を公安にとどめただけでなく、自身も臨烝をでて、斉方とともに公安にむかった。

「ご心痛ですね」

船中で、斉方は諸葛亮の顔色の悪さをみてそういった。

「阿斗《あと》さまが幼すぎるので、主がお帰りにならない場合、手の打ちようがない」

「魯粛《ろしゅく》どのに懇願するしかないでしょうか」

「主が殺されていないかぎりは、その方法しかあるまい」

諸葛亮は暗然といった。

じつは劉備を呉の地にひきとめるように孫権に勧《すす》めたのは周瑜だけではなく、重臣のひとりである呂範《りょはん》も同意見であった。それをことごとく否定して、劉備を協力者として荊州で活《い》かす

べきであると説《と》いたのが、魯粛である。なお、孫権が劉備の後ろ楯《うしだて》となったことを知った曹操は、書翰をしたためていた筆を、床にとり落としたという。

公安に上陸した諸葛亮は趙雲にいぶかしげに迎えられた。劉備不在の公安をあずかっているのは、誠実で勇気のある趙雲である。だが趙雲によけいな心配をかけたくない諸葛亮は、

「阿斗さまのご機嫌をうかがいにきました」

と、いい、生母の甘《かん》夫人と劉禅《りゅうぜん》に面謁《めんえつ》した。それを終えても、すぐに帰らず、

「わが従者は、漁の名手ですから、わたしも少々釣《つ》りを楽しみたい」

と、いい、連日、江水に船をだした。諸葛亮は岱と斉方には、江陵にいる周瑜がわが主にむける悪感情は尋常なものではないので、たとえわが主がぶじに京城を発《た》っても、周瑜が暗殺団を乗せた船を放つかもしれない、その船はここ公安の沖を通るので、みのがさないように、といいふくめた。

「諸葛孔明は、毎日、釣りを楽しんでいる」

これは公安のなかで、評判となった。岱と斉方はそれを耳にして、

「知らないということは、気楽なものだ」

と、肩をすくめた。

やがて劉備が京城を離れてこちらにむかっているという報《しら》せが趙雲のもとにとどけられた。それを告げるべく諸葛亮のもとにやってきた趙雲の顔色が冴《さ》えない。

「昼夜兼行《ちゅうやけんこう》とのことです」

実際、孫権の軽侮《けいぶ》のまなざしにさらされた劉備は、

——こんなに気色《きしょく》の悪い男はいない。

と、感じ、京城から逃げだすように去った。孫権の配下に追尾《ついび》されるのを恐れて、夜も漕連《そうれん》をやめさせなかった。

——二度と孫権には会いたくない。

この感情が、船をいそがせたといってよい。

劉備の船がいそぎにいそいで江水をさかのぼっていると知った諸葛亮は、趙雲にむかって、

「ここまで怪しい船団は、公安の沖を通らなかった。が、周瑜はわが主の帰還を察知して、暗殺団をむかわせるかもしれない。子龍《しりょう》どのよ、貴殿は船団を編制して、主を迎えにゆかれよ。わたしどもはこれで臨烝《りんじょう》へ帰ります」

と、いった。

「あっ、そういうことでしたか」

ここではじめて趙雲は、諸葛亮の深慮《しんりょ》に気づいて、一礼した。

劉備と従者が公安にもどったことを知った周瑜は、自分の上疏が採用されなかったので、地《じ》団駄《だんだ》を踏むようにくやしがった。

それからしばらく独座《どくざ》していた周瑜は、

「そうだ、これなら、劉備どもを窒息《ちっそく》させられよう」

と、つぶやき、起《た》って、

「京城へゆく。船の支度を――」

と、近侍の臣に命じた。

劉琦の亡くなったあとの江夏郡に、太守として程普がはいり、南郡を周瑜が完全に支配したかぎり、劉備の四郡の頭をおさえたかたちになっている。が、さらに劉備らを身動きできないようにするためには、

――益州《えき》を取るにかぎる。

と、気づいた。

荊州の西には広大な益州がある。いま益州の牧は劉璋《りゅうしょう》であるが、かれは蜀《しょく》郡の成都《せいと》を本拠として張魯《ちょうろ》という五斗米道《ごとべいどう》の教主と睨《にら》みあっている。

五斗米道は初期の道教《どうきょう》といってよく、道術を習《まな》びたい者は五斗の米を納めた。教祖は張陵《ちょうりょう》といい、張魯はその孫である。張魯は指導者として才望《さいぼう》が大きく、その宗教団体を拡大し、堅牢《けんろう》にしたことで、劉璋に危険視され、母と家族を殺された。以後、張魯は完全に劉璋から離叛《りはん》して、益州東北部の漢中《かんちゅう》郡を直接に支配し、その南の巴《は》郡を間接に支配した。

――まず劉璋を討つべきか。

張魯にくらべると劉璋は軍事力が弱い。蜀を取ってから、張魯を攻めるのがよいであろう。

が、益州北部を取っても周瑜はそこにとどまるわけにはいかない。

「益州を治めてもらうには、奮威《ふんい》将軍しかいない」

奮威将軍とは、孫瑜《そんゆ》をいう。

孫権の父の孫堅には弟がいた。孫静《そんせい》である。孫静の子のひとりが孫瑜であり、この人は勇気もあるが、学問を忘れることがなく、征途《せいと》にあっても書物を誦《しょう》する声が絶えないといわれる。益州に徳望のある孫瑜をおけば、その北にいて曹操と争いつづける馬超《ばちょう》と良好な関係を築くであろう。周瑜自身は南郡にもどって、孫権とともに軍を北上させてゆけば、曹操を追いつめることができよう。同時に、劉備どもを隷属《れいぞく》させることができる。

船は京城に着いた。

さっそく周瑜は孫権に面謁して、強談《ごうだん》におよんだ。

孫権にとって当面の敵は曹操であるが、曹操にとって強敵は南方にいるだけではない。西方にいる韓遂《かんすい》と馬超は曹操にさからいつづけている魁首《かいしゅ》である。孫権を降すのは容易ではないと痛感しているにちがいない曹操は、しばらく兵を南方にむけず、西方の平定にとりかかるであろう。すると孫権の支配圏にいる兵は休むことになるので、その兵を起用して、

「われらが益州を取るのは、いまなのです」

と、周瑜は力説《りきせつ》した。こちらが西へむかって動かなければ、劉備が益州へむかって勢力を伸ばすであろう。孫権の群臣のなかで最初にそう恐れたのが周瑜であったといってよい。ここま

で益州を意識しなかった孫権は、周瑜の天下平定の構想に、益州取りがあることにようやく納得し、

「では、あなたは南郡にもどり、西方遠征の準備をしてもらいましょう」

と、丁寧《ていねい》にいった。

喜色を浮かべた周瑜は、勇躍《ゆうやく》するように船にもどって帰途についた。周瑜の計画が二年以内に実行されれば、劉備は飛躍のきっかけを失い、荊州四郡のなかで居竦《いすく》まったまま畢《お》わったであろう。

だが、劉備は強運の人である。

周瑜と従者を乗せた船が洞庭湖《どうていこ》のほとりにある巴丘《はきゅう》(のちの巴陵《はりょう》)にさしかかったとき、船中の周瑜が病死した。急死といってよい。周瑜は曹仁《そうじん》との戦いで重傷を負ったことがあるが、その傷が悪化したともおもわれず、京城をでた時点で罹病《りびょう》のけはいはなかったので、その死はふしぎとしかいいようがない。

このとき、周瑜の下に龐統《ほうとう》がいた。

かれは劉表の政府に勤務していたが、劉表の歿後に曹操によってその政府は解体された。だが、周瑜が曹仁に勝って南郡太守になったことで、龐統は採用されて功曹史《こうそうし》となった。功曹史は簡略に功曹と呼ばれることが多い。とにかく太守の属吏《ぞくり》のなかでは最高位にある。

「周瑜ほどの貴臣の葬儀は、孫権さまがおこなうであろう」

龐統は船首のむきをかえさせ、三十六歳で亡《な》くなった周瑜の遺骸を送って、寒風の吹く呉郡に到った。

周瑜の死を知った孫権はおどろき、哀《かな》しみ、丹楊《たんよう》郡の北部にあって江水に近い蕪湖《ぶこ》まで、みずから出迎えた。

このあと、葬儀にかかった費用は、すべて孫権がだした。

周瑜は急死に比《ちか》いといっても、重態のときに上疏する力は残っており、

「魯粛は智略《ちりゃく》において充分《じゅうぶん》に任にたえますので、どうかわたしのあとはかれに引き継がせられますように」

と、訴えた。書面を一読した孫権は、

「わかった」

と、みじかくいい、すぐさま魯粛を奮武校尉《ふんぶこうい》に任じ、周瑜にかわって兵を率いさせた。また江夏郡にいた程普を南郡に遷《うつ》して太守とした。ちなみに、このあと孫権が劉備の南郡進出を認めるかたちをとったので、程普は江夏にもどり、江陵にいた魯粛は、江水をくだって陸口《りくこう》に駐屯する。空いた江陵には張飛がはいり、それより北に関羽が駐屯したにちがいないが、なぜか駐屯地が不明である。ただし関羽が襄陽《じょうよう》太守に任ぜられていたことから、襄陽に常駐するようになったと推測するのがぶなんであろう。襄陽のすぐ北に樊《はん》城があり、そこはかつて劉備がいた城であるが、いまは曹操の属将が守っている。

ところで周瑜に嘱目《しょくもく》されていた龐統は、主を喪《うしな》ったあと、

——さて、どうするか。

と、考えた。龐氏の一族のなかで耆徳《きとく》というべき龐徳公《ほうとくこう》は、荊州が曹操軍の侵入をゆるすと、妻をつれて鹿門山《ろくもんさん》に登り、そのまま薬草を採《と》りに行って帰らなかった。子の龐山民《さんみん》は、曹操の政府のほうに移り、黄門吏部郎《こうもんりぶろう》となるも、長寿ではなかった。

龐統は周瑜の遺骸を送って呉郡へ行った際に、若い俊英《しゅんえい》と親睦《しんぼく》したが、平民にもどってしまうと、これから官途《かんと》を捜して右往左往するのはわずらわしくなった。

——臨烝に孔明がいたな。

南郡にもどった龐統はさっそく書翰を書いた。すでに年があらたまっている。ひと月後に、劉備の使者がきて、印綬《いんじゅ》をさずけ、

「桂陽《けいよう》郡耒陽《らいよう》県の令《れい》に任命します。すみやかに赴任《ふにん》してください」

と、伝達した。耒陽県は臨烝県よりさらに南にある。

赴任の途中、臨烝の行政府に立ち寄った龐統は、

「しばらく、あそこで、我慢してくれ」

と、諸葛亮から声をかけられた。そのとき、

——耒陽県は、ずいぶんひどいところにちがいない。

と、予想した龐統は、耒水《らいすい》という川に船を浮かべて南下し、県にはいった。

——なるほど、ひどい。

風紀が乱れている、というわけではない。県令《けんれい》としておこなうべき職務がほとんどない。これなら県庁にでかけるまでもなく、官舎で臥《ね》ていたほうがましだ、とおもい、実際にそうした。ほどなく、

「龐県令は、県に在《あ》りて治めず」

と、劾案《がいあん》されて、罷免《ひめん》されてしまった。

龐統が無位無冠にもどったことに、最初に反応したのが、魯粛であることが、おもしろいといえるであろう。魯粛は劉備に書翰を送った。

「龐士元《しげん》は百里《ひゃくり》の才《さい》ではありません。治中従事《じちゅうじゅうじ》か別駕《べつが》従事に就《つ》かせると、はじめてその驥足《きそく》を展《の》ばすことができるのです」

百里はむろん長さをいうが、この場合は、百里四方という広さを想《おも》うべきで、その広さは県の大きさをいう。つまり百里の才とは、せいぜい県令になるしかない才知をいう。それにひきかえ、治中従事あるいは別駕従事は州吏《しゅうり》としては最高位である。

龐統は罷免されたあと、呉の友人に書翰をもって事情を告げたのであろう。そのあと諸葛亮が、

——士元は耒陽県を去ったのか。

と、おどろき、劉備に再考を願う書翰《しょかん》を送った。

龐統の任免《にんめん》に関して、おそらく劉備は濃厚な意識をもっておらず、かつてきいた臥龍鳳雛《がりょうほうすう》の鳳雛こそ龐統士元であるとあらためておしえられると、

「おう、そうであったか」

と、膝《ひざ》を抵《う》った。

劉備は龐統を聘招《へいしょう》した。ふたりだけで語り合った。

——なるほど百里の才ではない。

ほどなく龐統を治中従事としただけではなく、諸葛亮とならんで軍師《ぐんし》中郎将《ちゅうろうしょう》に任じ、公安にとどめて軍事の参謀とした。

劉璋《りゅうしょう》の招き

劉備《りゅうび》と龐統《ほうとう》が語り合う時間は増えた。

話題のひとつは、劉璋《りゅうしょう》の益州《えき》についてである。

龐統は周瑜に重用《ちょうよう》されただけに、計謀《けいぼう》を活発にめぐらす型の男であり、時勢をゆったりながめている劉備につきあうには、多少の苦痛がともなう。そろそろ起《た》ってもらわねばこまるという意《おも》いで、説《と》いた。

「荊州は荒廃し、すぐれた人物も尽きました。東には呉《ご》の孫権《そんけん》がおり、北には曹操《そうそう》がいます。天下を三分してひとつを保つ、すなわち鼎足《ていそく》の計《けい》では、志《こころざし》を果たせません。そこで西へ目をむけてみましょう。いま益州は、国は富み、民は強く、戸口《ここう》（家の数と人の数）は百万あって、四方面へ兵馬をだそうとすれば、かならずそろいます。宝貨《ほうか》を外に求めるまでもなく、豊かなのです。その州を足がかりにして大事を定めるべきです」

劉備はうなずかない。

「いま直接にわれと水火《すいか》の関係にあるのは、曹操である。曹操が急げば、われは寛《ゆる》やかにする。曹操が暴《ぼう》をもっておこなえば、われは仁《じん》をもっておこなう。曹操が譎《いつわ》れば、われは忠《ちゅう》を示す。曹操と反対のことをつねにおこなってゆけば、事は成《な》し遂《と》げられる。いま小さな理由で信義を天下に失うことは、われの取るところではない」

龐統は劉備と永くつきあってきたわけではないので、劉備の性質と信条を深く理解できていない。

「権変《けんぺん》の時代にあっては、ひとつの道によって天下を定めることはできません。弱《じゃく》を兼ね、昧《まい》を攻めるのは、覇者の事業です。武を先にし、徳を後《あと》にするのは、順序が逆かもしれませんが、あとで義によって報《むく》いればよいのです。いま益州を取らなければ、ついには人の利となるだけです」

弱を兼ね、昧を攻める、は『尚書《しょうしょ》』にあることばで、力のない者を併《あわ》せ、暗愚《あんぐ》な者を攻める、ということである。その昧にあたるのが、益州の劉璋ということであろう。

劉備が、益州を求めようと、求めまいと、すでに益州の内部で変革を企望《きぼう》する動きが生じていた。

益州牧《ぼく》に次《つ》ぐ地位にある別駕《べつが》従事《じゅうじ》の張松《ちょうしょう》が、ひとつの風聞《ふうぶん》を耳にしたことから、すべてがはじまったといってよい。その風聞とは、

「まもなく曹操は張魯《ちょうろ》を討伐する」

というものである。

益州を治める上で障害《しょうがい》になっている張魯を、曹操が除いてくれるのは、劉璋にとって好都合であるとはいえ、その際、劉璋の蜀《しょく》軍はどのように曹操軍と連携《れんけい》すべきか、また張魯を駆逐《くちく》したあと、曹操は益州統治を劉璋にまかせてくれるか、どうか。

「いちど曹操に会って、確認する必要があります」

張松はそのように劉璋に進言した。

「曹操は丞相《じょうしょう》になったときく。身分の低い官吏《かんり》を遣《や》れば、失礼になろう。なんじが往ってくれぬか」

劉璋の代理として張松が蜀郡を発《た》ったのが七月であり、じつはその七月に曹操は荊《けい》州攻略のために兵を発していた。曹操に面会するために鄴《ぎょう》県や許《きょ》県にむかってもむだであると知った張松は、路をかえて、荊州にはいった。そこで張松が目撃したのは、大群衆とともに南下する劉備のうしろにいた曹操軍の苛烈《かれつ》な追撃である。そのさなかにようやく曹操に面謁《めんえつ》した張松は、さほど優遇されなかった。なにしろ曹操は多忙であった。

「ついてくるように」

張松は軍船に乗せられて、江水《こうすい》をくだった。曹操に伴随《ばんずい》することになったため、赤壁《せきへき》の大敗にまきこまれた。なんとか江陵《こうりょう》にたどりついた張松は、荊州において曹操の大勝と大敗を観《み》ただけで、帰ることになった。

——だが、これでは帰れない。

曹操の戦いかたをみたかぎりでは、益州に兵をむければ、張魯だけでなく劉璋にも降伏を強《し》いるであろう。つまり、曹操から有利な条件をだされることはなく、協力も拒否されるであろう。すると劉璋は、孫権のように曹操と戦うしかないが、張魯に勝てぬ劉璋が曹操に勝てるであろうか。

年末まで荊州にとどまった張松は、荊州四郡を取った劉備に関心をいだき、公安《こうあん》に立ち寄ってから、帰途についた。

復命した張松は、

「曹操とむすんではなりません、劉備とむすぶべきです」

と、劉璋に説いた。このあと友人の法正《ほうせい》と語り合った。法正は長安《ちょうあん》の西にひろがる郡、すなわち右扶風《ゆうふふう》の郿《び》県の出身である。

長安にいた献《けん》帝が東方にむかって脱出し、洛陽《らくよう》において曹操に迎えられた年が、建安《けんあん》元年であり、建安という元号が曹操の時代を表しているといってよい。この建安のはじめに、天下が飢饉《ききん》となった。

右扶風の惨状《さんじょう》を観た法正は、友人の孟達《もうたつ》を誘い、

「飢え死にしない地へゆくしかない」

と、益州にのがれ、蜀の劉璋のもとに身を寄せた。法正の祖父が高名であったことから、新《しん》

都《と》県の令に任命され、そのあと中央政府に召されて軍議校尉《ぐんぎこうい》となった。ところがおなじように右扶風から避難してきた者が、

「孝直《こうちょく》は品行が悪い」

と、誹謗《ひぼう》した。孝直とは法正のあざなである。この声が劉璋の耳にはいったので、劉璋は法正を重用しなかった。

閑職にある法正は当然のことながら劉璋を批判的に観ているが、高位にある張松も、

「いまのままでは、益州は衰弱してゆくだけだ」

と、嘆いた。劉璋の凡庸《ぼんよう》さを曹操の武力で補助してもらうことを考えたが、その考えの甘さを、荊州に行って痛感した。曹操は天下を取ろうとしているのであり、その荒々しい手つきは、益州にむけるときもおなじである。その威勢におびえて劉璋が降伏すれば、殺されはしないが、どこかの県をひとつ与えられるような冷遇をされるにちがいない。張松と法正は免官されて在野《ざいや》の人となるであろう。

「そうならない手がある」

張松は劉備という大器をみつけてきた、と法正にいった。

「劉備が大器……」

法正は信じなかった。劉備が天下をおどろかすような大功を樹《た》てたとはきいたことがない。むしろどこかに狡《ずる》さがあるような人物にみえる。

「自分の目で観るとよい」

張松は劉璋を説いて、法正を使者として劉備のもとへ遣《や》ることを勧《すす》めた。

劉璋は張松の進言を容《い》れた。

そこで法正を召して、

「劉備のもとに使いせよ」

と、命じた。が、劉備を傑人《けつじん》であるとはおもっていない法正は、

「どうか、それは他の者にお命じください」

と、辞退した。劉璋も劉備を重視していないだけに、高級な官吏《かんり》を遣るまでもないとおもっており、その点、中級官吏である法正が使者にふさわしかった。

「これは命令である」

劉璋にそう厳命《げんめい》されてしまえば、回避することはできず、法正はやむなく船に乗った。成都《せいと》から劉備のいる公安まで川をつかってゆくことができる。しかも往きは、川をくだってゆくので、さほど月日を要するわけではない。

公安に到着した法正は、劉備と龐統に鄭重《ていちょう》に応接された。法正は気むずかしさのある男だけに、第一印象が重要で、その点、劉備と龐統のもてなしかたにそつがなかった。

――ほう、劉備とはこういう男か。

劉備を狡い男だとおもってきた法正は、この考えをいきなり改めた。劉備の宮室には装飾が

なく、かといって、吝嗇《りんしょく》な感じをうけなかった。外見の美しさと内面の実質が調和しているさまを、孔子《こうし》は、

「文質彬彬《ぶんしつひんぴん》」

と、いったが、法正が劉備からうけた印象がそれであった。劉璋の親書を渡してから、対談にはいったが、劉備の美点がすぐにわかった。

――人の話をよく聴く人だ。

自身の主張によって対話のながれをさまたげることを、けっしてしない。劉備は聴き上手であるといってよい。

――おどろいたな。

なるほど劉備は大器である。おそらくこの人は最初から大器であったわけではなく、歳月とともに徐々《じょじょ》に器量を大きくしてきたのであろう。最初からおのれの智慧《ちえ》を誇っている人はこうはならない。

「いつでも劉璋どのとむすぶ用意はあります」

劉備のこの言をたずさえるかたちで復命した法正は、すぐあとに張松に会い、

「劉備には雄略《ゆうりゃく》がある」

と、感動を保ったまま称《ほ》めた。

「雄略か……、なるほど雄略よ」

張松は自分の膝《ひざ》を軽くたたいた。法正がいった雄略とは、劉備には天下を平定するような雄大な計画がある、ということである。ただしいまの劉備には、曹操と戦って勝つことができるほどの富力《ふりょく》も資力《しりょく》もない。しかし劉備が益州の主《あるじ》になったらどうであろうか。かつて劉邦《りゅうほう》は益州の漢中《かんちゅう》郡から起《た》って天下を夷《たい》らげた。

——劉備にできないことはない。

曹操に反感をいだいている張松は、劉璋から離れ、劉備に随従《ずいじゅう》して飛躍する自身を夢想した。

「だが、その雄略が成るためには、まず益州の宗主の首をすげかえる必要がある。できるか、覚悟はあるか」

法正は冷笑を哺《ふく》んで問うた。張松は法正とちがって、そうとうに劉璋から信用されている。その劉璋を益州牧の席からおろすことは、謀叛《むほん》とみなされることになる。

うっすらとひたいに汗をにじませた張松は、

「覚悟はある。蜀の官民のためだ」

と、いった。このままでは衰亡《すいぼう》するにちがいない蜀という郡を救うためには、どうしても劉備に蜀郡にはいってもらい、立て直しをおこなってもらわねばならない。

「わかった。その覚悟であれば、事は成功するだろう」

法正は張松と生死をともにすることにして、時宜《じぎ》を待った。

そのときは、きた。

曹操が将軍を派遣して張魯を討つ、という伝聞が劉璋の耳に達した。張魯を曹操軍が降《くだ》すということは、曹操が漢中郡と巴郡《は》を取り、蜀郡に迫ってくることになる。

「どうしたものか」

劉璋は嘆息をまじえて張松に問うた。

「まえに申し上げたように、劉備をお招きになるがよろしい。劉備に兵を加えて張魯を攻めさせ、漢中に劉備を置けば、曹操と劉備の戦いとなります」

「なるほど、そうではあるが、劉備は張魯討伐のために、益州にきてくれるであろうか」

「法正であれば、かならず劉備をあなたさまのために起たせます」

と、張松は説き、劉璋に許諾《きょだく》させた。

だが、劉備を益州に招く、という劉璋の決定に、すべての臣下が賛同したわけではない。主簿《しゅぼ》（文書担当の属吏《ぞくり》）の黄権《こうけん》は、

「劉備にはすでに勇名《ゆうめい》があり、ここに招致《しょうち》した場合、部曲《ぶきょく》（部隊長）のあつかいでは、不満を生じさせます。かといって、賓客《ひんかく》として礼遇すれば、一国に二君が生じかねません。どうかあなたさまは、ただただ州の境を閉じて、混乱が終わるのを待つべきです」

と、諫言《かんげん》を呈した。

——うるさいことを、いうな。

劉璋は黄権の口を封ずるために、左遷《させん》し、広漢長《こうかんちょう》とした。

劉巴《りゅうは》も劉璋を諫《いさ》めたひとりである。

かれの経歴は少々かわっている。

出身地は荊州零陵《れいりょう》郡烝陽《じょうよう》県である。あざなを子初《ししょ》という。若いころから名を知られていたので、荊州牧である劉表からなんども辟召《へきしょう》された。が、それに応じなかった。

——劉表には覇業はむりだ。

と、みていたからである。

やがて劉表が亡《な》くなると、すぐに曹操が荊州を制した。劉巴はひそかに荊州全体が曹操に治められることを歓迎した。ところが曹操はしっかりと荊州全体を抑えることをせず、呉の孫権との決戦をいそいで、敗退したため、零陵郡には劉備の手がのびてきた。

——劉備なんぞに仕えたくない。

郡をでた劉巴は北へ北へとすすんで、曹操に帰参した。

劉巴の才器の大きさをみた曹操は、

「長沙《ちょうさ》、零陵、桂陽《けいよう》の三郡は、なんじが撫安《ぶあん》せよ」

と、命じ、劉備に競《きそ》わせたのである。が、荊州における劉備の人気は大きく、それに負けたかたちの劉巴は、

——おめおめと曹公のもとには帰れない。

と、愧《は》じて、遠く交阯《こうし》郡まで行った。が、交阯郡には独特な風土があり、それになじめず、

また交趾太守《たいしゅ》と意見が合わなかったこともあって、とうとう蜀へ移った。

劉備の名をきいただけで、劉巴は劉璋に、

「劉備は英雄です。益州にいれると、かならず害をなします。いれてはなりません」

と、説いた。が、ききいれてもらえないとわかると、かれは門を閉じて病気と称し、たれともつきあわなくなった。

劉璋はいくつかの反対意見を無視した。

それは、副刺史《しし》というべき張松への絶大な信頼があったからであろう。張松の進言を容《い》れた劉璋は、法正を正史に任命し、その友人である孟達を副史とし、それぞれに二千の兵を属《つ》けて送りだした。

その船団は、寒風の吹く江水をくだって、公安に到着した。

劉備は法正に会うまえに、その使いの内容を予想し、急使を立てた。急使は南下して、臨《りん》烝《じょう》県に到り、

「いそぎのお召しです」

と、諸葛亮《しょかつりょう》に告げた。勘《かん》のよい岱《たい》は、旅装に着替えた諸葛亮に、

「いよいよですね」

と、いった。いよいよ劉備が益州へむかい、諸葛亮がそれを輔佐《ほさ》するときがきた。だが、諸葛亮は表情を変えず、

「まだ、まだ、かな」

と、さらりといった。岱は眉《まゆ》をひそめた。まだ劉備は益州へゆかないということではあるまい。劉備が益州へゆくのに、諸葛亮にとってそれは、いよいよ、ではない。

公安に到着した諸葛亮は、さっそく劉備に迎えられ、ふたりだけの密談にはいった。

まず劉備が、

「劉璋の招請《しょうせい》を承《う》けることにした。むろん、ただ親睦《しんぼく》のために蜀へゆくわけではない。漢中の張魯を討ってくれ、という要請だ」

と、説明した。うなずいた諸葛亮は、

「張魯をゆるゆるとお攻めになるのがよろしい。別駕の張松が内応するのでしょう」

と、劉備をいそがせないように忠告した。

「それは、わかっている。問題は、たれを益州に随従《ずいじゅう》させるか、だが……」

劉備は諸葛亮の表情をさぐるように視《み》た。内心は、諸葛亮を連れてゆきたい。だが、諸葛亮の口調に迷いはなかった。

「新参の者を随従させ、古参の者を荊州に残留させる。おわかりでしょう」

「わかる」

劉備は苦《にが》く笑った。諸葛亮に問うまえに、だいたいの人選は終えており、古参の者、たとえば関羽《かんう》、張飛《ちょうひ》、趙雲《ちょううん》、などは残すことにした。かれらを諸葛亮がまとめるしかないとなれば、諸葛亮をも残さざるをえない。

「隆中《りゅうちゅう》で申し上げた通りです」

諸葛亮は念を押した。

荊州を得た劉備が益州を併合《へいごう》するのは、天下平定のために、まだ中途の段階である。益州を得た劉備が、もっとも信頼する将を上将に任じ、荊州から中原《ちゅうげん》へむけて出撃させると同時に、劉備自身が益州の兵を率いて魏《ぎ》の西部を攻める。それこそが覇道《はどう》を邁進《まいしん》することである。

「忘れてはおらぬ」

劉備は益州に随行させる者の名簿を諸葛亮にみせた。

将帥《しょうすい》は、龐統である。かれは策戦担当でもある。

関羽にかわる将が、黄忠《こうちゅう》である。

あざなを漢升《かんしょう》という黄忠は、南陽《なんよう》郡の出身者で、生前の劉表にその武勇を認められて中郎《ちゅうろう》将《しょう》に任ぜられた。その後、長沙郡に移されて、攸《ゆう》県を守らされた。劉表の歿後《ぼつご》、荊州は曹操軍と一戦もせずに降伏してしまったので、そのまま黄忠も曹操に従うかたちとなり裨《ひ》将軍代行（仮の部隊長）とされ、長沙太守《たいしゅ》の韓玄《かんげん》に従属した。ところが曹操が赤壁で大敗すると、劉備の兵が荊州南部に侵入してきたので、曹操に従いたくない黄忠は、劉備に臣従した。

張飛に比肩《ひけん》できる猛将《もうしょう》は、魏延《ぎえん》である。

あざなは文長《ぶんちょう》といい、義陽《ぎよう》県（江夏《こうか》郡と南陽郡の境）の出身で、私兵を養い、隊長格として劉備に仕えた。そのほか、霍峻《かくしゅん》、馬謖《ばしょく》など荊州出身者の名があったが、古参で腹心である簡《かん》雍《よう》、孫乾《そんけん》、糜竺《びじく》などを劉備は帯同《たいどう》するようであった。

率いてゆく歩兵は、数万である。

「これで、ぬかりはあるまいか」

劉備がそういうと、諸葛亮は微笑した。

「めずらしいことを仰《おお》せになります」

劉備はこまかな計策をもって外征することはほとんどない。そのときのながれにさからわないような計画に従って生きてきた人である。戦いは計算通りにはいかない。そう想《おも》っていないと、不測《ふそく》の事態が生じた場合、うろたえるだけになってしまう。このたびの入蜀《にゅうしょく》も、張松と法正が綿密な計画を立て、その計画にそったものにはちがいないが、ふたりにたよりすぎると、かえってうまくいかないような予感を劉備はもっている。劉備は諸葛亮をながめ、

——孔明《こうめい》を視《み》ていると不安をおぼえないのは、なにゆえか。

と、おもった。

名簿を脇に置いた劉備は、

「さて、孔明よ、われは征《ゆ》き、そなたは残る。われがそなたと再会するのは、いつになるであろうか」

と、あえて軽く問うた。諸葛亮の壮図《そうと》にそって軍事がはこべば、劉備と諸葛亮が再会するの

は、曹操軍を駆逐《くちく》した中原《ちゅうげん》においてということになる。

「早ければ五年後、遅ければ十年後になりましょう」

「五年、あるいは十年か……」

劉備は自分の年齢を想ったようである。いま五十一歳である劉備は、五年後に五十六歳、十年後に六十一歳となる。劉備を補翼《ほよく》してきた古参の者たちも、それなりの年齢になってしまう。生きかたにおいて性急さを嫌ってきた劉備であるが、ここまでくると、

——のんびりしているわけにもいかぬ。

と、おもうようになった。

五日後に、劉備と将士は出発した。諸葛亮は、公安の監督をまかされた趙雲とともに、江水をさかのぼってゆく大船団を見送った。

二日後に、諸葛亮は岱と斉方《せいほう》に密命を与えた。

「主が益州にはいったことを曹操が知れば、かならず戦略の主眼を西へむける。その動向を知るためには、僕佐《ぼくさ》に手伝ってもらわねばならない。なんじらはひと月交替で、襄陽《じょうよう》へ往くように」

諸葛亮は商売のためにつねに情報を蒐《あつ》めている僕佐へ、依頼書を書いて岱に渡した。それから趙雲に、

「孫《そん》夫人に、ご用心を——」

と、いい置いて、公安をあとにした。

孫権の妹をおしつけられた劉備は、やむなく正室に迎えた。そのため正夫人であった甘《かん》夫人を側室へ貶《お》とさざるをえなくなった。それにともなって、嗣子《しし》である劉禅《りゅうぜん》が甘夫人の手からはなれて、孫夫人の膝《ひざ》もとへ移された。君主のあとつぎは正夫人が養育するものであり、生母からはなされる。

なにしろ孫夫人は気が強く、男まさりであり、孫権の妹であることを誇って、劉備の家の家風になじもうとしない。兄からいいふくめられたことであろうが、劉備の家の機密をさぐって、兄へひそかに報《しら》せている。すなわち孫夫人の室《へや》が孫権の諜報《ちょうほう》機関になっている。

むろん劉備が劉璋の招きで益州へ行ったことは、すぐに孫夫人が従者に命じて孫権に報せるにちがいないが、公安をあずかる趙雲は、それを止めるわけにはいかない。孫夫人の存在とその室は、小さな治外法権《ちがいほうけん》であると想うべきである。

諸葛亮は臨烝にもどるまえに、弟の均《きん》を趙雲にひきあわせ、

「子龍《しりょう》どのよ、しばらく弟をあずかってもらいたい。馬術は達者だが、水師《すいし》についてまったく無知なわけではない」

と、たのんだ。連絡の中継地点に弟を置いておきたい。ちなみに師にはさまざまな意味があり、先生のほかに、いくさ、兵団などの意味があるので、水師とは水戦といいかえることができる。諸葛亮の内意を察した趙雲は、

「承知した」

と、即答した。劉備に従う群臣のなかで、もっとも濃厚に正義にたいする意識をもっているのが趙雲といってよいであろう。かれは冀《き》州の常山《じょうざん》国の出身でありながら、冀州の支配者になろうとしていた袁紹《えんしょう》に私利《しり》がちらついているのを批判して、幽《ゆう》州の勇者である公孫瓚《こうそんさん》に属《つ》いた。ところが、公孫瓚に私欲をみると、失望して、いったん国に帰って隠棲《いんせい》同然にすごした男である。そこまでの過程で、貪欲《どんよく》さがなく正義にそって進退していると遠望したのが劉備であり、冀州にのがれてきた劉備のもとに駆けつけ、以来、劉備を信じて近侍《きんじ》しつづけている。それだけに勤恪《きんかく》で、ぜったいに不正をしないのが、趙雲であるといえる。

「江水をさかのぼってゆくのも大変なのに、冬の風は逆風になる。主は年内にどこまでゆけますか」

諸葛亮がそういうと、趙雲は、

「益州牧との会見は、涪《ふ》県ということです。まずその会見を無難《ぶなん》に終えてもらいたい」

と、答えた。劉璋の使者である法正は、張松が独自に作った益州の地図を持参して、劉備にささげた。劉備はすぐにその地図の写《うつ》しを作らせて、重臣にくばった。それゆえ趙雲と諸葛亮は、涪県の位置がわかっている。ちなみに涪県は蜀郡の首都の成都《せいと》の東北に位置し、水路と陸路が交差する、いわゆる四通八達の地である。

趙雲はことばを選んで、無難に、といったが、もっといえばそれは、争うことなく、たがいに卑劣《ひれつ》なことをせず、ということであったろう。

諸侯の会見の場は、闘争の場に変わりうる。かつて孫堅だけでなく子の孫策も、気にいらない相手と会見し、その場で相手を殺害した。しかしながら、そういう暗い手段で殺人をおこなったことが祟《たた》ったのか、ふたりの最期はよくない。

趙雲のように正義の心が旺盛な者にとって、劉備が陋劣《ろうれつ》な行動をおこなって、利得《りとく》をわしづかみするようであれば、それを黙認するはずがなく、官を棄《す》てて去るであろう。

岱と均を残し、斉方とともに船に乗った諸葛亮は、

「主はふしぎな人であるゆえに、益州でもふしぎなことが起こるであろう」

と、つぶやくようにいった。

劉備の船は順調に江水をさかのぼり、魚復《ぎょふく》県をすぎた。この魚復県から益州である。さらに船はすすんで江州《こうしゅう》県に到着した。

江州県は北からながれてくる多くの川が集合して江水に合流する地点近くにあり、涪県にゆくには、そこから江水と別れて涪《ふ》水《すい》を北上する。

劉備が江州県を出発したことを知った劉璋は、

「よくぞきてくださった。出迎えねば失礼になろう」

と、いい、歩兵と騎兵を三万余人率いて成都をでた。そのとき馬車の帳《とばり》が陽光に輝いたというのであるから、劉璋の馬車はずいぶんきらびやかであった。

――劉璋と劉備を涪県で会見させる。

それは張松の最初からの計画であり、その計画にそって法正は劉備を導き、張松は劉璋をだした。

ついに劉備は涪県に到り、ほぼ同じころに劉璋が着いた。

「やあ、やあ、よくぞ、よくぞ――」

笑貌《しょうぼう》の劉璋は、劉備を最大限にもてなした。歓迎の宴を催しただけではなく、米二十万斛《こく》、騎馬千頭、車千乗、絹織物、錦《にしき》、練《ね》り絹などを贈った。

連日、宴会がおこなわれ、双方の将士が用心を解《と》いたとみた張松は、法正に耳うちをした。うなずいた法正は、龐統をみつけて、あたりをはばかり、

「この場で、劉璋を襲うべきです」

と、ささやいた。おなじようにうなずいた龐統は、劉備にさりげなく近づき、

「いま劉璋を捕らえるべきです。そうすれば、あなたさまは兵を用いる労もなく、居ながらに一州を平定できます」

と、低い声でいった。

だが、劉備はうなずかなかった。

「他国にはいったばかりで、恩信《おんしん》はまだ明らかになっていない。これは大事であるから、倉卒《そうそつ》にすべきではない」

急におこなうことを、倉卒、というが、このことばを用いた劉備は、たしかにあわただしく生きてきたわけではない。劉璋をここで殺すことは、いかにも倉卒であり、たやすく益州を獲得できるようにみえるが、早くたやすい成就《じょうじゅ》は、あとが恐《こわ》い。

けっきょく劉備は、ここ涪県では、なにもしなかった。劉璋の歓待をうけただけである。上機嫌な劉璋は、

「張魯を討ってくださるのですな」

と、念を押して、率いてきた兵のなかの三万余を劉備軍に併《あわ》せた。さらに、

「白水関《はくすいかん》にいる軍を監督なさるとよろしい」

と、好意をみせた。

涪県は広漢郡の中央に位置している。ここから張魯のいる漢中郡を攻めるとなると、広漢郡をななめに北上することになる。この陸路はやがて白水《はくすい》と西漢水《せいかんすい》というふたつの川の合流点に達する。その合流点の東北にあるのが白水関であり、そこまでゆけば、漢中郡との境が近い。

年末に劉璋が成都へ帰ったので、劉備は、

「われらも、そろそろ発ちます」

と、いい、年が明けてから軍を動かした。涪県に残ってその軍を見送った張松は、

「荊州牧どののお考えはわからぬ」

と、うらめしげな目つきで首をふった。張松の計策では、すでに劉璋は劉備の兵によって殺

されているか、追放されているか、どちらかの事態になっているはずである。が、涪県ではなにごとも起こらなかった。

——劉備はほんとうに張魯を討伐するのか。

劉備の左右にいる者でさえ、それはわからぬようであった。

（下巻につづく）

下巻目次

初出　日本経済新聞夕刊（二〇二一年一月四日〜二〇二三年三月三十一日）

装幀　大久保伸子

宮城谷昌光　みやぎたに・まさみつ
一九四五年愛知県生まれ。
早稲田大学文学部卒業。出版社勤務などを経て、
一九九一年『天空の舟』で新田次郎文学賞。
同年『夏姫春秋』で直木賞。
一九九四年『重耳』で芸術選奨文部大臣賞。
二〇〇〇年、司馬遼太郎賞。
二〇〇一年『子産』で吉川英治文学賞。
二〇〇四年、菊池寛賞。二〇〇六年、紫綬褒章。
二〇一六年『劉邦』で毎日芸術賞。
同年、旭日小綬章。
十二年の歳月をかけた『三国志』全十二巻など、
著作は多数。

諸葛亮《しょかつりょう》　上

二〇二三年 十 月十八日　第一刷
二〇二三年十一月十五日　第三刷

著　者　宮城谷昌光

発行者　國分正哉
発　行　株式会社日経ＢＰ
　　　　日本経済新聞出版
発　売　株式会社日経ＢＰマーケティング
　　〒一〇五ー八三〇八　東京都港区虎ノ門四ー三ー一二
印　刷　錦明印刷
製　本　大口製本
ISBN978-4-296-11750-5　Printed in Japan

本書籍に関するお問い合わせ、ご連絡は左記にて承ります。
https://nkbp.jp/booksQA